近代名家首版著作導讀叢書

新著中國文學史

導讀

胡雲翼 著

上海科学技术文献出版社
Shanghai Scientific and Technological Literature Press

胡雲翼著

新著中國文學史

北新書局出版

图书在版编目(CIP)数据

《新著中国文学史》导读／胡云翼著. —上海：
上海科学技术文献出版社,2020
(近代名家首版著作导读丛书)
ISBN 978－7－5439－8064－8

Ⅰ.①新… Ⅱ.①胡… Ⅲ.①中国文学—文学史
Ⅳ.①I209

中国版本图书馆 CIP 数据核字(2020)第 016518 号

组稿编辑：张 树
责任编辑：苏密娅

《新著中国文学史》导读

胡云翼 著

*

上海科学技术文献出版社出版发行
(上海市长乐路 746 号 邮政编码 200040)
全 国 新 华 书 店 经 销
四川省南方印务有限公司印刷

*

开本 880×1230 1/32 印张 11.25 字数 225 000
2020 年 5 月第 1 版 2020 年 5 月第 1 次印刷
ISBN 978－7－5439－8064－8
定价：148.00 元
http://www.sstlp.com

导读

胡云翼（1906—1965），湖南桂东人。早期写小说、散文和评论，对唐宋诗词有一定研究。代表作《新著中国文学史》《中国文学概论》《宋词研究》《唐诗研究》，此外还有小说、剧本集《西泠桥畔》等。

《新著中国文学史》是在《中国文学概论》上卷（上海启智书局1925 年版）的基础上订正补充而成。它是一部完全采用了“纯文学史观”的“纯文学”著作，其中的戏曲内容也反映了这种理念。全书共十编，即：先秦文学（包括诗经、楚辞）；汉代文学（包括文学倾向、辞赋、诗歌及建安文学）；魏晋南北朝文学（包括文学思潮、诗歌、小说）；唐代文学（包括文学运动、诗歌、歌词、小说）；五代文学（包括歌词）；宋代文学（包括文学运动、歌词、诗歌、小说）；元代文学（包括戏曲）；明代文学（包括文学运动、戏曲、小说）；清代文学（包括正统文学、戏曲、小说）；当代文学（包括最近十余年的中国文学）。在内容上基本按“文学性”来定位布局。该书认为中国文学与政治有着密切而不可分离之关系，这一观点对当时乃至今后文学史体例的编著都有一定的影响。

新著

中国文学史

胡雲翼著

北新書局印行

胡雲翼著

新著中國文學史

北新書局出版

自序

中國文學雖然已有三千多年的悠久歷史，但向來沒有系統的文學史的記述。直至清末宣統二年林傳甲氏始編成一部中國文學史，用爲京師大學教本。這是文學史的第一部。至最近十餘年來，文學史的專著乃風起雲湧的出版。據我所知，已有下列二十種之多：

(1)中國大文學史（謝旡量）
(2)中國文學史（曾毅）
(3)中國文學史大綱（顧實）
(4)中國文學史（葛遵禮）
(5)中國文學史（王夢曾）
(6)中國文學史（張之純）
(7)本國文學史（汪劍如）
(8)中國文學史綱（歐陽溥存）

(9)中國文學史綱（蔣鑑璋）

(10)中國文學史大綱（譚正璧）

(11)中國文學史略（胡懷琛）

(12)國語文學史（凌獨見）

(13)白話文學史大綱（周羣玉）

(14)中國文學小史（趙景深）

(15)中國文學進化史（譚正璧）

(16)中國文學ＡＢＣ（劉麟生）

(17)中國文學史（鄭振鐸）

(18)中國文學史（穆濟波）

(19)白話文學史（胡適）

(20)中國文學史（胡小石）

（其餘，斷代史如劉師培中古文學史；分類史如王國維宋元戲曲史及魯迅中國小說史略等，皆未列入。）

這二十種編輯方法與選取材料各有異同的文學史專著，如果要加以細密比較的批評，恐怕寫成一部十萬字的書還不能說得清楚。好在我們在這裏並沒有詳加批評的必要。但大體說起來，實有多數不能令我們充分的滿意。在最初期的幾個文學史家，他們不幸都缺乏明確的文學觀念，都誤認文學的範疇可以概括一切學術，故他們竟把經學、文字學、諸子哲學、史學、理學等，都羅致在文學史裏面，如謝无量、曾毅、顧實、葛遵禮、王夢曾、張之純、汪劍如、蔣鑑璋、歐陽溥存諸人所編著的都是學術史，而不是純文學史。並且，他們都缺乏現代文學批評的態度，只知摭拾古人的陳言以爲定論，不僅無自獲的見解，而且因襲人云亦云的謬誤殊多。就中以曾毅的中國文學史爲較佳，然係完全抄自日人兒島獻吉郎之原作，又未能更正兒島獻吉郎氏之錯誤處，故亦不足取。至於最近幾年的文學史作者，其對於文學觀念之明瞭，自較前大有進步；編著文學史的方法亦較能現代化。只可惜這些著者對於中國文學多未深刻研究，編著時又多以草率成之，卒至謬誤百出，如凌獨見、周羣玉之所著，其錯誤可笑之處眞觸目皆是。文學史書墮落至此，實堪浩歎！就中較能令我們快意的，則爲趙景深的中國文學小史及譚正璧的中國文學進化史。趙著自有見解，行文雋美，但可惜只敍及文人方面的文學，而忽視最有價值的民間文學，即詩經亦在其擯棄之列，這是一個很大的遺憾。

譚著能將近代最進步的關於中國文學的著述，編輯成書，內容頗爲完善，但其敍述的體例似嫌未妥，而小小的錯誤亦在書中常常發見。此外如鄭振鐸的中國文學史，內容至爲豐富，可作詳細的參考讀物，然至今僅見其發表中世卷的一小部分，無從批評其實質。劉麟生的中國文學ＡＢＣ則嫌過於簡略，胡懷琛的中國文學史略則簡直是一本流水帳簿，皆有不可掩護的缺點。嚴格點說來，我們認爲滿意較多的實只有吾家教授胡小石的中國文學史及吾家博士胡適的白話文學史。胡小石先生的中國文學史講稿，敍述周密，持論平允，是其特色；其缺點則亦嫌忽視民間文學的發展。胡適先生的白話文學史，論其眼光及批評的獨到，實是最進步的文學史；只可惜過於爲白話所囿，大有『凡用白話寫的作品都是傑作』之概，這未免過偏了。如王梵志的詩究竟有什麼了不得之處，竟勞胡先生在珍貴的篇幅上大書特書而加以過分的讚美呢？這眞令我百讀百思都不得其解！

○　○　○　○

中國到現在還沒有一部理想的完善的文學史，其原因並不在這些文學史家沒有天才和努力，實因中國文學史的時期太長，作者太多，作品太繁，遂使編著中國文學史成爲一件極困難的工作。淺學如我，自然更不敢冒昧來担負這樣重大的責任。但因自己六年前曾經寫過一部中國文學概論，（其上卷已由上海啓智書局出版），內容過於簡陋，自己時常想改作；去年夏天又重受書局之託，囑我編寫一部給大學和高中學生參考的文學史，乃決計着手編著。中間曾因事停頓數次。現因預備用爲學校教本，遂將全書在短期中寫定付印。我自知這本書必有許多偏枯的地方，但我也自信我的編輯方法，取材，見解，是比較進步的。爲求讀者的深切了解，還有幾點淺薄的意思，似乎必要向讀者加以說明：

第一，文學向有廣狹二義，廣義的文學卽如章炳麟所說『著於竹帛之謂文，論其法式謂之文學』，卽是說一切著作皆文學。這樣廣泛無際的文學界說，乃是古人對學術文化分類不淸時的說法，已不能適用於現代。至狹義的文學乃是專指訴之於情緒而能引起美感的作品，這才是現代的進化的正確的文學觀念。本此文學觀念爲準則，則我們不但說經學、史學、諸子哲學，理學等，壓根兒不是文學；卽左傳、史記、資治通鑑中的文章，都不能說是文學；甚至於韓、柳、歐、蘇、方、姚一派的所謂『載道』的古文，也不是純粹的文學。（在本書裏之所以有講到古文的地方，乃是藉此以說明各時代文學的思潮及主張。）我們認定只有詩歌、辭賦、詞曲、小說、及一部美的散文和遊記等，才是純粹的文學。

第二，文學史的分期向無公認一致的說法。因爲要把脈絡一致的文學史，硬劃斷爲幾個時期來敍述，本是很勉強的事。有許多人很反對用政治史上的分期，來講文學。他們所持最大的理由，就是說文學的變遷往往不依政治的變遷而變遷。此說固未嘗全無理由，但我覺得中國文學與政治實有至密切而不可分離的關係。各種文體因得到政治的厚援而發達，那是很明顯的，如漢賦、唐詩、宋詞、元曲皆然。我們又看，每一個比較長期的時代，其文學都形成一條與政治相呼應的『初、盛、變、衰』的起伏線。又、每一個時代的初期的文學，都不免仍襲前代的舊作風，（至秦、隋、五代等短促的時代，則完全浸沒在前代的作風裏）；每一個時代的中期，都能確立一種新的文學作風；每一個時代的末期，則都不免形成文派紛歧的變格，或向後開倒車。各種文學盛衰變遷的關係，都可以從政治的時代背境去求解釋。處處都可以看出文學受各不同的政治時代的推移而進化的痕跡。所以，我認定中國文學史的分期，最好還是以依據政治時代的分期較爲妥當。此外，實更無較完善的分期法。

第三，過去的文學史多偏重於死板板的靜物的敍述，只知記述作家的身世，批評其作品。至於各個時代的文學思潮的起伏，各種文體的淵源流變，及關於各種文學的背影及原因的分析，皆非其所熟知。如胡懷琛的中國文學史略，竟是一部名詞目錄，眞是可笑。其他的文學史亦頗多散漫瑣碎，無法統率一致者。我在這本文學史上最注意的就是糾正這方面的錯誤。我要把各時代散漫的材料設法統率起來；在可能的範圍內，要把各種文體，各種文派，作家及作品，尋出牠們相互間的聯絡的線索出來，作爲敍述的間架；同時，我注意各個時代文學思潮的形態及其優點與缺點；注意各種文體的發展及各種文派的流變。總之，我盡力的使我的文學史能够成爲一部活的脈絡一致的文學史，雖然這也許是我一個力不勝任的妄想。

這上面所說的三點，是我對於編著文學史幾個重要的信念。這本十餘萬字的文學史就是根據這幾個信念寫成的。此外，普通所認定對於文學史的敍述，應抱持謹愼、客觀、求信的態度；對於文學史上所下的批評，應求其正確，恰合於現代的文學賞鑑觀念。關於這些，我也不曾忽略。不過像這樣一部複雜廣大的文學史，寫定的時間還不到半年，其中疏漏錯誤之處，自所不免。那都請高明之士加以指正吧。

胡雲翼　二十，八，四，上海

新著中國文學史目次

第三編　魏晉南北朝文學

第四編　唐代文學

第五編　五代文學

第一編　先秦文學

第一章　詩經

世界各民族文學的誕生，有一條共同的公例，就是韻文的發達總是較早於散文；而詩歌又爲韻文中之最先發達者。中國也是如此，最初的文學是詩歌。

請先言詩歌的起源。

人們爲什麽要作詩呢？人類本是生而富有情感的，若有所感於中，便不能不有所發抒於外。故班固漢書藝文志闡明作詩的原因說：『哀樂之心感，而歌詠之聲發』，毛詩大序也說：『詩者，志之所之也。在心爲志，發言爲詩。情動於中而形於言，言之不足故嗟歎之，嗟歎之不足故永歌之，永歌之不足，不知手之舞之足之蹈之也』；朱熹詩集傳序也說：『人生而靜，天之性也。感於物而動，性之欲也。夫既有欲矣，則不能無思；既有思矣，則不能無言；既有言矣，則言之所不能盡而發於咨嗟咏歎之餘者，必有自然之音響節奏而不能已焉。』這些話解釋詩歌產生於情感的自然的表現，都是說得很合理的。由此探討，詩歌的起源，當遠在史前的原始人類有了語言的時候。原始人類在懂得言語以後，便知道發爲合乎自然音響節奏的咨嗟詠歎，詩歌便爾產生了。故沈約也說：『歌詠所興，自生民始。』

話雖如此，中國詩歌之有信史可徵的時代，却決不能說『自生民始』，至早只能從周代（公元前一一三四年）講起。在周代以前，也許有數千年或竟是數萬年的詩歌史，也許中國在遠古時代早已產生過偉大的史詩，如西洋古代的依里亞特與奧特賽及印度古代的馬哈巴拉泰與拉馬耶那一樣的傑作，但因爲沒有文字的記錄，已經湮滅無傳了。雖然呂氏春秋古樂篇載有『葛天氏之樂，三人操牛尾投足以歌八闋』，其書旣不可靠，又未見著錄歌辭，實飄渺難信。又有謂禮記上所載伊耆氏蜡詞出自神農氏（孔穎達說），以爲詩之濫觴者，亦荒謬不足信。卽令蜡詞眞出於神農氏，而如其內容所謂『土反其宅，水歸其壑，昆蟲毋作，草木歸其澤』，亦不得認爲詩歌。至於今所傳唐堯時代的擊壤歌（見帝王世紀），虞舜時代的南風歌（見孔子家語）及卿雲歌（見尚書大傳）等作品，其體製內容可以說是詩歌了；但不幸都是記錄於後世的僞書，全不可靠。所以，嚴格說起來，我們現在可以誇耀於世界文學之林的最古的文學，只有一部詩經。

○　○　○　○

傳說周代設置采詩的太史官，采詩近五百年，得古詩三千餘首，及至孔子，『去其重，取可施於禮義』，於是大部分的古詩都被删掉了。（此說出自史記，曾有許多學者致疑，未審可信否？）現存的詩經共三百零五篇。（相傳尚有南陔、白華等六篇笙歌，有目無辭。）劃分為『頌』、『雅』、『風』三部。『頌』是純粹的廟堂文學，用以鋪張盛德，載歌載舞，以祭祀神明者。以周頌為最古，是周代初年的作品。商頌是宋詩（向誤以商頌為商代的詩，認為詩經中的最古者，近人王國維氏曾著論闢之甚詳。），魯頌是魯詩，產生較遲。『雅』可以說是朝廷的樂章文學，其言多『純厚典則』，為燕享朝會時之用，大半是貴族士大夫做的，故被稱為『正』音。大雅的時代較早，小雅則稍晚，大約都是西周時的作品。『風』乃是各國民間的風謠，大多作於西周末期與東周初期，其詳細時代則已不容易訂定。但就大體說來，可以說全部詩經是孔子誕生（公元前五五一）以前一千年間的作品，完全是周代的產物。就中特別以『國風』一部分為最精采有價值，分量亦最多，共包括下列十五國的歌謠：

周南召南——雍州（今陝西鳳翔一帶）

邶鄘衛——冀州（今河北地）

檜鄭——豫州（今河南新鄭一帶）

魏——冀州（今山西南部）

唐——冀州(今山西太原一帶)
齊——青州(今山東青州一帶)
秦——雍州(今甘肅南端)
陳——豫州(今河南陳州一帶)
曹——兗州(今山東曹州一帶)
豳——雍州(今陝西北部)
王——豫州(今河南洛陽一帶)

這個表是根據鄭玄的詩譜列的。據此看來，國風的地域分佈，乃偏於中國北部的黃河流域。但據韓詩說：『二南者，南郡(今湖北荊州)與南陽(今河南)也』；詩大序也說：『南者，言化自北而南也』；而周南召南裏面亦有『漢之廣矣』，『江之永矣』，『遵彼汝墳』一類的句子。所謂漢水、江水、汝水的流域，是在湖北的中部和北部。由此可見周南召南裏面至少有一部分的楚風。

○　○　○　○

孔子是否刪詩，我們雖不能斷定，但他曾經致力於詩經的研究與鼓吹，却是無可否認的。在他的論語上曾說：『不學詩，無以言』；又說：『詩三百，一言以蔽之，曰「思無邪」』；又說：『詩可以興，可以觀，可以羣，可以怨』；又說：『誦詩三百，授之以政，不達，使於四方，不能專對，雖多亦奚以爲？』因爲孔子這樣的鼓吹發皇，從此詩經便變成一部神祕的經典，從此便成爲一部與『修身齊家』甚至於與『治國平天下』都有莫大關係的聖書。後世的詩經研究家都把詩經當作一部『儒教眞詮』去研究。如詩序上說：『正得失，動天地，感鬼神，莫近乎詩。先王以是正夫婦，成孝敬，厚人倫，美敎化，移風俗』，這簡直是一部萬應萬能的聖書了。孔子本是一位思想上的大野心家，他要把一切文化學術都統率在他的儒敎思想之下，因此把詩經的涵義誇張得如此嚴肅神聖，騙得漢代人列詩爲『經』。由是，歷代的學者對於詩經的註釋，都只有一些異常可笑的附會和曲解。分明是些寫相思和戀愛的詩，他們偏要說是美『后妃之德』；分明是抒寫男女間歡樂的熱情，他們偏要拿禮法道德來解釋。因此，詩經的眞意義和眞價值便完全被埋沒掉了。朱熹曾經說過：『大率古人作詩與今人作詩一般，其間亦自有感物道情，吟詠情性，幾時盡是譏刺他人？只緣序者立例，篇篇要作美刺說，將詩人意思盡穿鑿壞了。』他又說：『詩本是恁地說話，一章言了，次章又從而詠歎之，雖別無義理而意味深長，不可於名物上尋義理。後人往往見其言如此平淡，只管添上義理，却窒塞了他』。朱熹的詩經注解雖也有很多武斷謬妄的地方，但他攻擊僞詩序的見解是很對的，他這兩段話都說得很好。我們知道，詩經只是一部歌謠，其中除了小部分出自文人雅士手筆外，大部分都是民間無名氏唱的俚俗歌兒。這些歌兒並沒有包涵着什麽深奥的哲理，也沒有多少倫理道德的意味，牠的價値並不在『思無邪』，也不在『多識於鳥獸草木之名』，我們只有站在文學的立場來謳歌詩經的偉大。

詩經裏面，以抒情詩爲最多，敍事詩次之，至於純粹描寫景物山水的詩則甚缺乏之。其中最有價値的當然要推抒情詩一部分。他們這些情詩的作者，能夠大胆地眞實地寫出自己熱烈的戀情，他們能肆無忌憚地寫出男女間的相悅相慕，甚至於把兩性間的幽歡欲感，也全無遮飾地抒寫出來，給我們遺下這許多永遠不朽的好詩，眞是文學史上最光榮的初幕。往下，且讓我們來欣賞詩經的藝術吧：

野有死麕

野有死麕，白茅包之。有女懷春，吉士誘之。
林有樸樕，野有死鹿，白茅純束，有女如玉

「舒而脫脫兮，無感我帨兮，無使尨也吠！」

靜女

靜女其姝，俟我於城隅。愛而不見，搔首踟躕。
靜女其孌，貽我彤管。彤管有煒，說懌女美。
自牧歸荑，洵美且異。匪女之爲美，美人之貽。

狡童

彼狡童兮，不與我言兮。維子之故，使我不能餐兮。
彼狡童兮，不與我食兮。維子之故，使我不能息兮。

褰裳

子惠思我，褰裳涉溱。子不思我，豈無他人？狂童之狂也且！
子惠思我，褰裳涉洧。子不思我，豈無他士？狂童之狂也且！

子衿

青青子衿，悠悠我心。縱我不往，子寧不嗣音？
青青子佩，悠悠我思。縱我不往，子寧不來？
挑兮達兮，在城闕兮。一日不見，如三月兮。

溱洧

溱與洧，方渙渙兮。士與女，方秉蕑兮。女曰『觀乎？』士曰『既且。且往觀乎？
洧之外，洵訏且樂！』維士與女，伊其相謔，贈之以勺藥。
溱與洧，瀏其淸矣。士與女，殷其盈矣。女曰『觀乎？』士曰『既且。且往觀乎？
洧之外，洵訏且樂！』維士與女，伊其將謔，贈之以勺藥。

卷耳

采采卷耳，不盈頃筐，嗟我懷人，寘彼周行。

陟彼崔嵬，我馬虺隤。我姑酌彼金罍，維以不永懷。
陟彼高岡，我馬玄黃。我姑酌彼兕觥，維以不永傷。
陟彼砠矣，我馬瘏矣，我僕痡矣，云何吁矣！

蒹葭

蒹葭蒼蒼，白露爲霜。所謂伊人，在水一方，遡洄從之，道阻且長；遡游從之，宛在水中央。

蒹葭萋萋，白露未晞。所謂伊人，在水之湄。遡洄從之，道阻且躋；遡游從之，宛在水中坻。

蒹葭采采，白露未已。所謂伊人，在水之涘。遡洄從之，道阻且右；遡游從之，宛在水中沚。

詩經裏面的作品，實有大部分都是這樣神妙雋美的小詩。這大約是因爲經過了嚴格的刪選修飾的緣故，所以全部的作品才如此整齊美觀。只有點可惜當時歌謠的眞面目，沒有完全保存下來了。詩經的作者甚多，故其作品的風格意趣，各有特色，極不一致；其佳美處亦自不能以一句概括的評語去貫通包涵之，使全部的詩的作風成爲一致性。換言之，就是說詩經在藝術上的趣味，是很複雜的。可是，向來講詩經的，都只簡單地認定『溫柔敦厚』爲詩教，認爲詩經最大的特色。這實在是一個最可笑的錯誤。我們只承認詩經裏面有一部分溫柔敦厚的詩，但決不是全部。即如詩經裏面那許多抒寫情慾的所謂『淫風』，都壓根兒不能說是『敦厚』。至如碩鼠詩的『碩鼠，碩鼠，無食我黍』，及苕之華的『知我如此，不如無生』等詩，都是悲憤激烈之辭，全不合溫柔敦厚之旨了。然而這些詩均不以不合於『溫柔敦厚』之旨而失其價值。所以，『溫柔敦厚』四個字決不能成爲詩教，決不能解釋詩經全部的藝術價值。此外，向來又多用『賦』、『比』、『興』之說來詮釋詩經的作法。大體說來，『賦』是『直陳其事』；『比』是『比託於物，以彼狀此』；『興』是『託物興詞』。這樣的說法，雖則大概能講明詩經作法上的體例類別，卻也不能用來解釋詩經的藝術價值，並沒有多大的意義。（以前有專門讚美詩經中的興詩或比詩者，都無道理。）其實，古人研究詩經的，不免都有所蔽。他們總喜歡根據那些『六義』、『四始』及詩序等去說詩，故都說得一榻胡塗。我們現在爲建設詩經的新藝術觀，必須破除那些『六義』、『四始』、詩序及各種傳統下來的胡說謬見，還給詩經本來的歌謠面目，而運用自己的靈感從詩經的本身上去賞鑑詩的神韻，才能够悟解詩經的最高的文藝價值。

○○○○

詩經所貢獻於後世文學者甚大，在文學史上具有絕對的權威，實已成爲一部文學的大經典。如其我們用現代的文藝眼光來估量詩經，雖則不敢如古人那樣極力捧詩經爲空前絕後的無上傑作，但我們仍舊不會否認詩經在文學史上高貴的地位。大體說來，詩經實有下列藝術上的特點：第一，描寫的技術異常樸素，處處都能活現出作者樸實無華的眞摯心情；第二，詩句多反復廻旋，而不嫌重複，含味雋永，餘韻無窮；第三，結構無一定規律，用句長短自由，自一言至九言皆用，不盡是四言；第四，描寫多用象徵的具體的字句，不說抽象的話語；第五，詩的音韵多叶於自然的和諧的音節，故亦具有音樂的美。這些都是詩經明顯的特色。最後，我們應該知道，在兩千五百年前的古代，最初一部篳路藍縷的文學創作，已經有詩經這樣美滿的成績，眞令我們彌覺珍貴了。

第二章　楚辭

楚辭就是楚聲，是中國南方文學的初頁。

繼續着詩經之後，不久就產生楚辭，實在是文學史上的奇蹟。這是很顯明的一種進步：詩經只是簡短的歌謠，到了楚辭便衍爲每篇起碼數百字，長至數千字一篇的韻文，姑無論其實質的價值如何，而有如此磅礴宏肆的大手筆，已經够使我們讚美了。

楚辭的起源，向來都誤認爲出於詩經。如劉勰即稱其有『四同於風雅』，王逸則竟拿楚辭來附會五經，更爲可笑。其實楚辭與詩經不僅無淵源關係，而且有許多絕對歧異之點，如：

一，詩經多用短句疊字，楚辭則多用長句與駢語；

二，詩經多重調，反複詠歎，楚辭則多直陳，絕無重調；

三，詩經的表現近於寫實，楚辭的思想則較爲浪漫；

四，詩經多寫人事，楚辭則多寫神話。

無論從形式或內容去考察，詩經與楚辭均無彼此影響的線索可尋。因爲詩經是以黃河流域爲中心，代表北方民族性的文學，楚辭是以長江中部爲中心，代表南方民族性的文學；詩經是征伐時代（弱政府時代）的產物，楚辭則是混戰時代（無政府時代）的產物；詩經多出自平民，楚辭則多貴族詩人之作。二者產生的時代、地域與作者，均迥不相同，故結果，楚辭與詩經的作風亦全異。

南方的文學本來發達很早。考呂氏春秋音初篇說：『禹行功，見塗山之女。禹未之遇而巡省南土。塗山氏之女乃命其妾候禹於塗山之陽。女乃作歌，歌曰：「候人兮猗」，實始作爲南音』。可見南音發生甚早。詩經裏面雖無楚風之名，實有楚地之歌。論語中載有接輿鳳兮之詠，孟子中亦有孺子滄浪之歌。至九歌等篇相繼產生以後，偉大的楚辭便逐漸誕生於人間了。梁啓超說：『當時文化正張到最高潮，哲學勃興，文學也該爲平行線的發展。內中如莊子、孟子及戰國策中所載各人言論，都很含有文學趣味，所以優美的文學出現，在時勢爲可能的』。（屈原研究）這個話也可以解釋楚辭的發展是與當代的學術文化相連帶，決不是偶然突起的。

富於浪漫的神祕思想，是楚辭最大的特色。其原因是由於南方得天然的恩惠本較豐厚，多高山、大澤、深林、沃野。人民的生活較易爲力。故多流於冥思幻想，求解宇宙之謎。其俗信巫鬼，重淫祀，崇仰神明的環境如此，故其信仰的表現，自然而然的流於虛無的浪漫的神祕的傾向。

○　○　○　○

屈原是楚辭的創造者，是文學史上最初的一個大詩人。

史記屈原傳稱屈原名平。（他在離騷中自稱『命余曰正則兮，字余曰靈均』，這大約也如現代小說中的化名，並非眞稱。）爲楚武王子瑕之後。生於楚宣王二十七年（公元前三四三）。關於他的家庭，我們至多只知道他有一個姊（？），此外卽他的故鄉在那裏，也不知道。他因是皇室貴族，故早年便做了官。又因他『明於治亂，嫻於辭令』，具有政治上的長才，故在楚懷王朝做到左徒的高位。是時他『入則與王圖議國事，以出號令；出則接遇賓客，應對諸侯』，聲勢甚爲顯赫。後因爲王造『憲令』，被讒見疎，流於漢北。最後，他還使過齊國，做過三閭大夫。終爲鄭袖、子蘭、靳尚等的讒言所陷害，橫遭放逐，漂泊沅湘，飲恨而自沈於汨羅。這位絕代的詩人便爾與世長辭了。（關於屈原的死年，衆說不一。大概是在項襄王初年，那時屈原已經有五十歲左右了。）

屈原的作品，據班固漢書藝文志稱有二十五篇。王逸楚辭章句及朱熹楚辭集註所載，亦多爲屈原之作，今列其目錄如下：

王逸本

篇名	作者姓名
離騷經	屈原
九歌	屈原
天問	屈原
九章	屈原
遠遊	屈原
卜居	屈原
漁父	屈原
九辯	宋玉

朱熹本

篇名	作者姓名
離騷經	屈原
九歌	屈原
天問	屈原
九章	屈原
遠遊	屈原
卜居	屈原
漁父	屈原
九辯	宋玉

招魂	宋玉
大招	屈原或景差
惜誓	或曰賈誼
招隱士	淮南小山
七諫	東方朔
哀時命	嚴夫子
九懷	王褒
九嘆	劉向
九思	王逸

招魂	宋玉
大招	景差
惜誓	賈誼
弔屈原	賈誼
服賦	賈誼
哀時命	莊忌
招隱士	淮南小山

楚辭的後半部已經是漢人的作品，用不着我們在這裏討論。現在我們要加以考慮的乃是前半部重要部分的楚辭。據歷代學者的嚴密考證，眞正可信爲出於屈原手筆者，實只有下列諸篇：

(1)離騷

(2)橘頌(以下九篇皆屬九章)

(3)抽思

(4)悲回風

(5)惜誦

(6)思美人

(7)哀郢

(8)涉江

(9)懷沙

(10)惜往日

(11)天問

其餘，如九歌的產生實在屈原之前，朱熹已明指其爲楚人的祀神舞歌，此蓋楚辭的先驅，無此則無法解釋屈原文學的來源。遠遊一篇，則經近人胡適、陸侃如等詳加研究、已從多方面證明其爲後人擬作。卜居與漁父二篇，開頭卽說『屈原既放』，似係旁人所記載，或許如王逸所言，乃楚人思念屈原而作，也未可知。至於招魂一篇，雖後世學者有認爲屈原的作品，但王逸朱熹皆題爲宋玉作，未可卽遽歸之於屈原也。

這位文學的老祖宗辛苦地寫下二十五篇名著，至今僅有十一篇（若九章算一篇，則共只三篇）可徵信的作品遺傳下來，不能不說是文學上的一大損失。可是，我們僅就離騷及九章等篇，便可縱觀屈原思想的全部及其藝術上的最高成績了。

○　○　○　○

梁啓超說：『屈原腦中含有兩種矛盾原素：一種是極高尚的理想，一種是極熱烈的感情』。（屈原研究）這是不錯的。屈原本是一個矯然獨立，悲時憤俗的詩人，但他天生多情，始終熱烈地愛護他的國家社會，始終抱着犧牲自己去改造國家社會的宏圖。『哀民生之多艱兮，長太息以掩涕；』『豈余身之憚殃兮？恐皇輿之敗績。』但是像他那樣『高余冠之岌岌兮，長余佩之陸離；芳與澤其雜糅兮，惟昭質其猶未虧；』『民生各有所樂兮，余獨好修以爲恆；雖體解吾猶未變兮，豈余心之可懲，』這般孤芳自賞，潔身自愛的聖者，自然不能與世相合，自然要忤時而不得志了。加以楚王也不信任他：『茲歷情以陳詞兮，蓀佯聾而不聞』；『蓀不揆余之中情兮，反信讒而齎怒』。屈原失望之餘，也漸漸地覺悟了：『國無人，莫吾知兮，又何懷乎故都？既莫足與爲美政兮，吾將從彭咸之所居』。如其屈原果能掉頭不顧，能拋棄他的祖國故鄉，飄飄然去獨善其身，便也罷了。可是當他回過頭來的時候，『陟陞皇之赫戲兮，忽臨睨夫舊鄉；僕夫悲，余馬懷兮，蜷局顧而不行』，一股愛國愛鄉的熱情又油然而生了。這樣感情豐富却又絕對不能『以身之察察，受物之汶汶』，那末最後之解決，只有『赴湘流，葬於江魚之腹中』的唯一方法了。

屈原的思想始終是陷於理想與熱情的矛盾當中而不能自拔，他的作品的大部分，是表現這種富有藝術上的缺陷美的矛盾生活。我們現在且舉他最負盛名的離騷中間最精采的一段以爲例：

跪敷衽以陳辭兮，耿吾既得此中正。駟玉虬以乘鷖兮，溘埃風余上征。朝發軔於蒼梧兮，夕余至乎懸圃。欲少留此靈瑣兮，日忽忽其將暮。吾令羲和弭節兮，望崦嵫而勿迫。路漫漫其修遠兮，吾將上下而求索。飲余馬於咸池兮，總余轡乎扶桑。折若木以拂日兮，聊逍遙以相羊。前望舒使先驅兮，後飛廉使奔屬。鸞鳳爲余先戒兮，雷師告余以未具。吾令鳳鳥飛騰兮，又繼之以日夜。飄風屯其相離兮，率雲霓而來御。紛總總其離合兮，斑陸離其上下。吾令帝閽開關兮，倚閶闔而望予。時曖曖其將罷兮，結幽蘭而延佇。世溷濁而不分兮，好蔽美而嫉妒。朝吾將濟於白水兮，登閬風而緤馬。忽反顧以流涕兮，哀高丘之無女。溘吾遊此春宮兮，折瓊枝以繼佩。及榮華之未落兮，相下女之可貽。吾令豐隆乘雲兮，求宓妃之所在。解佩纕以結言兮，吾令蹇修以爲理。紛總總其離合兮，忽緯繣其難遷。夕歸次於窮石兮，朝濯髮乎洧盤。保厥美以驕傲兮，日康娛以淫遊。雖信美而無禮兮，來違棄而改求。覽相觀於四極兮，周流乎天余乃下。望瑤臺之偃蹇兮，見有娀之佚女。吾令鴆爲媒兮，鴆告余以不好。雄鳩之鳴逝兮，余猶惡其佻巧。心猶豫而狐疑兮，欲自適而不可。鳳凰既受詒兮，恐高辛之先我。欲遠集而無所止兮，聊浮遊以逍遙。及少康之未家兮，留有虞之二姚。理弱而媒拙兮，恐導言之不固。世溷濁而嫉賢兮，好蔽美而稱惡。閨中既邃遠兮，哲王又不悟。懷朕情而不發兮，余焉能忍而與此終古！

離騷是屈原一首最長的詩，共三百七十餘句。屈原的藝術大手腕，在這首纏綿悱惻的長詩裏面，已盡量地表現出來。他這首詩用的是獨創的自敘傳的體裁。自他的遠祖，皇考，敘到他自己，敘到他自己忠貞的人格，敘到黨人的偷樂貪婪和懷王的昏庸。次則講他政治失意後，乃南征就重華而陳辭，把禹、啓、羿、浞、澆、桀、湯、紂等人的事蹟和自己的悲憤，都陳訴出來了。他於是從蒼梧，歷遊縣圃、咸池、扶桑、白水、閬風、春宮、窮石、洧盤、崑崙、天津、西極、流沙、赤水、不周、西海等處；他把義和、望舒、飛廉、鸞鳳、雷師、鳳鳥、飄風、雲霓等，都給以生命化人格化，任意去指揮。作者描寫的範疇是無邊無際的。宇宙的一切都是他抒寫的活資料。他毫無拘束地在想像界馳騁着自己的情思，自由放肆的表現『自我』，一點也不修飾隱諱。我們看他在離騷裏面所表現的個性是多麽活潑：忽喜、忽怒、忽悲、忽笑、忽而要遠遊、忽而要見上帝、忽而要戀愛、忽而要問卜、忽而望故鄉、忽而要自殺。這完全是赤子的眞情之流，故描寫異常眞切動人。誠如梁啓超所言：『幾千言一篇的韻文，在體格上已經是空前創作。那波瀾壯闊，完全表出他的氣魄之偉大；有許多話講了又講，正見得纏綿悲惻，一往情深。』在藝術的造詣上說，離騷實已臻入化之境了。有了這樣成熟的作品爲模範，難怪楚辭的影響要壓倒詩經了；難怪後之辭賦家都輾轉束縛在楚辭之下，模來擬去而不能翻身了。

離騷之外，悲回風、哀郢、涉江諸篇均佳。橘頌藝術較差，大約是屈原初期的作品。

○　○　○　○

步着屈原的後塵而爲楚辭的作者的，在楚國尙有宋玉、景差、唐勒諸人。宋玉最有名。他的生平不詳，只知其曾在楚襄王朝做過官。漢書藝文志著錄其賦十六篇。今所傳者有九辯、招魂（以上二篇見楚辭）、風賦、高唐賦、神女賦、登徒子好色賦（以上四篇見文選）、笛賦、大言賦、小言賦、諷賦、釣賦、舞賦（以上六篇見古文苑），共十二篇。最可靠之作品惟九辯與招魂，其餘多有出於後人依託的嫌疑。但如論其藝術上的價值，則神女賦、高唐賦登徒子好色賦諸篇，都是極美艷的作品。景差的創作，則至多只有一篇大招。唐勒則雖有漢書藝文志著錄其賦四篇，可惜都失傳了。

第二編　漢代文學

第三章　漢代文學的傾向

由先秦至漢代，文學的進展也跟着時代及政治的推移，進到了一個新的階段。這個新時代的文學之形成，當然決不是偶然起來的，而與當時的時代背境有密切的因果關係。現在我們研究漢代文學，首先便要從事於講解漢代文學所受當代的影響而起的幾種反應：

第一，漢代的文語已經分離，貴族化的古典文學因以起來。——在秦以前，經過很長的封建割據時期，不但各國的言語不同，卽各國的文字也各不相同。秦始皇既統一中國，爲鞏固統一的文化基礎，自有實施文字統一政策之必要。故一方面改大篆爲小篆，製成一種簡省的文字，以便於通行；一方面又以政府的命令，要全國『書同文』，把各種歧異的字體悉行廢除。自從這種文字統一政策實施奏効以後。果然把許多怪異的方言淘汰掉，而有通行全國的簡便文字了。有了這種簡便通用的文字，對於智識文化的保存與發揚，自然容易致力；但從此，文體和語體却越離越遠了。我們知道，雖說在秦以前已是文語不能一致，好在那時的文字還沒有定於一律，各國的文字每隨各地的方言俗語而變，故文與語雖分離，還不會相距過遠。至秦以後，文字有了定型，不能隨方俗而變，久了便變爲不容易懂的典雅的古文，文與語便完全異道而揚鑣了。這樣文體與語體極端分化的結果，使學習文字便成一件艱難的事，又因教育不能普及，遂使習用文字成爲少數人的專業。這樣一來，文學的領域也跟着文語的分離而劃分爲兩個色彩不同的範圍：一部分仍舊是老百姓們用口語謳唱的平民文學；一部分是文人學士用古文寫的貴族化的古典文學。古典文學可以說是始於漢代。因爲當時的政府要用一種統一的典雅的古文，來作教化的工具，造就了一班專門使用古典文字的人才出來。於是使用古典文字，卽作古文，便成爲文人的特殊技能。因此貴族化的古典文學便大發達於漢代。

第二，漢代是儒教的學術思想最盛行的時代，文學一科也被籠罩在儒教的思想之下，埋沒了獨立的正確的文學觀念，故文學得不到健全的發展。我們知道，漢代自武帝設立五經博士，罷黜百家，定儒術於一尊以後，一切都儒教化了。一部最有文學價值的詩經，也因此竟被一班腐儒解釋得變成一部倫理學講義了。一般有天才的文人，都用其心力去做有益於社會國家的文章著述，至於純粹的抒情詩竟沒有人去問津。雖說當時也產生了許多賦的作家，但都是另有所爲而作，並沒有忠實於文學的嚴正精神。例如揚雄總算很喜歡做賦，他還不免嘲笑賦體，說是『雕虫篆刻，壯夫不爲』。由此可知當代對於文學還不免視爲小技，還沒有認識文學的必要及其獨立的珍貴的地位，故不免以餘力而爲之，文學的發展自難臻於健全。所以漢代文學作品的數量雖說很不少，但論其價值，則很有限。(民間文學又當別論)直至漢末，始有一班忠實而獻身於文學的文人起來，始造成文學的黃金時代。

第三，政府豢養文人，文學變爲政治的工具，此亦漢代文學進展中的一大厄運。——漢代是經過東周至秦五六百年混戰之後，新得到的一個長期的太平統一時代。中間雖經過幾度的變亂，而爲時甚暫。前後計算起來，實有三百多年的治安期。在這三百多年的治安期間所形成的文學是什麽？就是典雅富麗，歌頌太平盛德的辭賦文學。因爲當代那些富貴安樂慣了的帝王，多把文學當做一種消遣的玩意兒，極力獎勵提攜天下的文人去做粉飾太平的富貴文章。而當代一般窮文人，却都靠着作這種富麗堂皇的辭賦，以討帝王的歡喜，以作昇官發財的工具。他們的創作完全是爲政治慾所驅使，沒有絲毫藝術的動機。這自然不會有偉大的創作品出來。

由上面所講的三點看來，則雖說漢代的文學風氣很濃，雖說文人輩出，作品日繁，對文學上有新的貢獻；但這種新貢獻絕不會使我們發生快感。我們只覺得先秦時代文學發展的那一股活躍的生機，到漢代已被壓迫斬伐殆盡了。這是很顯然的，在先秦時代的作者，都帶着無所爲而爲的自由精神去創作，只知道謳歌自己的生命情思，這是先秦文學的偉大矜貴處。可惜到了漢代，文字古典化了，文學被視爲小技，而且工具化了，試問如何能做出眞摯而有價值的作品來？加以漢代是個一切都傾向復古的時代，文學模擬之風因以極濃。鼎鼎大名的漢代文豪揚雄，卽是以善模著稱於世。他的一切著作都是模擬的，文學的作品如反離騷、廣騷、畔牢愁、羽獵賦、長楊賦、解嘲、解難、劇秦美新及連珠等，竟無一篇不是出於擬作。此外的文人如枚乘、馮衍、班固及張衡等，皆以模擬見稱。這種模擬的風氣的造成，不僅阻礙漢代文學的發揚光大，流毒於後世文壇者更深。兩千年來文人方面的文學多偏重模擬，實漢代首倡模擬文風爲之厲階。

話雖如此，我們講漢代文學當然不僅只注意到文人方面，也許眞正能代表漢代的還是民間文學，也許漢代的民間歌兒比文人的辭賦更有價值，更有優美的影響於後世文壇呢。這些且讓後面去細講吧。我們在這一章是要大概講明漢代文學的淵源及其潮流風氣，故略述如上。

第四章　漢代的辭賦

先秦時代的文學，最初只有詩歌。根據傳統的說法，詩有六義，賦是詩的一義。但這只是說賦是詩的一種直陳式的作法，並不是說賦是一種獨立的文體。屈原是被稱爲賦體的開山大師的，然他作的離騷諸篇，都是長篇的韻文抒情詩，實不容稱之爲賦。直到荀況、宋玉，才創立賦名。所以劉勰文心雕龍詮賦篇說：

賦也者，受命於詩人，拓宇於楚辭也。於是荀況禮、智，宋玉風、釣，爰錫名號，與詩畫境。六義附庸，蔚成大國。……

自荀況宋玉作賦以後，大家都『競爲侈麗閎衍之詞，沒其風諭之義』（漢書藝文志），於是賦的形式與內容完全與詩不同。到了漢代，賦便成爲一種獨立的重要文體了。可是，賦在事實上，雖已成爲一種獨立的與詩對抗的文體；但要牠下一個定義，解釋牠這種文體的特性，仍舊是很困難的。雖有許多古人的解說，仍然不能得其要領。例如劉熙的釋名上說：

賦，敷也，敷布其義謂之賦。

皇甫謐的三都賦序上說：

賦也者，所以因物而造端，敷宏

鍾嶸的詩品上說：

直陳其事，寓言寫物，賦也。

摯虞的文章流別論上說：

(賦)所以假象盡辭，敷陳其志。

劉勰的文心雕龍上說：

賦者，鋪也，鋪采摛文，體物寫志也。

這上面許多解說，都沒有明白說出『賦是什麼』，不過是指明作賦要鋪敷誇飾而已，使我們仍舊不能明瞭賦體的眞意義。其實，賦本是作詩的一種方法，並非獨立的一種文體，不過後來的文人，喜歡使用這種作法，遂成詩的變體，而名之爲『賦』。實則賦中之情韻濃厚者，皆是詩。只是到了漢代，作者『專取詩中賦之一義以爲賦，又取騷中贍麗之辭以爲辭』(吳訥語)，於是賦乃變成一種淫麗的美文，以典雅豐縟爲貴，便不能說是詩，只能算是界乎詩與文中間的文體而已。

賦是漢代文人的文學中最主要的部分。兩漢的文人，幾乎每一個都曾在賦裏面貢獻他的才力聰明。文學史家都說：『漢是賦的時代』。就賦的發展一方面說，這個話是一點不錯的。

漢賦爲什麼突飛猛進的發達起來呢？我們分析賦在漢代之所以發達，實有兩種必然的原因：

第一，先秦時代所產生的文學成績有兩種，一是詩歌，一是騷賦。詩歌多出自民間，遣詞俚俗，非文人所優爲。騷賦乃是通文的人所作的，先秦作者僅有屈原宋玉幾人，作品甚少，正有待於後之文人去發揚光大。

第二，漢代是太平的時代，政府要點綴太平，自然竭力提倡謳歌太平盛德的文學。賦體本是以『鋪采摛文，體物寫志』爲能事的，正是寫太平文學的最好的文體。漢代的幾個皇帝都喜歡辭賦一類的文學，於是文人都競作賦，以求取功名，而賦遂繁。

漢之初期，卽有賦家。陸賈、賈誼作賦最早。漢武帝前後，要算是賦的黃金時代，如大賦家枚乘、司馬相如，都是這時候的作者。至宣帝成帝兩朝，賦體益繁。據劉勰的記載，

『繁積於宣時，校閱於成世，進御之賦，千有餘首』，其盛可想。東漢賦壇，則以章和前後爲最盛之期。直到漢末建安以後，文壇的風氣才由賦移轉爲詩歌作中心的發展。

賦至漢代而繁，亦至漢代而弊。因爲當時的文人，本沒有忠實於文學的信念，他們作賦的目的，完全是基於『以文干祿』的念頭。這樣一來，賦體乃變成文人作政治企圖的一種工具，作品的價值亦因之而低落了。所以，如果從質的方面來估計漢賦的價值，那是顯然要使我們大失所望的。

○　○　○　○

漢代的賦家，第一個當數司馬相如，這是無疑的。王世貞說：『長卿之賦，賦之聖者也』（藝苑卮言）。司馬相如的賦是否能够稱『聖』，誠然是個疑問，但他確是以賦獨步兩漢的。

相如字長卿，蜀郡成都人。史記稱他『少時好讀書，學擊劍，故其親名之曰犬子』。事孝景帝爲武騎常侍，因病免。客遊梁，與文士鄒陽、枚乘、嚴忌等見知於梁孝王，作子虛賦。會孝王卒，相如返而家貧，無法生活。因素與臨邛令王吉相善，趨往依之。宴於富人卓王孫家。適卓王孫有女文君新寡，相如以琴挑之，文君夜奔相如，乃相偕馳歸。後因家徒四璧，無以爲活，復往臨邛。買一酒舍酤酒，而令文君當鑪。相如自著犢鼻褌，與保傭雜作，滌器於市中。卓王孫恥之，不得已分與文君僮百人，錢百萬，遂成富人。相傳相如得在武帝朝做官，是因蜀人楊得意爲狗監，隨侍武帝，武帝讀了相如的上林賦，恨沒有與作者同時，楊得意乃告訴武帝，這是他的同鄉司馬相如的作品。武帝卽召見相如，相如乃再賦上林，因得爲郎。後以通西南夷有功，拜孝文園令。卒於茂陵（紀元前一七九——一一七）。據說是因色慾過度，以消渴疾死的。

相如本是一個輕薄無賴的文人，他的人格毫不足取。他的賦也都是些堆砌詞藻的浮艷文字，並沒有表現自己的個性的作品。據漢書藝文志的記載，相如有賦二十九篇，今所傳者僅六篇：

（1）美人賦（？）

（2）上林賦（以上二篇遊梁時作）

（3）長門賦（居蜀時作）

（4）子虛賦

（5）哀二世賦（？）

（6）大人賦（以上三篇武帝召見後作）

其實這六篇賦還不盡是相如的手筆，美人賦與哀二世賦疑是後人僞託之作，可靠的賦只有四篇。就這可靠的四篇說，子虛與上林是寫田獵的事，大人是寫神仙的事，都是迎合帝王心理而作的，雖有閎麗的詞藻，絕無文藝價值可言。長門賦也是受武帝后陳氏的黃金賄買而作的，但係抒寫戀情，題材較有意味，末一段寫棄婦的哀怨，最佳：

……左右悲而垂淚兮，涕流離而從橫。舒息悒而增欷兮，蹝履起而彷徨。揄長袂以自翳兮，數昔日之諐殃。無面目之可顯兮，遂頹思而就牀。摶芬若以爲枕兮，席荃蘭而茝香。忽寢寐而夢想兮，魄若君之在旁。惕寤覺而無見兮，魂廷廷若有亡。衆鷄鳴而愁予兮，起視月之精光。觀衆星之行列兮，畢昴出於東方。望中庭之藹藹兮，若季秋之降霜。夜曼曼其若歲兮，懷鬱鬱其不可再更。澹偃蹇而待曙兮，荒亭亭而復明。妾人竊自悲兮，究年歲而不敢忘。

傳說漢武帝讀了這篇賦，陳皇后復得寵幸，可見這確是一篇能感動人的作品。

平心而言，相如的賦『材極富，辭極麗』，實是一位有才氣的作家。可惜他不用文學來表現自己，抒寫自己的實感；徒然誇飾大言，爲浮靡淫麗之辭，以獻媚於帝王。這樣浪費了自己的才華，終無矜貴的文學成績可言，這是我們很替相如惋惜的。

○　○　○　○

漢代的賦家，只有司馬相如是唯一以賦著名的，是一個純粹的文人。其他的作者往往以經史學家或政論家兼爲賦作家。其最著稱的，有賈誼、枚乘、嚴忌、董仲舒、嚴助、東方朔、枚皋、王褒、劉向、揚雄、班固、張衡諸人。

賈誼，雒陽人。年十八以能誦詩書，屬文，稱於郡中。文帝召爲博士，遷太中大夫。後爲人所忌，攻擊他『專欲擅權，紛亂諸事』，謫往長沙，爲長沙王太傅。後拜梁懷王太傅。卒年三十三。(紀元前二〇一——一六九)他長於作議論文，過秦論最有名。有賈長沙集。他的賦以鵩鳥賦與弔屈原賦二篇最著。

枚乘，字叔，淮陰人。初爲吳王濞郎中，景帝召爲弘農都尉。後游梁，孝王敬爲上賓。武帝卽位，以安車蒲輪徵乘，死於途(公元前一四〇)。漢書藝文志稱其賦有九篇。最有名的是七發，後人的七激、七興、七廣、七辯、七依、七說、七蠲、七啓、七釋、七命、七徵、七諷等，皆係受七發的影響而作。

嚴忌，姓莊，避諱稱嚴，會稽人。初事吳王濞。吳敗，遊梁，與鄒陽枚乘受知於孝王。

忌名尤盛。世稱莊夫子。漢書藝文志稱其賦二十四篇。

董仲舒，廣川人。武帝時爲江都相，後爲膠西王相，以病免。他是一位有名的經學家，著有春秋繁露，董子文集。他的賦有士不遇賦等篇。

嚴助，忌之子，會稽人。郡舉賢良對策，武帝擢爲中大夫。建元中，拜會稽太守。後坐淮南王劉安叛黨，被殺。（紀元前一二二）漢志稱其有賦三十五篇。

東方朔，字曼倩，厭次人。武帝時官至太中大夫，後爲中郎。他爲人詼諧自喜，善於寫滑稽的文章，作賦只是他的末技。

枚皐，字少孺，乘之子，淮陰人。武帝拜爲郎。他爲人亦詼諧，善辭賦，時以比東方朔。他寫文章很快，故所作的賦特多。

王褒，字子淵，蜀人。宣帝時官至諫議大夫。漢志稱其有賦十六篇，以洞簫賦最著。

劉向，本名更生，字子政，漢之宗室。初爲諫議大夫，元帝時爲中壘校尉。（紀元前七七——六）向是一位儒學家，著新序，說苑等書。漢志稱其有賦三十三篇。

揚雄，字子雲，蜀郡成都人。成帝時召對承明庭，奏甘泉，長楊等賦。後官於王莽。（紀元前五三——公元一八）他的著作甚多，有太玄、法言、方言等書。作賦多仿屈原與司馬相如。嘗依楚辭作反離騷，廣騷諸篇，開後世競事模擬的風氣。漢志稱其有賦十二篇。

班固，字孟堅，扶風安陵人。明帝以爲郎，典校祕書。後遷玄武司馬。竇憲出征匈奴，以固爲中護軍，憲敗，固被捕死獄中。（公元三二——九二）固是歷史上有名的史學家，著漢書著稱於世。他的辭賦亦有名，最著的是兩都賦。

張衡，字平子，南陽人。安帝徵拜郎中，遷太史令。順帝時出爲河間相，徵爲尚書卒。（公元七八——一三九）他的兩京賦寫了十年，最有名於世。

以上共錄十二位漢賦家。此外以賦著稱者尚有鄒陽、朱買臣、吾丘壽王、終軍、嚴葱奇、張子僑、馮衍、崔篆、杜篤、傅毅、李尤、崔駰、王逸、趙壹、邊讓、蔡邕、酈炎許多人。他們都是些皇帝的淸客，御用的文人；他們都是靠着作賦的一點技藝討官做，討錢用；他們所作的賦多是應制的，多是謳歌盛世，頌揚盛德的，獻給皇帝作『娛悅耳目』的娛樂品，被視爲『倡優博奕』一流的玩意兒。於是賦在文學裏面的意義便死了，漢代文人所作的辭賦便和明淸文人所作的八股文同樣的全無價値了。

第五章　漢代的詩歌

漢代的文學是分兩路發展的：一路是文人的正統文學，他們的作品拚命的趨向典雅一途，造成所謂漢賦的成績；一路是民間的文學，他們的作品仍然是樸質的抒情詩。㊥

做典雅豐縟的，歌功頌德的長篇辭賦，是文人的專業，民間的作者是做不來的。他們只曉得歌唱，撰幾隻歌兒唱唱，喊出他們心頭的喜怒，生活的苦樂。先秦時代的民衆已經撰製出來無數的歌謠了，漢代的民衆自然也同樣的會撰的，如劉邦的大風歌便是漢代最早的一首歌謠：

大風起兮，雲飛揚；
威加海內兮，歸故鄉。
安得猛士兮守四方？

史記說劉邦削平了西楚，統一天下，大富大貴而歸故鄉，召集故人父老子弟來佐酒，這時他心中十分暢快，便撰了這一隻歌兒給故鄉的孩子們唱。劉邦本是一個不學無術的亭長，他曾有拿儒冠當做溺器的笑話，自然不懂做什麼典雅的辭賦，只會做這種俚俗的歌兒。你看，這隻歌兒可眞做得不壞，只是二十二個字，便把作者的喜悅氣慨，與匹夫驟得富貴的患得患失的心理，寫得躍然紙上。

武帝時候，有倡家子弟李延年，因他的妹李夫人得幸於武帝，他也跟着得寵。有一天，他在武帝面前跳舞，唱了一隻讚揚阿妹美麗的歌，以媚武帝。那隻歌也很好：

北方有佳人，絕世而獨立。
一顧傾人城，再顧傾人國。——
寧不知傾城與傾國？
佳人難再得！

今所傳的古辭，都是漢代街陌的謠謳，都是些指不出作者姓名的作物。自漢武帝設置一個國立的音樂機關，叫做『樂府』（卽後世的『敎坊』），以李延年爲協律都尉，把四方傳唱的歌謠都收到『樂府』中去，因此，當時的俚俗民歌始得傳於後世。

漢代的民歌有些是純粹給歌的，如江南可採蓮：

江南可採蓮，蓮葉何田田！

魚戲蓮葉間，

魚戲蓮葉東，魚戲蓮葉西，

魚戲蓮葉南，魚戲蓮葉北。

這隻歌並沒有什麼深意，只是用好聽的音節，唱出採蓮時的快活而已；讀來却何等的樸素，自然。又如上留田行，（樂府詩集誤爲曹丕作）也是一首道地的民間歌謠：

居世一何不同？——上留田！

富人食稻與粱，——上留田！

貧子食糟與糠，——上留田！

貧賤亦何傷？——上留田！

祿命懸在蒼天，——上留田！

今爾歎息，將欲誰怨？——上留田！

這是一首極好的民歌。『上留田』三字用在句尾有聲無義，只是用來諧韻的。我以爲這種樸素的歌決不是貴爲帝王的曹丕做得出來，但也許經過他的修改而成。大概古代的歌謠，經過文字寫定的時候，總不免要受寫定者的修改的。故我們現在所誦讀的古歌辭，很多竟是半文半俗的詩歌，不像是純粹口白的歌謠了。

漢代的歌辭有很多是描寫當代民衆社會情形的作品，有很多感動人的悲劇詩。如寫戰爭殘暴的戰城南：

戰城南，死郭北，野死不葬烏可食。

爲我謂烏：『且爲客豪。野死諒不葬，腐肉安能去子逃？』

水深激激，蒲葦冥冥。梟騎戰鬥死，駑馬徘徊鳴。

梁築室，何以南？何以北？禾黍不穫君何食？願爲忠臣安可得？

思子良臣，良臣誠可思！朝行出攻，暮不夜歸！

與戰城南同工並妙的非戰詩歌有十五從軍征：

十五從軍征，八十始得歸。道逢鄉里人，『家中有阿誰？』『遙望是君家，松柏冢纍纍，兔從狗竇入，雉從梁上飛。中庭生旅穀，井上生旅葵。』——烹穀持作飯，采葵持作羹。羹飯一時熟，不知貽阿誰？出門東向望，淚落霑我衣！

漢代的歌辭，從文字方面看，是以樸素爲其特長，這種長處是每一首歌辭都具備的；若從藝術方面看，也有很多描寫的技術極佳美的作品，最好的如上山採蘼蕪：

上山采蘼蕪，下山逢故夫。長跪問故夫：『新人復何如？』『新人雖言好，未若故人姝。顏色類相似，手爪不相如。』新人從門入，故人從閤去。新人工織縑，故人工織素，織縑日一匹，織素五丈餘，將縑來比素，新人不如故！

這首詩雖僅八十字，却活繪出夫婦三口子的一幕劇，是一篇描寫極經濟的短篇小說。

寫家庭間的痛苦，最哀感人的要算孤兒行：

孤兒生。孤子遇生，命當獨苦。父母在時，乘堅車，駕駟馬。父每已去，兄嫂令我行賈。南到九江，東到齊與魯。臘月來歸，不敢自言苦。頭多蟣虱，面目多塵。大兄言辦飯，大嫂言視馬。上高堂行取殿，下堂孤兒淚下如雨。使我朝行汲，暮得水來歸，手爲錯，足下無菲。愴愴履霜，中多蒺藜；拔斷蒺藜，腸肉中愴欲悲，淚下渫渫，淸涕纍纍。冬無複襦，夏無單衣。居生不樂，不如早去，下從地下黃泉。春氣動，草萌芽。三月桑蠶，六月收瓜。將是瓜車，來到還家。瓜車反覆，助我者少，啗瓜者多。『願還我蒂，兄與嫂嚴。』獨且急歸，當興校計。亂曰：里中一何譊譊！願欲寄尺書，將與地下父母，『兄嫂難與久居。』

沈德潛稱道這首詩說：『極瑣碎，極古奧，斷續無端，起落無迹。淚痕血點，結綴而成。』這眞是一首血和淚凝成的作品，這種作品絕不是只知粉飾太平的漢賦家所能做得出來的。

古歌辭中也有很多的艷歌，寫得最動人的莫如上邪：

上邪！欲與君相知，長命無絕衰。

山無陵，江水爲竭，冬雷震震，夏雨雪，天地合，乃敢與君絕！

有所思也是一首絕妙的戀歌：

有所思，乃在大海南。何用問遺君？雙珠玳瑁簪，用玉紹繚之。聞君有他心，拉雜摧燒之。摧燒之，當風揚其灰。從今以往，勿復相思！相思與君絕！雞鳴狗吠，兄嫂當知之。妃呼豨！秋風肅肅晨風颸，東方須臾高知之。

這兩首詩語意直率，表情深摯，文字簡樸而有氣力，當是戀歌中的聖品。此外整齊的五言詩中寫艷情的，如羽林郎：

昔有霍家奴，姓馮名子都。依倚將軍勢，調笑酒家胡。

胡姬年十五，春日獨當壚。長裾連理帶，廣袖合歡襦，頭上藍田玉，耳後大秦珠。

兩鬟何窈窕，一世良所無；一鬟五百萬，兩鬟千萬餘。

不意金吾子，娉婷過我廬，銀鞍何煜爚，翠蓋空踟蹰。就我求清酒，絲繩提玉壺；
就我求珍肴，金盤鱠鯉魚；貽我青銅鏡，結我紅羅裾。——
不惜紅羅裂，何論輕賤軀！男兒愛後婦，女子重前夫，人生有親故，貴賤不相踰。
多謝金吾子，『私愛徒區區！』

相傳這是辛延年的作品，辛延年是一位無名作家，他的這首詩應歸入平民文學的範圍。

同樣描寫的還有一首有名的陌上桑：

日出東南隅，照我秦氏樓。秦氏有好女，自名為羅敷。羅敷善蠶桑，採桑城南隅。
青絲為籠系，桂枝為籠鈎。頭上倭墮髻，耳中明月珠；緗綺為下裙，紫綺為上襦。
行者見羅敷，下擔捋髭鬚；少年見羅敷，脫帽著帩頭。耕者忘其犂，鋤者忘其鋤；
來歸相怨怒，但坐觀羅敷。
使君自南來，五馬立踟蹰。使君遣吏往，問是誰家姝。『秦氏有好女，自名為羅
敷。』『羅敷年幾何？』『二十尚不足，十五頗有餘。』使君謝羅敷，『寧可共載
不？』羅敷前致辭：『使君一何愚！使君自有婦，羅敷自有夫。』
東方千餘騎，夫壻居上頭。何用識夫壻？白馬從驪駒，青絲繫馬尾，黃金絡馬頭；

腰中鹿盧劍，可値千萬餘。十五府小史，二十朝大夫，三十侍中郎，四十專城居。爲人潔白皙，鬑鬑頗有鬚。盈盈公府步，冉冉府中趨。坐中數千人，皆言夫壻殊。

羽林郎和陌上桑眞要算漢代民間艷歌中的雙絕：就文學的技術講，陌上桑尤爲特色。

漢代民間文學繼續着數百年的發展，產生了無數的民歌。整齊的五七言詩都在民間醞釀成熟了，試驗成功了。特別是五言詩的成績最大，如陌上桑已經是二百六十五字的有組織的敘事長詩，完全不是歌謠的形式了。故到了東漢末年產生偉大的長篇敘事詩孔雀東南飛，實在是理想得到的事。

孔雀東南飛是一首一千七百八十五個字的長詩，徐陵玉台新詠錄此詩，並爲之序說：『漢末建安中，廬江府小吏焦仲卿妻劉氏爲仲卿母所遣，自誓不嫁。其家迫之，乃投水而死。仲卿聞之，亦自縊於庭樹。時人傷之，爲詩云爾。』此詩全文如下：

孔雀東南飛，五里一徘徊。——

『十三能織素，十四學裁衣，十五彈箜篌，十六誦詩書，十七爲君婦，心中常苦悲。君既爲府吏，守節情不移；賤妾留空房，相見常日稀。鷄鳴入機織，夜夜不得息。三日斷五匹，大人故嫌遲；非爲織作遲，君家婦難爲。妾不堪驅使，徒留無所施。便可白公姥，及時相遣歸。』

府吏得聞之，堂上啓阿母：『兒已薄祿相，幸復得此婦，結髮同枕席，黃泉共爲友，共事二三年，始爾未爲久。女行無偏斜，何意致不厚？』阿母謂府吏：『何乃太區區？此婦無禮節，舉動自專由，吾意久懷忿，汝豈得自由！東家有賢女，自名秦羅敷。可憐體無比，阿母爲汝求。便可速遣之，遣去愼莫留！』

府吏長跪告：『伏惟啓阿母，今若遣此婦，終身不復取。』阿母得聞之，搥床便大怒：『小子無所畏！何敢助婦語！吾已失恩義，會不相從許。』

府吏默無聲，再拜還入戶，舉言謂新婦，哽咽不能語。『我自不驅卿，逼迫有阿母。卿但暫還家，吾今且報府，不久當歸還，還必相迎取。以此下心意，愼勿違吾語！』

新婦謂府吏：『勿復重紛紜。往昔初陽歲，謝家來貴門，奉事循公姥，進止敢自專？晝夜勤作息，伶俜縈苦辛。謂言無罪過，供養卒大恩。仍更被驅遣，何言復來還？妾有繡腰襦，葳蕤自生光；紅羅複斗帳，四角垂香囊；箱簾六七十，綠碧青絲繩；物物各自異，種種在其中。人賤物亦鄙，不足迎後人，留待作遺施。於今無會因，時時爲安慰，久久莫相忘！』

雞鳴外欲曙，新婦起嚴妝，著我繡裌裙，事事四五通；足下躡絲履，頭上玳瑁光；腰若流紈素，耳著明月璫；指如削葱根，口如含珠丹；纖纖作細步，精妙世無雙。上堂謝阿母，阿母怒不止。「昔作女兒時，生小出野里，本自無教訓，兼愧貴家子。受母錢帛多，不堪母驅使。今日還家去，念母勞家裏。』卻與小姑別，淚落連珠子。『新婦初來時，小姑始扶床；今日被驅遣，小姑如我長。勤心養公姥，好自相扶將。初七及下九，嬉戲莫相忘！』出門登車去，涕落百餘行。

府吏馬在前，新婦車在後，隱隱何甸甸，俱會大道口。下馬入車中，低頭共耳語：『誓不相隔卿！且暫還家去。吾今且赴府，不久當還歸，誓天不相負！』新婦謂府吏：『感君區區懷。君既若見錄，不久望君來。君當作盤石，妾當作蒲葦；蒲葦紉如絲，盤石無轉移。我有親父兄，性行暴如雷，恐不任我意，逆以煎我懷。』舉手長勞勞，二情同依依。

入門上家堂，進退無顏儀。阿母大拊掌：『不圖子自歸！十三教汝織，十四學裁衣，十五彈箜篌，十六知禮儀，十七遣汝嫁，謂言無誓違。汝今何罪過，不迎而自歸？』『蘭芝慚阿母，兒實無罪過。』阿母大悲摧！

還家十餘日，縣令遣媒來，云：『有第三郎，窈窕世無雙，年始十八九，便言多令才。』阿母謂阿女：『汝可去應之。』阿女含淚答：『蘭芝初還時，府吏見丁寧，結誓不別離；今日違情義，恐此事非奇。自可斷來信，徐徐更謂之。』阿母白媒人：『貧賤有此女，始適還家門，不堪吏人婦，豈合令郎君？幸可廣問訊，不得便相許。』

媒人去數日，尋遣丞請還，說：『有蘭家女，承籍有宦官。云有第五郎，嬌逸未有婚，遣丞為媒人，主簿通言語，直說太守家，有此令郎君。既欲結大義，故遣來貴門。』阿母謝媒人：『女子先有誓，老姥豈敢言。』

乃兄得聞之，悵然心中煩，舉言謂阿妹：『作計何不量！先嫁得府吏，後嫁得郎君，否泰如天地，足以榮自身。不嫁義郎體，其往欲何云？』蘭芝仰頭答：『理實如兄言。謝家事夫婿，中道還兄門，處分適兄意，那得自任專？雖與府吏要，渠會永無緣。登即相許和，便可作婚姻。』

媒人下床去，諾諾復爾爾，還部白府君：『下官奉使命，言談大有緣。』府吏得聞之，心中大歡喜，視曆復開書：便利此月內，六合正相應，良吉三十日。『今已二十七，卿可去成婚。』

交語速裝束，絡繹如浮雲：青雀白鵠舫，四角龍子幡，婀娜隨風轉；金車玉作輪，躑躅青驄馬，流蘇金鏤鞍；齎錢三百萬，皆用青絲穿；雜綵三百匹；交廣市鮭珍；從人四五百，鬱鬱登郡門。

阿母謂阿女：『適得府君書，明日來迎汝，何不作衣裳，莫令事不舉。』阿女默無聲，手巾掩口啼，淚落便如瀉。移我琉璃榻，出置前窗下。左手持刀尺，左手持綾羅；朝成繡裌裙，晚成單羅衫。——晻晻日欲暝，愁思出門啼。

府吏聞此變，因求假暫歸。未至二三里，摧藏馬悲哀。新婦識馬聲，躡履相逢迎，悵然遙相望，知是故人來。舉手拍馬鞍，嗟嘆使心傷。『自君別我後，人事不可量。果不如先願，又非君所詳。我有親父母，逼迫兼弟兄，以我應他人，君還何所望？』府吏謂新婦：『賀君得高遷！盤石方且固，可以卒千年；蒲葦一時紉，便作旦夕間。卿當日勝貴，吾獨向黃泉。』新婦謂府吏：『何意出此言！同是被逼迫，君爾妾亦然。黃泉下相見，勿違今日言。』執手分道去，各各還家門。生人作死別，恨恨那可論！念與世間辭，千萬不復全。

府吏還家去，上堂拜阿母：『今日大風寒，寒風摧草木，嚴霜結庭蘭。兒今且冥冥，令母在後單。故作不良計，勿復怨鬼神。命如南山石，四體康且直。』阿母得聞之，零淚應聲落：『汝是大家子，仕宦於臺閣，愼勿爲婦死，貴賤情何薄？東家有賢女，窈窕艷城郭，阿母爲汝求，便復在旦夕。』

府吏再拜還，長嘆空房中，作計乃爾立。轉頭向戶裏，漸見愁煎迫。——

其日牛馬嘶，新婦入青廬。奄奄黃昏後，寂寂人定初。『我命絕今日，魂去尸長留』。攬裙脫絲履，舉身赴清池。

府吏聞此事，心知長別離，徘徊庭樹下，自掛東南枝。

兩家求合葬，合葬華山傍。東西植松柏，左右植梧桐，枝枝相覆蓋，葉葉相交通。中有雙飛鳥，自名爲鴛鴦，仰頭相向鳴，夜夜達五更。行人駐足聽，寡婦起傍徨。

多謝後世人，戒之愼勿忘！

這是中國文學史上一首空前的，僅有的，哀艷動人的長詩創作。這樣樸素無華的文字，寫得眞是眞摯，誠實，宛如一幕眞實的悲劇扮演在我們的面前。作者描寫的技術眞是高妙，他把劇中四五個人物——仲卿、仲卿母、蘭芝、蘭芝母及兄——各個不同的個性，都很生動的抒寫出來。全文雖有一千七百餘字之多，我們讀了，一點也不覺冗長。全篇的結構，恰如一件無縫的天衣。不但可作文學名著讀，還可以當作古代婦女生活史讀。

老實說，漢賦只不過是當代貴族社會一種時髦的妝飾品，娛樂品而已；眞正的時代文學，社會文學，眞正有價值的文學，還是要算這些民間的詩歌呢。

○　○　○　○

五言詩和七言詩都是起源於民間，是無可懷疑的。民間的歌謠初無一定的格式，他們任意的撰製，有時做出長短其句的歌，有時做出句調整齊的四言，五言，六言，七言歌。後來大家做五言和七言做得順手，唱得順口，形式又整齊美觀，大家便都不約而同的趨向做五七言詩一途，五七言詩便自然地發達起來。就中五言詩的發達又早於七言，我們看漢代的民間詩歌，以五言詩爲最多，而且做得很長篇的出來了。

文人的詩歌是受了民間詩的影響才產生的，起來很遲。舊說古詩十九首中有枚乘的作品，推爲五言詩的始創者；又有說李陵蘇武的河梁贈答等詩爲五言詩之祖。這是壓根兒錯誤了的。不但枚乘、李陵和蘇武沒有做過詩，所有的西漢文人並沒有一個曾做詩的，古詩十九首和河梁篇詩也不一定是西漢的作品。

說古詩十九首中有枚乘的作品始於劉勰，他說：『古詩佳麗，或稱枚叔。』（文心雕龍明詩篇）這還是疑似之言，至徐陵編玉台新詠則直錄古詩中之九首為枚乘作。這是不可靠的。在徐陵之前有蕭統，蕭統的文選錄古詩十九首，皆不題作者姓名；在徐陵之前又有鍾嶸，鍾嶸的詩品也說：『古詩眇邈，人世難詳。』更推上去說，東漢人班固作的漢書裏面的枚乘傳，也沒有說起枚乘作詩的話。我們知道枚乘是當代很有名氣的文人，他如作了五言詩，決不會沒有人知道。你看他做了一篇七發，引出後人多少的摸擬作品；倘使他創為五言新詩，定必轟動一時，人人爭擬，何以竟『吟詠靡聞』？這都是解釋不通的。

至於李陵與蘇武的詩，雖蕭統文選明載李陵與蘇武詩三首，蘇武詩四首，鍾嶸詩品也說：『逮漢，李陵始著五言之目，』但也是不可信的。班固的漢書蘇武傳和藝文志也都不曾說起蘇李有五言詩。梁劉勰則對於所傳西漢的詩根本懷疑，他在文心雕龍明詩篇說：

（上略）至成帝（西漢末年），品錄三百餘篇，朝章國采，亦云周備；而辭人遺翰，莫見五言，所以李陵，班婕妤見疑於後代也。

一種新文體的起來，是經過長期的醞釀，逐漸演化而成立的，絕不是那一兩個文人所能獨創出來的。西漢只有民歌，文人只會做淫麗鋪張的古典賦，還不是他們做得出整齊完美的五言詩的時候。古詩十九首與河梁等詩，决不是西漢時期的作品，更不是西漢中年做文丐的枚乘，武夫的李陵，牧羊的蘇武，所能憑空創造的。其餘，如卓文君的白頭吟，班婕妤的怨歌行，都不是她們自己的作品，而且都是東漢或東漢以後的作品。

文人作詩，始於東漢。可稽考的如古詩十九首中的『冉冉孤生竹』，劉勰謂是傅毅之作；此外，班固有詠史，張衡有四愁詩。這時，文人蓋已受着民間詩歌風氣的影響了，有眼光的文人都開始試作詩歌了。至東漢末年建安時期，五七言詩歌很迅速的發展起來，便成爲文人創作中的主要部分。

第六章　建安時期的文學

漢代文學至漢末起了一個大變化。

就時代說，東漢至靈帝獻帝時，太平時代已經過去，天下已經紛亂了。漢末的文人再沒有那樣安閑的功夫，花費百多天來作子虛上林，花費十年來寫兩京賦了。他們只好在戎馬倉惶中，橫槊賦詩；他們只好在客居異鄉的時候，登樓作賦。他們再也歌詠不出太平時代的美景勝事，再也做不出司馬相如、揚雄、班固、張衡一般人的賦出來了。

漢末的文人，是亂世的文人，他們寫的是亂世的社會生活，是作者自己抑壓不住的情感的流露。他們的作風，不是悲壯高曠，便是淒涼悲哀，不像以前的辭賦只是一味的『靡靡之音』了。這是漢末文學的特色。

在文學史上，這個時期的文學被稱爲『建安文學』。(公元一九六——二二〇)

○　○　○　○

漢末文學，以建安時期爲中心；這個中心時期的文學，又以詩歌爲主幹部分。這，顯然是民間的歌謠發展到文人的社會裏來。

在建安前的百多年，已經有文人在試作詩歌，這是在前面說過了的，如班固的五言詠史詩。那時因爲文人作詩的風氣未開，故班固只是採用民間的詩體，而不敢模擬民間的作風，他的詠史詩實嫌倫理忠孝的氣味太濃，做得並不好。直到章帝和帝之際，傅毅張衡等出，才大胆地模仿民間的作風來做詩，才做出五七言好詩來。

古詩　傅毅(？)

冉冉孤生竹，結根泰山阿。與君爲新婚，兔絲附女蘿。兔絲生有時，夫婦會有宜。千里遠結婚，悠悠隔山陂。思君令人老，軒車來何遲！傷彼蕙蘭花，含英揚光輝；過時而不采，將隨秋草萎。君亮執高節，賤妾亦何爲！

四愁詩　張衡

我所思兮在天山，欲往從之梁甫艱，側身東望涕沾翰。美人贈我金錯刀，何以報之英瓊瑤。路遠莫致倚逍遙，何爲懷憂心煩勞？

我所思兮在桂林，欲往從之湘水深，側身南望涕霑襟。美人贈我金琅玕，何以報之雙玉盤。路遠莫致倚惆悵，何爲懷憂心煩傷？

（四愁詩共有四節，這裏選錄二節）

張衡傅毅們的賦都是讀來令人煩厭的，而他倆這種模仿民間作風的詩却寫得怪清新可愛，可見詩的時代是來了。

到了建安期，詩壇益繁盛。建安的文人雖一方面做賦，一方面做詩，但他們做出來的賦遠比不上他們的詩。如曹植的七哀詩與出婦賦都是寫少婦的哀怨的，而出婦賦實不如七哀詩的寫得好；這很顯然證明詩體是比較賦體更爲適宜於抒情寫意的文學體裁。從建安時起，詩歌便成爲正統文學的主幹了。

○　○　○　○

建安期的文壇，曹氏父子實爲領袖人物。他們都是天生多才的文學家，又復敬愛文士；以帝王的資格來提倡文學，使『天下才人，競集魏都』，文學遂盛。

第一個要說的是曹操。操字孟德，譙人。（一五五——二二〇）他在政治舞台上是一位不世出的英雄，在文學界亦是一個怪傑。他的作風憑着一團豪氣，如天馬行空，不可羈靮。試讀他的短歌行『對酒當歌；人生幾何？譬如朝露，去日苦多。』風調悲壯，氣魄沈雄。至他的苦寒行則更變爲剛勁蒼涼，不許第二人寫得出來，其詩全文如下：

北上太行山，艱哉何巍巍。羊腸坂詰屈，車輪爲之摧。樹木何蕭瑟，北風聲正悲；熊羆對我蹲，虎豹夾路啼。谿谷少人民，雪落何霏霏。延頸長嘆息！遠行多所懷。我心何怫鬱，思欲一東歸。水深橋梁絕，中路正徘徊。迷惑失故路，薄暮無宿棲。行行日已遠，人馬同時飢。擔囊行取薪，斧冰持作糜。悲彼東山詩，悠悠令我哀！

曹操半生戎馬，指揮疆場，浩然雄氣，直冲雲霄；故他的作品力道甚足，風格甚高。只可惜他所傳的作品不多。

曹丕字子桓，操長子。（一八七——二二六）他在政治上也是一位大野心家，把漢朝的帝國奪了。可是他的作品卻絕沒有雄勁氣；風調淸綺閑雅，婉約風流，談藝錄稱其『資近美媛』。例如他的燕歌行：

秋風蕭瑟天氣涼，草木搖落露爲霜。羣燕辭歸雁南翔。念君客遊多思腸，慊慊思歸戀故鄉。君何淹留寄他方？賤妾煢煢守空房。憂來思君不可忘，不覺淚下沾衣裳。援琴鳴絃發淸商，短歌微吟不能長。明月皎皎照我牀，星漢西流夜未央。牽牛織女遙相望，爾獨何辜限河梁！

曹丕的文章也做得很好，他的典論論文是古代一篇有名的文學批評。

在曹氏父子中最負文譽的要算曹植了，他是屈原以後最大的詩人，是建安期文壇的大權威。

植字子建，丕之弟。相傳他十歲卽善屬文。與曹丕並負文名。有『七步成章』的佳話。他爲人『性簡易，不治威儀；任性而行；飲酒不節』，完全是一個浪漫文人。雖貴爲封藩之王，而爲曹丕所忌，遠徙他鄉，鬱鬱不適志，後以愁苦過甚，病死，年只四十一歲。（一九二——二三二）世稱陳思王。

曹植的最大成就是在詩歌方面，他的詩歌受樂府古辭的影響甚深；今舉他幾首名詩爲例：

七哀詩

明月照高樓，流光正徘徊。上有愁思婦，悲歎有餘哀。借問歎者誰？言是客子妻。
君行踰十年，孤妾常獨棲。君若淸路塵，妾若濁水泥，浮沈各異勢，會合何時諧？
願爲西南風，長逝入君懷；君懷良不開，賤妾當何依！

美女篇

美女妖且閑，采桑歧路間。柔條紛冉冉，葉落何翩翩。攘袖見素手，皓腕約金環；頭上金爵釵；腰佩翠琅玕；明珠交玉體，珊瑚間木難；羅衣何飄飄；輕裾隨風還。顧盼遺光采，長嘯氣若蘭。行徒用息駕，休者以忘餐。借問女安居？乃在城南端，青樓臨大路，高門結重關。容華耀朝日，誰不希令顏。媒人何所營，玉帛不時安。佳人慕高義，求賢良獨難。衆人何嗷嗷，安知彼所觀。——盛年處房屋，中夜起長歎！

曹植以貴公子而處憂愁不堪之境，故所作多言哀情。他不僅懷想京都的時候，要興『朔風』之歎；他就看見白鶴，看見蟬，看見鸚鵡，都要引起他的哀思，發爲哀吟。在他的集子裏面哀楚動人的詩至多。作者在這樣桎梏的環境中，所想望的只是無拘無束的自由，試讀他的野田黃雀行：

高樹多悲風，海水揚其波。——利劍不在掌，結友何須多？不見籬間雀，見鷂自投羅。羅家見雀喜，少年見雀悲。拔劍捎羅網，黃雀得飛飛。飛飛摩蒼天，來下謝少年。

『飛飛摩蒼天』只是曹植的幻想，這位薄命的詩人終於是困厄而死的。

鍾嶸詩品列曹植爲上品，並且稱道他的詩說：『骨氣奇高，詞彩華茂，情兼雅怨，體被文質。』這十六個字的批評，我以爲說得很好。曹植的詩，聲調諧協，字句精工，故論者稱他『文如繡虎』。可是，從此便漸脫民間詩的俚俗風味——也可以說漸脫民間詩的好處——變成文人化的詩了，已漸開兩晉六朝詩的綺靡風氣了。

○　○　○　○

曹氏父子而外，號稱『建安七子』（或稱『鄴下七子』）的孔融、阮瑀、陳琳、王粲、徐幹、應瑒、劉楨，都是漢末的著名文士。曹丕典論論文有一段批評七子的文章很好：

今之文人，魯國孔融文舉，廣陵陳琳孔璋，山陽王粲仲宣，北海徐幹偉長，陳留阮瑀元瑜，汝南應瑒德璉，東平劉楨公幹，斯七子者，於學無所遺，於辭無所假，咸以自騁驥騄於千里，仰齊足而並馳……王粲長於辭賦；徐幹時有奇氣，非粲之匹也。如粲之初征、登樓、槐賦、征思，幹之玄猿、漏卮、圓扇、橘賦，雖張蔡不過也。然於他文，未能稱是。琳瑀之章表書記，今之儁也。應瑒和而不壯；劉楨壯而不密。孔融體氣高妙，有過人者，然不能持論，理不勝辭；至於雜以嘲戲，及其所善，揚班儔也。

在七人中，孔融早爲曹操所殺。(一五三——二〇八)其餘六子，都是曹家豢養的淸客。說到他們的辭賦，大多數是些藻飾的文章，沒有文藝價值的居多。(曹植的賦亦不足讚美)只有詩歌方面，還不少可舉例者。如孔融哀兒死的雜詩，阮瑀寫孤兒苦的駕出北郭門行，都是很能動人的作品。寫得最哀楚動人的，要算陳琳寫邊禍悽慘的飲馬長城窟行：

飲馬長城窟，水寒傷馬骨。往謂長城吏，愼勿稽留太原卒。官作自有程，擧築諧汝聲。男兒寧當格鬥死，何能怫鬱築長城？

長城何連連，連連三千里。邊城多健少，內舍多寡婦。作書與內舍：『便嫁莫留住。善事新姑嫜，時時念我故夫子。』報書與邊地：『君今出語一何鄙！』『身在禍難中，何爲稽留他家子？生男愼莫擧，生女哺用餔。君獨不見長城下，死人骸骨相撐拄？』『結髮行事君，慊慊心意關。明知邊地苦，賤妾何能久自全？』

這樣絕妙的哀歌原是模擬樂府古辭而來的。

在七子中，王粲要算最負文譽的一個。劉勰稱他：『仲宣溢才，捷而能密，文多兼善，辭少瑕累；摘其詩賦，則七子之冠冕乎。』(文心雕龍才略篇)我們且擧他一首有名的七哀詩爲例：

西京亂無象，豺虎方遘患。復棄中國去，委身適荊蠻。親戚對我悲，朋友相追攀。出門無所見，白骨蔽平原。路有飢婦人，抱子棄草間。顧聞號泣聲，揮涕獨不還。『未知身死處，何能兩相完？』驅馬策之去，不忍聽此言。南登霸陵岸，回首望長安。悟彼泉下人，喟然傷心肝！

這是寫漢末大亂的情形，是一篇極好的悲劇詩。建安文人很喜歡用詩來寫當代的社會問題，顯然是受了樂府古辭的影響。在他們的賦裏面是絕找不出這樣有時代背境的作品。

說到這裏，我們絕不可忘却還有一位多才的女作家蔡琰，她曾經寫下一篇很長的悲憤詩，敍述漢末變亂時自己的遭遇，更是一篇悽愴動人的作品。

蔡琰是漢末有名的文學家蔡邕的女兒，有才學，初嫁衞氏，夫死無子，寡居娘家。於興平年間，正值董卓亂時，爲胡騎擄去。居匈奴十二年，生二子。曹操憐蔡邕無嗣，派人用金璧贖她回中國。後嫁董祀。這首詩是她回國後追述其經過的哀楚，全文共五百四十字：

漢季失權柄，董卓亂天常，志欲圖篡弑，先害諸賢良。逼迫遷舊邦，擁主以自强。
海內興義師，欲共討不祥。卓衆來東下，金甲耀日光。
平土人脆弱，來兵皆胡羌。獵野圍城邑，所向悉破亡。斬截無孑遺，尸骸相撐拒。

馬邊懸男頭，馬後載婦女。長驅入西關，迴路險且阻。還顧邈冥冥，肝脾為爛腐。所略有萬計，不得令屯聚。或有骨肉俱，欲言不敢語。失意幾微間，輒言『斃降虜！要當以亭刃，我曹不活汝！』

豈復惜性命？不堪其詈罵。或便加捶杖，毒痛參并下。旦則號泣行，夜則悲吟坐。欲死不能得，欲生無一可。彼蒼者何辜，乃遭此戹禍！

邊荒與華異，人俗少義理。處所多霜雪，胡風春夏起：翩翩吹我衣，肅肅入我耳。感時念父母，哀嘆無窮已！

有客從外來，聞之常歡喜。迎問其消息，輒復非鄉里。邂逅徼時願，骨肉來迎己。己得自解免，當復棄兒子。天屬綴人心，念別無會期。存亡永乖隔，不忍與之辭。兒前抱我頸，問『母欲何之？人言母當去，豈復有還時？阿母常仁惻，今何更不慈？我尚未成人，奈何不顧思？』見此崩五內，恍惚生狂癡。號泣手撫摩，當發復回疑。

兼有同時輩，相送告離別。慕我得獨歸，哀叫聲摧裂。馬為立踟蹰，車為不轉轍。觀者皆歔欷，行路亦嗚咽。

去去割情戀，遄征日遐邁。悠悠三千里，何時復交會？念我出腹子，胸臆爲摧敗！

既至家人盡，又復無中外。城郭爲山林，庭宇生荊艾。白骨不知誰，從橫莫覆蓋。出門無人聲，豺狼號且吠。煢煢對孤景，怛咤糜肝肺。登高遠眺望，魂神忽飛逝，奄若壽命盡。旁人相寬大，爲復彊視息，雖生何聊賴？託命於新人，竭心自勗厲！流離成鄙賤，常恐復捐廢。人生幾何時？懷憂終年歲！」

這篇詩是作者自寫她的實感，是眞血淚染成，故感人至深。建安時期的詩歌，這要算是第一篇鉅製。

以上說的是漢末建安文學的大概情形。至建安末年，王粲、陳琳、徐幹、應瑒、劉楨，都同時死了(二一七)；阮瑀則死得更早(二一二)；其他的文人如禰衡、楊修、路粹、吳質、丁儀、丁廙、邯鄲淳、荀緯等，都先後殂落了；至魏文帝黃初(二二〇——二二六)以後，曹丕和曹植也離開了人間；於是，燦爛的文壇，便如雲雨消散。

第三編　魏晋南北朝文學

第七章　魏晉南北的文學思潮

魏晉南北朝(二二〇——五八八)三百多年的文學，一言以蔽之，是藝術至上主義的文學時期。這個時期的文學，分析起來說，實有兩種絕大的特色：第一，這時期的文學不與現實的社會相接觸，而接近自然，表現很强烈的厭世思想；第二，這時期的文學不復以致用與載道爲目的，而傾向形式的唯美主義。

我們要解釋這時期兩大文學特色的來源，必須提示當代的思潮，必須提示當代的文學觀念，因爲當代的思潮和文學觀念就是構成魏晉南北朝文學特色的骨幹。

〇　〇　〇　〇

自漢末天下大亂，至魏晉南北朝，紛亂的局面仍舊繼續下去，跟着五胡亂華，南北分家，社會秩序破壞，人民流離失所，三百多年中，簡直沒有幾年太平，竟恢復了春秋戰國時的混戰局面。在這樣一個混亂的局面之下，魏晉南北朝的人，受亂世惡劣環境的壓迫，感生命的飄浮，他們的人生觀往往流於消極，他們的思想往往流於頹廢，浪漫，怪誕，厭世。至於養成一種浮遊宇外的出世觀。這時候，妝飾太平時代的儒教思想，早已失却維繫人心之力了，魏晉南北朝的學者再不做東漢書獃子們那種支離破碎的經學研究了。魏初夏侯玄荀粲已開始指斥六經為聖人糟粕；王弼注易經則貫入老莊之旨，至『竹林七賢』更倡為怪誕的言行：如阮籍嘲罵儒者，至說『君子之處域內』，不異『蝨之處褌中』；阮咸則於端陽節取犢鼻褌懸之竿頭，樹於庭中，以破陋儒的迂拘；此外如王戎在母喪中飲酒食肉，不遵禮制；何晏傅粉，故為放濁之行；這都是表示他們不復受儒教的拘束，從禮法中解放出來了。

儒教的信仰摧毀以後，老莊和佛教的權威繼之以起。這三百多年的時代思潮，大體說來，魏晉是傾向老莊，南北朝則迷信佛教。當代的貴族與智識階級，受了老莊與佛教的影響，更厭棄現實的社會與人生，而趨於虛無飄渺的幻夢。

魏晉南北朝的文學，受了當代的思潮——老莊和佛教——很強烈的影響，也離開了實際的社會與人生，而表現着消極的頹廢的厭世思想。他們的作品，多的是『人生亦有命』，『富貴如浮雲』的感歎！他們愛寫的題材，不是游仙，便是招隱；不是抒寫山水，便是歌詠田園；他們的作風，接近自然，而不喜歡寫社會問題；他們的這種文學，是超凡的文學，是個人主義的文學。這是魏晉南北朝文學的缺點，同時，也就是這時期文學的特色。

○　○　○　○

在另一方面看，魏晉南北朝文學又是受當代的文學觀念很大的影響。

魏晉南北朝是中國文學的自覺期，這時期的文學觀念自是值得我們注視的。

在魏晉以前，一般文人對於文學並沒有明瞭的觀念，他們以爲文學只是載道或致用的工具，並不了解文學本身的價值。至魏曹丕作典論論文，始發關於文學的議論，才講明文學的本身亦有莫大的價值；至兩晉南北朝，做文學論的漸多，文學的觀念益明瞭了。

魏晉南北朝的文學論者，對於文學的見解儘各有不同，但都一致的反對拿文學來載道或是致用，都一致的主張唯美主義的文學；如曹丕典論論文說：

詩賦欲麗。

晉陸機文賦說：

詩緣情而綺靡，賦體物而瀏亮，……其會意也尚巧，其遣言也貴妍；曁音聲之迭代，若五色之相宜。

梁蕭統(昭明太子)文選序論選文的標準說：

若其贊論之綜緝辭采，序述之錯比文華，事出於沈思，義歸乎翰藻，故與夫篇什雜而集之。

蕭統的兄弟蕭繹（梁元帝）在他的金樓子立言篇給文學下了三條界說：

（1）『屈原宋玉枚乘長卿之徒，止於辭賦，則謂之文』；

（2）『吟咏風謠，流連哀思者，謂之文』；

（3）『至如文者，惟須綺縠紛披，宮徵靡曼，脣吻遒會，情靈搖盪』。

自魏晉的曹丕陸機，到梁代的蕭統蕭繹，他們都認定文學應該是美文；他們認定必須是『緣情綺靡，體物瀏亮』，『事出沈思，義歸翰藻』，『綺縠紛披，宮徵靡曼，脣吻遒會，情靈搖盪』的美文，才算是文學。這種唯美主義的文學論，確是可以代表當代一般文人的文學觀念。當時的兩個文學批評大家，鍾嶸與劉勰，都主張唯美文學，他倆的文學批評偉著——鍾的詩品與劉的文心雕龍——都是用很美的駢偶文做的。

綜觀這三百多年的文學觀念，可以說，唯美主義的文學論，實是當代最有權威的文學主張。

魏晉南北朝的文學本是受了漢代辭賦很深的影響，已趨於駢儷綺艷一途；又加上這種唯美的文學論做強有力的掩護，文學的風氣乃益趨『駢儷化』，『綺艷化』。唯美主義本不是只要形式的，但魏晉南北朝文學的末流，竟陷於形式的唯美主義的發展。當代的文人無論做詩，做賦，做議論文，或是做記敘文，都是用的駢偶；都只求其字句浮艷，對仗工整，聲韻鏗鏘；只顧粉飾形式的美觀，不復顧及內在的實質，文壇的作風乃愈趨於卑靡，疲弊了。蕭綱本是主張美文學的，目擊當時文學的墮落狀態，也看不過眼，而表示異常的不滿（見其與湘東王繹書）；裴子野更專著雕蟲論來反對當世『巧而不要，隱而不深』的浮弱文學；鍾嶸的詩品也表示不贊成詩文用典使事和注重聲韻，致傷作品的內美。他們的言論都說得很好。只可惜當時文學的流弊太深，積重難返，終於挽不回這時期文學的頹運。

說到這裏，我們已把魏晉南北朝文學說得夠壞了。可是我們也不忘記魏晉南北朝是純粹美文學的發展期。這個時期的文學，不以載道，不以致用，不陷於淺薄的功利主義，而朝着藝術至上主義的路進展，這在文學史上實是值得大書特書的，別的時代絕不如魏晉南北朝是一個純文學的活動期。

第八章　魏晉南北朝的詩歌(上)

魏晉南北朝的文學向以詩賦二者著稱。單就賦的一方面說，這個時代的辭賦已經比漢賦進步許多了，已經由漢之兩都賦和兩京賦那種堆砌典故的辭典式的文章進而爲富有文學意趣的辭賦了。當時最有名的作品如陸機的歎逝賦，潘岳的秋興賦，張華的鷦鷯賦，鮑照的蕪城賦，江淹的別賦，庾信的哀江南賦等，皆辭意雋美，文采華麗，堪稱抒情文學中的傑作，爲後世文壇之模式者。但可惜大多數無才氣的賦家，還是只知堆砌古典，排比詞藻，而不解用賦來抒寫情思。卽如大賦家左思花了十年苦工做成的三都賦，還只是一部掌故小辭典，沒有半點文學的味兒。所以，我們對於魏晉南北朝的賦略而不談，專門來講這時期文學的主幹部分——詩歌。

魏晉南北朝的詩是繼續建安詩壇而發揚光大之，其五七言古詩的成績，最值得我們讚許。今分爲四個時期加以統系的敍述。

第一期　魏詩

自曹丕做了皇帝，國號改漢爲魏，不到幾年，曹丕曹植相繼死去，詩壇便落寞了。接着雖有魏明帝曹叡極力倡導文學，也沒有偉大的詩人發現。所謂『正始時期』（二四〇——二四八）的文學，也只有幾個經學家如王弼何晏之流，文人如應璩繁欽之流，皆無可取；我們只在『竹林七賢』中，尋出一個阮籍，獨具詩才。

阮籍（二一〇——二六三）字嗣宗，陳留尉氏人。司馬懿和司馬昭當國時代，很尊敬他，封關內侯，拜東平相。籍爲人酷愛自由放浪，好老莊的學術，不喜對禮法之士，嘗著大人先生傳以譏儒者。他喜歡飲酒，因聞步兵廚善釀，貯酒三百斛，乃求爲步兵校尉。他曾經沈醉過六十天。所作有詠懷詩八十多首，皆抒寫他心頭的牢騷，憤懣，怪僻的思想。他作詩全不粉飾，作風樸素而自然，今選幾首爲例：

夜中不能寐，起坐彈鳴琴。薄帷鑑明月，淸風吹我衿；孤鴻號外野，翔鳥鳴北林。
徘徊何所見，憂思獨傷心！

嘉樹下成蹊，東園桃與李；秋風吹飛藿，零落從此始。繁華有憔悴，堂上生荊杞。

驅馬舍之去，去上西山趾。一身不自保，何況戀妻子。凝霜被野草，歲暮亦云已。

鴻鵠相隨飛，飛飛適荒裔。雙翮臨長風，須臾萬里逝。朝餐琅玕實，夕宿丹山際。抗身靑雲中，網羅孰能制？豈與鄉曲士，携手共言誓？

阮籍是魏晉之際的一大詩人，他的詩是漢詩古樸的作風的結束，而開兩晉詩趨於典雅的風氣。

第二期　西晉詩

西晉司馬氏統一中國，天下文人，競集京師，文壇復振。我們只要看陸機陸雲兄弟入洛的時候，張華見着他倆說：『克吳之利，不如獲二俊，』便可見當時的尊重文人；又如左思做了一篇三都賦，人競傳寫，竟使洛陽紙爲之貴，這也可以看出當時愛好文學的風氣。

西晉文學以『太康時期』（二八〇——二八九）爲最盛，鍾嶸詩品說：『太康中，三張二陸兩潘一左，勃爾復興，踵武前王，風流未沫，亦文章之中興也。』所謂『三張二陸兩潘一左』，卽張華、張載、張協、陸機、陸雲、潘岳、潘尼、左思八人。就中負文譽最高的自然要推陸機、潘岳和左思。

陸機字士衡，吳郡人。官爲平原內史，人稱陸平原。後爲成都王穎所殺（二六一——三〇三）。他本是武官的子弟，折節讀書，造就成一位駢偶文專家。製連珠五十首，爲四六文的濫觴。他在當代名氣很大，張華稱他『獨患才多』，鍾嶸也列他的詩於上品。其實他的詩並不很好。他很喜歡擬古樂府，也擬得並不高明，遠不及建安諸子。其較好的詩如前緩溪歌：

遊仙聚靈族，高會層城阿。長風萬里舉，慶雲鬱嵯峨。宓妃興洛浦，王韓起太華；
北徵瑤台女，南要湘川娥。肅肅宵駕動，翩翩翠蓋羅，羽旗棲瓊鸞，玉衡吐鳴和。
太容揮高絃，洪崖發清歌。獻酬既已周，輕舉乘紫霞。揔轡扶桑枝，濯足湯谷波。
清輝溢天門，垂慶惠皇家。

這首詩的佳處，是在有很美麗的高渺的想像。中國詩向來是想像貧弱的，故舉此詩爲例。

潘岳字安仁，中牟人。曾爲河陽令，累遷給事黃門侍郎。永康元年（三〇〇）爲惠帝所殺。他是一位翩翩美少年，相傳他少時嘗挾彈出洛陽道，婦人遇之者，皆連手縈繞，投之以果，滿載而歸。他的詩文辭賦也如他一樣的美艷。孫興公稱他的詩『爛若舒錦，無處不佳』，鍾嶸也列其詩為上品。悼亡詩三篇最有名，試舉一首為例：

皎皎窗中月，照我室南端。清商應秋至，溽暑隨節闌。凜凜涼風升，始覺夏衾單。
豈曰無重纊，誰與同歲寒？歲寒無與同，朗月何朧朧。展轉眄枕席，長簟竟牀空；
牀空委清塵，室虛來悲風。獨無李氏靈，髣髴覩爾容。撫衿長歎息，不覺涕霑胸。
霑胸安能已，悲懷從中起。寢興目存形，遺音猶在耳。上慚東門吳，下愧蒙莊子。
賦詩欲言志，此志難具紀。命也可奈何，長戚自令鄙。

陸機和潘岳的詩，極負盛名於當代，佔晉代文學的重要地位。實則，眞正名符其實的西晉大詩人，我以為既不是陸機，也不是潘岳，只是左思。

左思字太冲，臨淄人。他為人貌寢口訥，不好交遊，閑居惟從事於詩賦。他的賦沒有什麼好處，其詩則可以壓倒所有太康時期的名詩人。沈德潛說詩晬語說：『左太冲拔出於衆流之中，胸次高曠，而筆力足以達之，自應蓋掩諸家。』這個批評是不錯的。左思作風高抗古澹，讀其詠史詩『振衣千仞岡，濯足萬里流』，可想見其氣概。他的詠史詩八首，沒有一首不是很有氣力的作品。今舉他的招隱詩為例：

杖策招隱士，荒塗橫古今。巖穴無結構，丘中有鳴琴。白雪停陰岡，丹葩曜陽林，
石泉漱瓊瑤，纖鱗亦浮沈。非必絲與竹，山水有清音；何事待嘯歌，灌木自悲吟。
秋菊兼糇糧，幽蘭間重襟。躊躇足力煩，聊欲投吾簪。

五言詩至阮籍左思，描寫的範圍愈廣，詩的風格越高，離古歌辭的俚俗風味越遠，完全變成文人化的詩格了。我們且舉當代詩人傅玄（字休奕，二一七——二七八）一首擬陌上桑的艷歌行為例，很可以看出文人所作的詩與古歌辭的大不同處：

日出東南隅，照我秦氏樓。秦氏有好女，自字為羅敷。首戴金翠飾，耳綴明月珠；
白素為下裙，丹霞為上襦。一顧傾朝市，再顧國為虛。問女居安在？堂在城南居，
青樓臨大巷，幽門結重樞。使君自南來，駟馬立踟蹰。遣吏謝賢女：『豈可同行
車。』斯女長跪對：『使君言何殊，使君自有婦，賤妾有鄙夫。天地正厥位，願君
改其圖。』

陌上桑是一首絕妙的白話詩，給傅玄一改，原詩的俚俗雋妙處盡行刪掉，變成一首平凡無奇的雅詩。古歌辭至此便完全斲喪了生命。

晉代的詩，注重造詞，故他們的作品都是『縟旨星稠，繁文綺合』，化古詩的俚俗為典

雅，化古詩的樸素爲輕綺。劉勰文心雕龍明詩篇給晉詩的批評不錯：

晉世羣才，稍入輕綺。張、潘、左、陸，比肩詩衢。采縟於正始；力柔於建安，或折文以爲妙；或流靡以自妍。此其大略也。

第三期　東晉至宋詩

自東晉至宋末(三一七——四七七)有一百六十年之久，但在東晉初期，詩歌的成績無可述者。鍾嶸詩品說：

永嘉時(三〇七——三一三)，貴黃老，稍尚虛談。於時篇什，理過其辭，淡乎寡味。爰及江表(東晉)，微波尙傳。孫綽、許詢、桓、庾諸公，詩皆平典似道德論，建安風力盡矣。

西晉末年至東晉初期的詩壇，養成一種喜說玄理道德的風尙；當時的作者又都是些庸才，故他們的詩總做不好。如果要舉詩人爲例，只有一個郭璞還差強人意。

郭璞字景純，聞喜人(二七六——三二四)。他是一個讀書很博的人，嘗注山海經、楚辭、子虛上林賦等書。長於詩賦。論者稱其『始變永嘉平淡之體，故稱中興第一』。他的遊仙詩最有名，今舉一首爲例：

青谿千餘仞，中有一道士。雲生梁棟間，風出窗戶裏。借問此何誰？云是鬼谷子。翹跡企穎陽，臨河思洗耳。閶闔西南來，潛波渙鱗起。靈妃顧我笑，粲然啓玉齒。蹇修時不存，要之將誰使？

郭璞遊仙諸詩，思情超越塵俗之表，幻爲理想的境界，飄飄如欲凌雲，蓋是受佛理影響之作也。

與郭璞同時的詩人有劉琨（字越石，二七〇——三一八）。他的詩風調淸剛悲壯，亦爲東晉初年詩壇的健者。

郭璞劉琨以後，詩壇寂寞將近百年之久，直到東晉末年，才產生一位偉大詩人陶潛。

陶潛本名淵明，字元亮，潯陽柴桑人（三六五——四二七）。世稱靖節先生。他爲人不慕榮利，好讀書，性嗜酒，愛種菊花。因家貧，曾一度爲州祭酒，以不堪吏職，自解歸；又曾一度爲彭澤令，因山野之性難馴，只做了八十多天便自動的解組而歸田園。從他的一首歸田園居很可以看出詩人酷愛自然的個性：

少無適俗韻，性本愛丘山。誤落塵網中，一去三十年。羈鳥戀舊林，池魚思故淵。

開荒南野際，守拙歸園田。方宅十餘畝，草屋八九間。榆柳蔭後園，桃李羅堂前。曖曖遠人村，依依墟里烟。狗吠深巷中，鷄鳴桑樹巔。庭戶無塵雜，虛聲有餘閑。久在樊籠裏，復得返自然。

陶潛的思想，雖說很有點儒敎的忠義氣分，但他受老莊一派哲學的陶冶很深，成爲一個自然主義的人生觀者，是一個樂天派的文學家。他的文章辭賦都做得很好，所作如五柳先生傳、歸去來辭、桃花源記及閑情賦都是不朽的作品，詩歌尤其是他所擅長。他的詩脫盡晉詩的綺艷鉛華，用俚俗的文字，作最樸素自然的描寫；以自己的田園生活爲題材，表高妙幽遠的意境，於向來貴族文學與平民文學以外，屹然別立一宗。今選數詩爲例：

歸田園居

種豆南山下，草盛豆苗稀。晨興理荒穢，帶月荷鋤歸。道狹草木長，夕露沾我衣。衣沾不足惜，但使願無違。

問來使

爾從山中來，早晚發天目。我屋南窗下，今生幾叢菊。薔薇葉已抽，秋蘭氣當馥。歸去來山中，山中酒應熟。

飲酒

> 結廬在人境，而無車馬喧。問君何能爾，心遠地自偏。採菊東籬下，悠然見南山。山氣日夕佳，飛鳥相與還。此中有眞意，欲辨已忘言。

陶潛以光風霽月之懷，抒寫邱壑烟霞的眞情與妙趣，一片天機，隨興而來，作風冲淡而有思致，幽逸而富意趣，境界極高。鍾嶸詩品說他的詩：

> 其原出於應璩，又協左思風力。文體省淨，殆無長語，篤意眞古，辭興婉愜。每觀其文，想其人德。至於『歡言酌春酒』，『日暮天無雲』，風華淸靡，豈直爲田家語耶？古今隱逸詩人之宗也。

蘇軾序陶潛的詩集也說：

> 吾於詩人無所好，獨好淵明詩。淵明作詩不多，然質而實綺，癯而實腴。自曹、劉、鮑、謝、李、杜諸人，皆不及也。

古今文人對於陶潛持讚美論者，眞是不勝舉例。陶詩之影響後世詩壇也異常的大，唐宋詩人中如王維、孟浩然、韋應物、王安石、蘇軾輩，都學陶潛的田園詩。我以爲，曹植以後，李杜以前，這四百多年的詩壇中，再也找不到一個像陶潛這樣偉大的詩人了。

陶潛以後，繼起的宋代詩人有謝靈運、顏延之和鮑照。

謝靈運小字客兒，陽夏人。(三八五—四三三)爲名將謝玄之孫，襲封康樂公，世稱謝康樂。他性喜豪奢，車服鮮麗，衣裳器物，多改舊制。好遊山水。曾爲永嘉太守與臨川內史，不親理政事，輒肆意遨遊，放蕩爲娛。所至輒爲題詠，多寫山色水光，其詩遂開『山水』一派。劉勰文心雕龍說：

宋初文詠，莊老告退而山水方滋。儷采百字之偶，爭價一句之奇。情必極貌以寫物，辭必窮力而追新。

說玄理的詩至宋代已不爲人所歡迎了，故謝靈運的山水新題，名重一時。每作一詩，都下貴賤，莫不競寫。宋文帝至稱他的詩與書爲『二寶』。靈運詩的特色，即在有新的文學內容這一點。可惜他作詩過於雕琢，修辭特甚，轉傷內容。我們徧讀謝靈運的詩，實在找不出一首全美的。今舉較佳的一首爲例：

晚出西射堂

步出西城門，遙望城西岑。連鄣疊巘崿，青翠杳深沈。曉霜楓葉丹，夕曛嵐氣陰。節往戚不淺，感來念已深。羈雌戀舊侶，迷鳥懷故林。含情尚勞愛，如何離賞心？撫鏡華緇鬢，攬帶緩促衿。安排徒空言，幽獨賴鳴琴。

作山水詩本要樸素，要自然，才不失山水本色。像謝靈運那樣『儷采百字之偶，爭價一句之奇』，用整篇的駢偶句子，來寫天然的山水，刻劃過分，自失天眞。相傳他的名句如『池塘生春草，園柳變鳴禽』；如『林壑斂暝色，雲霞收夕霏』，皆起句甚佳，而對句不美，這全是對偶之爲魔障。作者以『匠心獨運』的雋才，來寫山水的妙趣，本有大成功的可能；却不料受辭賦駢儷的影響太深，他的詩遂入於魔道而不能自振。

顏延之字延年，臨沂人。初爲太子舍人，歷始安永嘉二郡太守，官至金紫光祿大夫。(三八四—四五六)他與謝靈運齊名，號稱『顏謝』。他的詩可更不成了。鮑照說他的詩『鋪錦列繡，亦雕績滿眼』；鍾嶸說他『喜用古事，彌見拘束』；湯惠休說他的詩『如錯采鏤金』，意皆譏其詩只有華麗的表面也。

在這個時期的詩人中，能繼陶潛的光輝的，怕只有鮑照一人吧。

鮑照字明遠，東海人。初爲中書舍人，後爲參軍。死於兵亂，年四十餘。他的才氣特大，所作詩奔放俊逸，一掃浮靡之風。同時的文人多忌他，斥其詩爲『險俗』。他在當代的文學地位並不高，鍾嶸也說『嗟其才秀人微，取湮當代。』可是他的詩實在比顏謝都要高一籟。我們試舉他的幾首詩爲例：

代結客少年場行

驄馬金絡頭，錦帶佩吳鉤。失意杯酒間，白刃起相讎。追兵一旦至，負劍遠行遊。去鄉三十載，復得還舊丘。升高臨四關，表裏望皇州。九衢平若水，雙闕似雲浮。扶宮羅將相，夾道列王侯。日中市朝滿，車馬若川流。擊鐘陳鼎食，方駕自相求。今我獨何爲，坎壈懷百憂？

擬行路難

對案不能食，拔劍擊柱長歎息：『丈夫生世會幾時？安能蹀躞垂羽翼？』棄置罷官去，還家自休息。朝出與親辭，暮還在親側。弄兒牀前戲，看婦機中織。自古聖賢盡貧賤，何況我輩孤且直！

鮑照以矯健之筆，寫豪壯之情，其詩清新俊逸，兼而有之。所作古樂府尤佳。降及齊梁，無此作風矣。

第四期　齊梁陳詩

齊梁陳三朝(四七九—五八八)的文學，益趨於綺艷，體製益工整，色彩益妍麗。他們於詩文必駢偶之外，又加上沈約們所倡的聲律說，以爲作詩文的必然法則。沈約在宋書謝靈運傳裏說：

五色相宣，八音協暢，由乎玄黃律呂，各適物宜。欲使宮羽相變，低昂舛節，若前有浮聲，則後須切響。一簡之內，音韻盡殊；兩句之中，輕重悉異。妙達此旨，始可言文。

沈約們作詩文就是實用這種嚴格的聲律限制的，南齊書陸厥傳說：

永明(四八三—四九三)末，盛爲文章。吳興沈約，陳郡謝朓，琅琊王融，以氣類相推轂。河南周顒善識聲韻。爲文皆用宮商，以平上去入爲四聲，以此製韻。有『平頭』，『上尾』，『蜂腰』，『鶴膝』。五字之中，音韻悉異；兩句之內，角徵不同，不可增減。世呼爲『永明體』。

齊代文學以永明時期爲中心，這時期的詩人，著名者有謝朓、任昉、沈約、陸倕、范雲、蕭琛、王融、蕭衍諸人，他們都是竟陵王蕭子良的門下士，號稱『竟陵八友』。其中除謝朓王融早死外，後來蕭衍做了皇帝(梁武帝)，沈約等隨之入梁，亦爲梁代文壇的主角。沈約謝朓文譽尤高。

沈約字休文，武康人。幼貧苦，篤學，善屬文。後事宋齊梁三朝，官至尙書僕射。(四四一—五一三)他的詩文並稱於世。當時的文人王筠，張率、何遜、劉孝綽、吳均、劉勰，均出於他的提攜，儼然一代的文宗。若唯以詩論，則沈約不如謝朓。

謝朓字玄暉，陳郡陽夏人。嘗爲宣城太守，世稱謝宣城。亦號小謝。(謝靈運號大謝)建武中官至尙書吏部郎，兼知衞尉事。死年三十六。(約四六四—四九九)他的詩譽極高，蕭衍最愛誦他的詩，說『三日不讀，便覺口臭』；沈約也說『二百年來無此詩』；唐代詩人李白對於他的詩亦異常讚美。其實謝朓的詩並不如他們所誇奬的那樣好，他用駢偶寫的山水詩，實找不出一首全篇佳美的傑作，只不過流傳一些如『大江流日夜，客心悲未央』等片斷的佳句而已。

永明以後，梁陳間作者唯知迷惑於沈約，謝朓一派的風氣，一味講求駢偶，精研聲律，文風更浮靡不堪。這時律詩的體製已逐漸完成，從此再沒有人做陶潛那種樸實自然的詩了，再沒有人做鮑照那種肆放自由的詩了，大家都把自己的才力用在詩的形式格律上面，文學的生機乃斲伐殆盡。當時的詩家如何遜、陰鏗、徐陵、庾信等都是以善做律體詩負盛名的。

何遜字仲言，東海剡人。天監中官尙書水部郎，終廬陵王記室。他的詩文工麗，格律嚴整，沈約范雲都很稱讚他。其詩如日夕出富陽浦口和朗公：

客心愁日暮，徒倚空望歸。山煙涵樹色，江水映霞輝。獨鶴凌空逝，雙鳧出浪飛。故鄉千餘里，茲夕寒無衣。

陰鏗字子堅，武威人。仕陳爲晉陵太守，散騎常侍。他與何遜齊名，號稱『陰何』。他的律詩做得很好，例如晚泊五洲：

客行逢日暮，結纜晚洲中。戍樓因磯險，村路入江窮。水隨雲度黑，山帶日歸紅。遙憐一柱觀，欲輕千里風。

徐陵字孝穆，東海剡人。八歲能屬文。仕陳官至吏部尙書，封建昌縣侯。（五〇七—五八三）他以作艷詩著名，有名的玉台新詠就是他編的。詩如春日：

岸煙起秋色，岸水帶斜暉。徑狹橫枝度，簾搖驚燕飛。落花承步履，流澗瀉行衣。何殊九枝蓋，薄暮洞庭歸。

庾信字子山，南陽新野人。本是南朝的貴族，聘於北周，被留不遣，官至驃騎大將軍，開府儀同三司。世稱庾開府。（五一三—五八一）他是六朝詩人的後勁。少以善作艷體與徐陵並稱，號『徐庾』。後受北朝文學的影響，其詩遂另成一格。杜甫稱其詩爲『清新』，『老成』。但終以不能擺脫格律音韻的拘束，其成績還是不能令我們滿意。

其他的梁陳間詩人尚有江淹、柳惲、邱遲、吳均（時稱均詩爲『吳均體』）、劉孝綽、王筠、王褒、江總、張正見等，皆有名於時。

○　○　○

齊梁陳的詩人，一方面盡力去做駢偶律詩；一方面也知道模擬當代的民歌。他們所擬作的歌辭雖也不免過于輕艷浮靡，但比他們的律詩可是好多了。如梁武帝蕭衍的子夜歌：

侍愛如欲進，含羞未肯前。朱口發艷歌，玉指弄嬌絃。

階上香入懷，庭中草照眼。春心一如此，情來不可限。

梁陳二代的幾個皇帝，都是享樂的風流天子，喜歡作艷歌，如梁簡文帝蕭綱的烏棲曲：

青牛丹轂七香車，可憐今夜宿倡家。倡家高樹烏欲棲，羅幃翠帳任君低。

陳後主陳叔寶是一個沈醉於酒色的昏君，他的詩歌最愛用民間的艷曲來寫男女之情，如三婦艷詩：

大婦愛恆偏，中婦意長堅。小婦獨嬌笑，新來華燭前。新來誠可惑，爲許得新憐。

這時期的詩人，胆子大的便直接去模擬民間的艷歌，胆子小的便用民間子夜歌一類五言四句的新詩體，來寫文人高雅一點的情思。如謝朓的詩：

玉階怨

夕殿下珠簾，流螢飛復息。長夜縫羅衣，相思此何極！

有所思

佳期期未歸，望望下鳴機。徘徊東陌上，月出行人稀。

意境最高的要算隱士陶弘景的詔問山中何所有賦詩以答：

山中何所有？嶺上多白雲。只可自怡悅，不堪持贈君。

在謝朓陶弘景以前，早已有王獻之、謝靈運、鮑照、湯惠休、僧寶月等，用民間的詩體來作這種五七言小詩了。梁陳間的何遜、吳均、陰鏗、庾信，皆有這一類的小詩。至於隋唐，這種小詩特別發達起來，加上聲律的限制，便成爲近體詩中的所謂『絕句』體。

第九章　魏晉南北朝的詩歌(下)

以上所講的是貴族與文人階級的文學。我們要問：這時期的平民文學呢？

我們所要講的平民文學自然只有詩歌，因爲老百姓們除謳歌以外，是不會做什麼賦和小說的。他們不但不會做賦與小說，卽文學家那種駢偶的古典詩他們也絕對做不出來，他們只會唱俚俗的歌兒。他們作的歌既不懂得表現什麼厭世，隱逸，頹廢的思想，也沒有閑情去寫什麼山水田園的幽趣；他們只要唱出自己心頭的戀愛，相思，離別等苦樂之情，如是而已。

我們說過，魏晉南北朝是亂世，這個亂世的思潮受老莊和佛教的影響很深。可是當代的民衆却並沒有受着這兩種思潮的影響。這是很明顯的，老莊的哲學他們不懂，佛敎的信仰那時還只傳播到貴族社會。一般民衆只乾脆地懂得『食』『色』二字。他們在只要有飯吃的時候，正好乘着亂世禮法的破壞，去作性的追求。試讀當時的子夜歌：『誰能思不歌？誰能饑不食？日冥當窗戶，惆悵底不憶？』又：『氣淸明月朗，夜與君共嬉。郎歌妙意曲，儂亦吐芳詞。』當變亂的時代，孤男怨女多，男女們偷偷戀愛的也多，所以亂世民間的戀歌總特別發達。春秋戰國的時候如此，魏晉六朝又何嘗不是如此！

自西晉永嘉以後，中國分裂爲南北兩大政治區域，北方給新興的胡族佔據着，南方則仍爲漢族所佔有。這兩大對峙着的民族，其民族性是全然不同的。北方是野蠻的獷悍的英雄的民族，南方是文明的禮法的溫柔的民族。因南北民族性的懸殊，所產生的文學也就全然不同。北地的英雄漢自高唱他們的英雄歌，南方的溫柔子自低吟他們的溫柔歌，這是南北新舊民族文學的分野線。我們講當代的民歌也要分開南朝與北朝來敍述。

請先從南方的民歌講起吧。

西晉末年大亂，中原的大族多南遷，中原的歌曲也跟着流行到南方來了。宋書樂志說：『永嘉之亂，五都淪覆，中朝舊音，散落江左。』由北方傳來的舊曲與南方的歌謠相化合，便產生新的民間歌謠出來。

這種新的民間歌謠是盛行於江南一帶的，號稱吳歌。晉書樂志說：『吳歌雜曲，並出江南。東晉以來，稍有增廣。其始皆徒歌，既而被之管絃。蓋自永嘉渡江之後，下及梁陳，咸都建業。吳聲歌曲多起於此。』

吳聲歌曲最繁，據古今樂錄的記載，共有十曲：『一曰子夜，二曰上柱，三曰鳳將雛，四曰上聲，五曰歡聞，六曰歡聞變，七曰前溪，八曰阿子，九曰丁督護，十曰團扇郎。」其中以子夜歌爲最流行，大子夜歌云：

歌謠數百種，子夜最可憐。慷慨吐清音，明轉出天然。

相傳有晉女子名子夜者，作子夜歌。後人推而廣之，更有子夜四時歌、大子夜歌、子夜警歌、子夜變歌之作。今所傳子夜歌一百多首，不是一人一時的作品。今舉幾首爲例：

子夜歌

宿昔不梳頭，絲髮被兩肩。婉伸郎膝上，何處不可憐？
朝思出前門，暮思還後渚。語笑向誰道，腹中陰憶汝。
年少當及時，蹉跎日就老。若不信儂語，但看霜下草。
夜長不得眠，明月何灼灼。想聞歡喚聲，虛應空中諾。

子夜四時歌

梅花落已盡，柳花隨風散。歎我當春年，無人要相喚。（春歌）
自從別歡來，何日不相思？常恐秋葉零，無復連條時。（秋歌）
寒鳥依高樹，枯林鳴悲風。爲歡憔悴盡，那得好顏容？（冬歌）

『清音妙婉，明轉天然，』這八個字是子夜歌的特色，同時也是南朝民歌的共同特色。

試更舉華山畿幾首寫哀情的歌爲例：

未敢便相許。夜聞家中論，不持儂與汝。

不能久別離。中夜憶歡時，抱被空中啼。

相送勞勞渚，長江不應滿，是儂淚成許。

奈何許！天下人何限，慊慊只爲汝。

又如歡聞變歌：

鍥臂飲清血，牛羊持祭天。沒命成灰土，終不罷相憐。

又如前溪歌：

黃葛生爛熳，誰能斷葛根？寧斷嬌兒乳，不斷郎殷勤。

這些都是絕妙的小詩，每首詩都能寫出沈摯的深情，表現作者熱烈的生命。如果拿這種小詩來和當時駢偶的律詩比較，眞要叫那班自命不凡的詩人愧死。這可難怪蕭衍蕭綱們要低首下心來模擬民間的歌謠了。可是他們也只能模擬民歌的表面，而不能模擬民間的道眞情，寫實感。所以民間的歌謠，到了文人手裏，後來竟變成格律整齊的絕句。

○ ○ ○ ○

回頭我們來講北方的新興文學。

北方新摻進來的胡族，他們沒曾受過文化文明的洗禮，自然做不出溫柔敦厚，哀而不怨的南歌。折楊柳歌辭云：

遙看孟津河，楊柳鬱婆娑。我是虜家兒，不解漢兒歌。

虜家兒會唱什麼歌呢？他們會唱的是輕生尙武的壯歌，是『殺人不眨眼，生命如鴻毛』的英雄好漢文學。且聽他們唱道：

折楊柳歌

健兒須快馬，快馬須健兒。蹕跋黃塵下，然後別雄雌。

企喻歌

男兒欲作健，結伴不須多。鷂子經天飛，羣雀兩向波。

男兒可憐虫，出門懷死憂。尸喪狹谷中，白骨無人收。

李波小妹歌

李波小妹字雍容，褰裳逐馬如轉蓬，左射右射必疊雙。女子尙如此，男子安可逢！

長城內外聚居的胡族，他們過的是部落式的遊牧生活，故所描寫的題材多半是騎馬射箭一類。如企喻歌中有幾首是專寫牧馬的：

放馬大澤中，草好馬著臕。牌子鉄裲襠，鉅鉾鸐尾條。

前行看後行，齊著鐵裲襠。前頭看後頭，齊著鐵鉅鉾。

寫邊塞風情最佳美的要算斛律金的敕勒歌：

敕勒川，陰山下。

天似穹廬，籠蓋四野。

天蒼蒼，野茫茫，風吹草低見牛羊。

這是南人做夢也想不到的境界，也是南人做不出來的天然的絕妙好詩。胡人的歌謠，即使是寫戀愛相思，他們所用的描寫材料和遣辭的態度，也和南歌完全不同。例如：

地驅歌

驅羊入谷，白羊在前。老女不嫁，蹋地喚天。

折楊柳歌

腹中愁不樂，願作郎馬鞭。出入擐郎臂，蹀坐郎膝邊。

門前一株棗，歲歲不知老。阿婆不嫁女，那得孫兒抱？

捉搦歌

誰家女子能行步，反着裌禪後裙露。天生男女共一處，願得兩個成翁嫗。

黃桑柘屐蒲子履，中央有絲兩頭繫。小時憐母大憐婿，何不早嫁論家計？

『眞率伉爽，慷慨洒落，』是北方歌謠的大特色。她們絕不會做南歌那種『婉伸郎膝上，何處不可憐，』『郎君未可前，待我整容儀』一類扭扭捏捏的表情，她們只會說『老女不嫁，蹋地喚天，』『小時憐母大憐婿，何不早嫁論家計』的眞情實話。南北朝文學本是矯揉粉飾的時代，民間居然產生這種天眞爛漫的文學，眞是令人歡慰。

在文學史上負盛名的木蘭辭也是這時候產生的。這是北方兒女英雄文學中最偉大的作品。大約高小的學生都讀過這首詩的。其全辭如下：

喞喞復喞喞，木蘭當戶織。不聞機杼聲，惟聞女嘆息。問女何所思？問女何所憶？

『女亦無所思，女亦無所憶。昨夜見軍帖，可汗大點兵，軍書十二卷，卷卷有耶名。

阿耶無大兒，木蘭無長兄，願爲市鞍馬，從此替耶征。』

東市買駿馬，西市買鞍韉，南市買轡頭，北市買長鞭。朝辭耶孃去，暮宿黃河邊。不聞耶孃喚女聲，但聞黃河流水聲濺濺。旦辭黃河去，暮宿黑山頭。不聞耶孃喚女聲，但聞燕山胡騎聲啾啾。 98

萬里赴戎機，關山度若飛。朔氣傳金柝，寒光照鐵衣。將軍百戰死，壯士十年歸。歸來見天子，天子坐明堂，策勳十二轉，賞賜百千強。可汗問所欲？『木蘭不用尚書郎，願借明駝千里足，送兒還故鄉。』

耶孃聞女來，出郭相扶將。阿姊聞妹來，當戶理紅妝。小弟聞姊來，磨刀霍霍向豬羊。開我東閣門，坐我西閣牀。脫我戰時袍，著我舊時裳。當窗理雲鬢，對鏡貼花黃。出門看火伴，火伴始驚惶：『同行十二年，不知木蘭是女郎。』

雄兔脚撲朔，雌兔眼迷離。兩兔傍地走，安能辨我是雄雌？

這個故事已經夠美了。作者只用三百零十個字，來寫這一大篇故事，文字活潑如行雲流水，結構巧妙而自然，作風極雄壯而又含着溫柔的氣分，描寫的技術可謂『神乎其技』。雖初識字人亦知這是絕妙好詩，眞是一首百讀不厭的傑作。

北朝自鮮卑種的拓跋氏統一北方以後，極力模擬中國古代的文化。北方的英雄民族受了

文明的洗禮，漸漸與中國同化，變成文質彬彬的君子。從此虜家兒也做出溫柔敦厚的詩來，那種美妙自然的山野歌便沒落了。

第十章　兩晉南北朝的小說

小說起源於古代的神話與傳說。

任何古民族都是有他們悠渺的神話和傳說的。在古代的中國，則因爲住在天然恩惠比較貧乏的黃河流域，他們須時時與自然界作生存鬥爭，養成一種務爲實際，追逐利用厚生，排斥空想的人生觀，缺乏高遠的想像幻覺力。故沒有產生偉大結構的神話與傳說，只有片段的神話傳說，流傳於古代的社會。這在先秦時代的古籍中可以發見許多的。如莊子上所講的『鯤鵬故事』，『蝸角上之爭』，『姑射仙人』；列子上所講的『愚公移山』，『夸父追日』，『龍伯國的大人』；楚辭中的『天問』；韓非子中的『說林』；山海經中所講『崑崙山』和『西王母』等故事，都是神話與傳說的記載。只有儒家的孔丘，絕口不語『怪，力，亂，神，』故在他這一派學者的著述中，絕無神話可爲引證。到了儒教勢力最擴張的漢代，許多古代的神話與傳說多因受儒者的擯棄而失傳。中國小說遂因此而不能得到早發展的機運。(用鹽谷溫說)

漢代的小說，是政府采集『街談巷語，道聽塗說』以成的。據漢書藝文志的著錄，列小說十五家，(中有九家是蒐集古代傳說的)共一千三百八十篇。量數不可謂不多，然皆失傳。今所傳的各種小說，如題爲東方朔撰的神異經及海內十洲記，題爲班固撰的漢武故事及漢武內傳，題爲郭憲撰的別國洞冥記，題爲伶玄撰的飛燕外傳，題爲漢無名氏的雜事祕辛等作，皆屬後人僞託。(多係六朝人手筆，雜事祕辛則人皆謂爲明人楊愼作)故在事實上，中國之有小說，實始於兩晉南北朝。

○　○　○　○

兩晉南北朝的小說，就其描寫的內容來講，大體可以分爲二類：

第一類是神怪小說　兩晉南北朝本是老莊學術流行的放誕自由時代，不忌言神怪。且自秦漢以來，迷信神仙之風盛行；至魏晉以後，小乘佛教又大暢行於江左南朝，許多佛學的經典皆翻譯成漢文；於是舊有的中國神話與傳說，乃與佛教的神話與傳說相混合，遂產生神怪一派的小說。兩晉南北朝的小說以這一派爲大宗。可惜大部分的作品佚亡不存。今所存者，除一部分散見於太平廣記、太平御覽及法苑珠林外，尚有下列諸種：

拾遺記十卷　王嘉撰

搜神記二十卷　干寶撰

搜神後記十卷　陶潛（?）撰

異苑十卷　劉敬撰

續齊諧記一卷　吳均撰

述異記二卷　任昉（?）撰

還冤志一卷　顏之推撰

以上所舉例的七種小說，其文筆最佳者當推拾遺記與搜神記二種。今舉吳均續齊諧記中的鵝籠記爲例，蓋受天竺故事的影響而成之小說也。記云：

陽羨許彥於綏安山行，遇一書生，年十七八，臥路側，云腳痛，求寄鵝籠中。彥以爲戲言。書生便入籠，籠亦不更廣，書生亦不更小，宛然與雙鵝並坐，鵝亦不驚。彥負籠而去，都不覺重。前行息樹下，書生乃出籠謂彥曰：『欲爲君薄設。』彥曰：『善。』乃口中吐出一銅匳子，匳子中具諸餚饌。……酒數行，謂彥曰：『向將一婦人自隨，今欲暫邀之。』彥曰：『善。』又於口中吐一女子，年可十五六，衣服綺麗，容貌殊絕，共坐宴。俄而書生醉臥。此女謂彥曰：『雖與書生結妻，而實懷怨，向亦竊得一男子同行，書生既眠，暫喚之，君幸勿言。』彥曰：『善。』女子於口中吐出一男子，年可二十三四，亦穎悟可愛，乃與彥敍寒溫。書生臥欲覺，女子口吐一錦行障遮書生，書生乃留女子共臥。男子謂彥曰：『此女雖有情，心亦不盡，向復竊得一女人同行，今欲暫見之，願君勿洩。』彥曰：『善。』男子又於口中吐一婦人，年可二十許，共酌，戲談甚久。聞書生動聲，男子曰：『二人眠已覺。』因取所吐女人，還納口中。須臾，書生處女乃出謂彥曰：『書生欲起。』乃吞向男子，獨對彥坐。然後書生起謂彥曰：『暫眠遂久，君獨坐，當悒悒耶？日又晚，當與君別。』遂吞其女子，諸器皿悉納口中，留大銅盤可二尺廣，與彥別曰：『無以藉君，與君相憶也。』彥太元中爲蘭臺令史，以盤餉侍中張散。散看其銘題，云是永平三年作。

○　○　○　○

第二類是人事小說　中國在先秦時代卽已有記載人事的寓言，如禮記檀弓中的『孔子過泰山側』，孟子中的『齊人有一妻一妾』，皆富有小說的意味。至兩晉南北朝，則有一部分的小說，不復注重於寓意，純爲客觀的人事記載。這一類的小說，其描寫可以分爲兩種：一種是寫宮闈艷事，如漢武故事、漢武內傳、飛燕外傳等作；一種是記逸語奇聞，如劉義慶的世說新語（八卷），無名氏的西京雜記（六卷）等作，皆以記載人事爲主。其中有些描寫是異常雋妙的，今舉二段爲例：

飛燕外傳一則

后所通宮奴燕赤鳳者，雄捷能超觀閣，兼通昭儀。赤鳳始出少嬪館，后適來幸。時十月五日，宮中故事，上靈安廟，是日吹塤擊鼓，歌連臂踏地，歌赤鳳來曲。后謂昭儀曰：『赤鳳爲誰來？』昭儀曰：『赤鳳自爲姊來，寧爲他人乎？』后怒，以杯抵昭儀裙，曰：『鼠子能嚙人乎？』昭儀曰：『穿其衣，見其私，足矣，安在嚙人乎？』昭儀素卑事后，不虞見答之暴，熟視不復言。樊嫕脫簪叩頭出血，扶昭儀爲拜后。昭儀拜且泣曰：『姊寧忘共被夜長苦寒不成寐，使合德擁姊背耶？今日垂得貴皆勝人，且無外搏，我姊弟其忍內相搏乎？』后亦泣持昭儀手，抽紫玉九鶵釵爲昭儀簪髻。乃罷。帝微聞其事，畏后不敢問，以問昭儀。曰：『后妬我爾。以漢家火德，故以帝爲赤龍鳳。』帝聞之，大悅。

世說新語一則

石崇每要客燕集，常令美人行酒，客飲酒不盡者，使黃門交斬美人。王丞相與大將軍嘗共詣崇。丞相素不能飲，輒自勉彊，至於沈醉。每至大將軍，固不飲以觀其變。已斬三人，顏色如故，尚不肯飲。丞相讓之，大將軍曰：『自殺伊家人，何預卿事？』

○　○　○　○

兩晉南北朝是中國小說的初幕。在這個時期產生的作品，嚴格講起來，只具有小說的雛形，只有粗枝大葉的敍述，缺乏完善的結構和深刻的描寫，誠然不免幼稚。但從這時候起，造成了做小說的風氣，引起唐宋小說的繼興，這當然不能不歸功於兩晉南北朝的小說爲之先驅。而且，有了兩晉南北朝的許多小說，供給後世文人無量數的作詩詞戲曲的材料和典故，其影響也是值得我們珍視的。

第四编　唐代的文学运动

第十一章　唐代的文學運動

駢偶綺艷的文學至梁陳間，已經發展至最後的階段，當時的文人已漸漸厭棄這種只有形式美的『靡靡之音』了。蕭綱本是喜歡作艷詩的，也不滿意當時的文風，他在其與湘東王繹書批評當時文學的流弊說：

比見京師文體，懦鈍殊常，競學浮疏，爭爲闡緩，…………既殊比興，正背風騷。…………吾既拙于爲文，不敢輕有掎摭。但以當世之作，歷方古之才人，…………觀其遺辭用心，了不相似。若以今文爲是，則古文爲非。若昔賢可稱，則今體宜棄。…………

這種言論在當時雖未發生若何影響，却很可表示對當時文壇的反感。

北朝向來是不大歡迎駢偶綺艷的文學。北周有一位武人蘇綽，因爲憤當時文風的浮靡，竟模仿尚書來作大誥，以矯文風之枉。

至隋文帝楊堅奪了周祚，更嚴禁華艷的文字，詔令天下公私文翰皆應實錄。泗州刺史司馬幼之卽以上書華艷，被付有司治罪。後來又有一位御史李諤曾上書請斥浮華之文，其言曰：

> 魏之三祖（卽曹操、曹丕、曹叡），更尙文辭。忽人君之大道，好雕虫之小藝。下之從上，有同影響。競騁文華，遂成風俗。江左齊梁，其弊彌甚。貴賤賢愚，唯務吟咏。遂復遺理存異，尋虛逐微；競一韻之奇，爭一字之巧。連篇累牘，不出月露之形；積案盈箱，唯是風雲之狀。世俗以此相高，朝廷據茲擢士。…………文筆日繁，其政日亂。良由棄大聖之軌模，構無用以爲用也。

李諤的理論顯然是反對魏晉以來不講致用的純文學，他認定文學必以實用爲主。同時有一位儒者王通，他的主張也和李諤相似。他說：

> 文者，苟作云乎哉，必也濟乎義。

王通是主張文學必以道德爲依歸的，他著了一部中說，其文筆全仿論語。

這是唐以前文學復古的趨勢。

○　○　○　○

駢偶綺艷的文學，經過兩晉六朝長期的發展，其風氣已深中人心；雖受一部分文人的反對，和隋文帝政治手段的壓迫，結果亦不甚奏効。隋文帝的兒子煬帝就是喜歡寫綺文艷思的一個。故至唐之初期，還是駢偶綺艷的文風流行着。當時的所謂『上官體』，（上官儀）『四傑體』，（王勃、楊炯、盧照鄰、駱賓王）『沈宋體』（沈佺期、宋之問），都不脫六朝文學的流風遺韻，都喜歡做駢偶文，都是由駢偶而陷于綺艷。

直至陳子昂起來，才極力提倡有風骨的樸實的漢魏文學，反對晉宋以後的頹靡文學。他在與東方左史虬修竹篇的序文裏發表他的文學見解說：

> 文章道弊五百年矣。漢魏風骨，晉宋莫傳；然而文獻有可徵者。僕嘗暇時觀齊梁間詩，采麗競繁，而興寄都絕，每以永歎！竊思古人，常恐逶迤頹靡，風雅不作，以耿耿也。

李白也是一位復古論者，其言曰：

> 梁陳以來，艷薄斯極。沈休文又尚以聲律。將復古道，舍我其誰？

自此，蕭穎士、李華、元結、獨孤及、梁肅諸人繼起，皆宗法陳子昂，繼續倡導文學復古之論。至韓愈柳宗元兩大文豪起，古文運動乃底于成功。

韓愈是以繼承孔孟的道統自命的人，他的文學主張，一言以蔽之，就是『文以載道』四字。看他的答李翊書說：『非三代兩漢之書不敢觀，非聖人之志不敢存；』又說：『行之乎仁義之途，遊之乎詩書之源，無迷其途，無絕其原，終吾身而已矣。』可見他是以提倡古道自任的，自然要主張『文以載道』。他在一篇進學解上自叙其文章的來源說：

> 上規姚姒，渾渾無涯；周誥殷盤，佶屈聱牙；春秋謹嚴；左氏浮誇；易奇而法；詩正而葩；下逮莊騷，太史所錄；子雲相如，同工異曲。

柳宗元的文學主張亦與韓愈相似，其答韋中立書論做文章的目的說：

> 始吾幼且少，爲文章以詞爲工。及長，乃知文者以明道，是故不苟爲炳炳烺烺，務采色，夸聲音，而以爲能也。

接着他又自述其文章的來源說：

> 本之書以求其質；本之詩以求其恆；本之禮以求其宜；本之春秋以求其斷；本之易以求其動，此吾所以取道之源也。參之穀梁以厲其氣；參之孟荀以暢其文；參之莊老以肆其端；參之國語以博其趣；參之離騷以致其幽；參之太史以著其潔，此吾之所以旁推交通而以爲之文也。

韓愈柳宗元都是反對美文學的；他倆都把自己文章的來源，遠溯於三代兩漢的經史及諸家，洗盡兩晉六朝浮靡的風尚。

古文運動由韓柳二氏的努力而達於最高的發展。繼之者有李翺皇甫湜等，皆以才力文學不及韓柳，不足號召天下，古文之勢遂漸衰。至於晚唐，綺艷的駢偶文學又復活起來，把古文打倒了。

○ ○ ○ ○

以上是唐代文學運動的大概情形。從表面上看來，這個時代的文學運動，完全是復古潮流的文學運動。其實不然。他們口裏雖喊着復古的口號，可是他們的文章並不如蘇綽的死擬尙書，也不如王通的死擬論語；這條死擬古文的路是早已被證明走不通了的。（周書稱蘇綽『雖屬辭有師古之美，矯枉非適時之用，故莫能常行焉。』）唐代的文人只是以『復古』的口號來做幌子。他們要利用歷史上的根據來號召人心，以期打倒六朝的綺艷駢偶文學，故高唱三代兩漢之文。在實際上，他們的文章並不眞是復古的。試看韓愈之言曰：

> 或問『爲文何師？』必謹對曰：『必師古聖賢。』人曰：『聖賢所爲書具存，詞皆不同，宜何師？』必謹對曰『師其意，不師其辭。』

他又說：

當其取于心而注于手也，惟陳言之務去，戛戛乎其難哉！

柳宗元說：

吾雖少為文，不能自雕斲。引筆行墨，快意累累，意盡便止。亦何所師法？

李翱論韓愈的文章說：

公每以為自揚雄之後，作者不出。其所為文未嘗效前人之言，而固與之並。

皇甫湜論韓愈的文章說：

屬文意語天出，業孔子孟軻而侈其文，焯焯烈烈，為唐之章。

李漢論韓文也說：

日光玉潔，周性孔思；千態萬貌，而卒澤于道德仁義。

我們由這些話，可知韓柳的文章明明是『惟陳言之務去』，『未嘗效前人之言』；師古人之意，而不師古人之辭；內容雖為『周性孔思』，而外形實是『千態萬貌』，『焯焯烈烈，為唐之章，』並無所謂師法。

韓愈他們致力于文學運動，其目的無非想提倡一種有內容的實用文章，無非想拿文章來宣傳孔孟之道，無非企圖造成一個新的文派。他們用的文字，只求說理說得清，故都用的淺近文言。我們只要拿韓愈的文章來和蘇綽大誥一類的文章比較，便立見蘇綽所作的才眞是模擬的佶屈嗷牙的古文，而韓愈的作品乃是具有新風格的唐代文學。

由此看來，唐代的文學運動，不但不是復古運動，而且是實際的革新運動呢。

這個文學運動自然有許多缺點：第一是不應該以復古爲名，埋沒了文學進化的觀念；第二是不應該以文學爲載道的工具，忽視純文學的價值。這兩個缺點遺給後世絕大的惡劣影響。近數百年來文壇深受古文之毒，皆唐代樹『復古』與『明道』旗幟的文學運動爲之厲階。

可是，由這個文學運動所產生的許多好處，我們更是不可忽視的：

第一，唐代古文學運動的實際，乃是一種提倡樸實散文的運動。其結果乃產生許多富有文學價值的散文。這種散文雖不是南朝的文學一類，而實際是受了南朝文學的洗禮，歸于北朝文學的質樸，是能夠兼南北文學之所長的。如李華的弔古戰場文，韓愈的祭十二郎文，柳宗元的山水遊記，白居易元稹來往的信札，很多是富有情調意趣的雋妙的散文作品。

第二，有這個時期的文學運動，阻遏了駢偶綺艷文學的發展。自晉宋以來，文人的作品無論文章詩賦，皆用駢偶爲之，作風乃流于綺艷不堪。初唐猶沿其弊，文風亦陷于浮靡不振。迨陳子昂起來振臂一呼，提倡有風骨的樸實的詩文，自開元天寶至大曆長慶間的作者，皆直接受着這個文學運動的影響，才不為浮靡綺艷的風氣所蔽，才有可能產生唐代中期百餘年光輝萬丈的文學史。

第三，這個時期的文學運動，因為反對空疏浮華不能致用的純文學，乃揭出明經載道，以為做文章的目的。因此文學觀念乃流于實用主義一途。在詩歌方面遂開寫實一派。這一派的作品以社會民生為題材，以悲天憫人為職志，遂使文學與人生發生最親切的關係。後來白居易元稹的文學主張，認定『文章合為時而著，歌詩合為事而作』，自然是受了這個文學運動的影響。

第四，這個時期的文學運動，因為要矯正過去駢偶文學的堆砌藻飾，隱晦難懂的毛病，乃改用淺近流暢的文言來做文章。唐以後的詩文，受了唐文很深的影響，其流弊自然很多，但明白曉暢，實為一大特色。

以上四點，是我們對于唐代文學運動的實際及影響，應有的認識。

第十二章　唐代的詩歌

唐代是詩歌的黃金時代。

就數量的發展說，唐詩之盛是很可驚的。單據全唐詩不完備的紀錄，已有詩人二千二百餘家，錄詩四萬八千九百餘首之多，即已超越過去一千多年詩史的總成績。我們分析唐詩之所以發達，其最大的原因，乃是由於君主的倡導。初唐的太宗，女主武則天及玄宗，都是提倡文學，獎勵詩人最力的。此外如憲宗讀了白居易的諷諫詩，便召爲學士；穆宗喜歡元稹的詩，徵爲舍人；文宗則因爲愛好五言詩，特置詩學士七十二人，簡直變成詩迷了。唐代的考試制度，本是以詩賦錄取進士的；又加上君主們的特別提倡。那個文人不想做官？要做官就得努力於詩。因此便造成唐代三百年詩壇的盛況。

唐詩不僅『盛』而已。詩歌至唐已是最高的發展，其成績造詣實已臻於盡善盡美的境界。我們讀了六朝駢偶綺艷的詩，再來讀唐代的名家詩，眞如從一個狹隘的囚籠中飛向海闊天空的地方去。唐詩是無奇不有的，彷彿是一個博物院；唐詩又是無美不具的，如同一個四季花園。論者那一個不讚美唐詩？可是大家都不很明白唐詩的長處在那裏。其實唐詩最大的特色，只是在不講模擬，不事復古；而富有強烈的創造精神，具有自由放肆的精神。唐代有才氣的詩人，每一個都能自出心裁的在他作品裏表現出作者特殊的個性和風格，呈露着濃厚的新時代色彩。經過許多優秀詩人的努力於創造工程，因以形成唐代詩壇的偉大成績。

唐代的詩體，向來的論詩者都認定律詩和絕句是唐代的新體詩，都認定那是唐代的代表詩體。這個錯誤我們是要加以糾正的。律詩源出於六朝的駢偶，專講聲韻對仗，最束縛作者的意境情感，是最下乘的詩體。唐人的律詩就很少好的，絕不足以代表唐詩的特色。我以為能夠代表唐詩的特色的詩體，乃是五七言歌行和絕句。唐代的詩人最喜歡做五七言歌行。他們的歌行，自由放肆，不受任何格律的拘束，句子可以長短不齊，用韻沒有一定的規則，不講對仗，不考究平仄。這可以說是從兩晉六朝解放出來的一種新體自由詩。絕句雖與律詩同稱『近體』，却不與律詩同源，牠是從六朝的民間歌謠進化出來的。雖有聲韻的限制，而不必講對仗排偶，格律並不嚴。這是唐人運用最靈活最巧妙的一種新詩體。大概唐人做的好詩，都是用五七言歌行和絕句寫出來的。這是我們讀唐詩最要注意的一點。

向來講唐詩，都是依據明高棅的意見，分爲下列四期：

初唐（約六一八——七一二）

盛唐（約七一三——七六五）

中唐（約七六六——八四六）

晚唐（約八四七——九〇六）

這種分期法本來很牽强，並沒有什麽正確的理由做根據。特別是把唐代中間一段發展的脈絡一貫的詩史，强分爲『盛唐』與『中唐』二期，最無道理。我以爲唐詩的分期，只有三個階段。第一期，是初唐的八九十年，那還是因襲齊梁以來綺艷作風的時候；第二期，是由玄宗開元（七一三）起，至穆宗長慶（八二四）止的一百多年，這是唐詩最興盛最有價值的時期，我們可以統稱爲『盛唐』；第三期，是晚唐的六七十年，這時的作風已轉入唯美主義的風氣去了。這是唐詩大體上的三變。我們現在就分三期來敍述全部的唐詩。

第一期　初唐詩

初唐的詩，在形式上，是唐詩的初期；但其實質，完全是承襲六朝綺艷文學的遺風，還不能說純粹的唐詩。

初唐本是太平盛世，文學自容易流于享樂之用。況且當代的幾個君主，如太宗、高宗、武后，都是極力提倡駢偶綺艷文學的，因此初唐的詩風，自然趨于艷靡一途。雖然我們也能在初唐中找得着幾個作風較爲樸素的詩人，如魏徵、虞世南、王績、陳子昂等，可是他們的詩極少，並不是當代詩壇的權威者。被稱爲當代詩壇的權威者的，都是些以駢偶文學負盛名的作家。

在初唐最享文譽的，要推『四傑』。

王勃是四傑中之首出者。字子安，絳州龍門人。（六四八——六七五）他是一位很有才氣的少年，六歲卽能文；未及冠，才名已揚聞于京邑。授爲朝散郎。他的文思極快，下筆成章。最著名的滕王閣序，就是他在筵席中一氣寫成的。可惜多才薄命，當他二十八歲時，往交趾省父，竟溺死南海中。他的律詩不足稱，五言絕句則很有些寫得好的，如思歸：

長江悲已滯，萬里念將歸。況復高風晚，山山黃葉飛。

王勃而外，其餘三傑的詩均無甚可述。楊炯，華陰人。少舉神童，拜校書郎，終盈川令。他是一位最驕傲的文人，以名列王勃之後爲恥。其實他的詩在四傑中要算最下，無可舉例者。盧照隣字昇之，幽州范陽人。初爲鄧王府典籤，鄧王稱之爲『寡人之相如』。後拜新都尉，因染風疾去官，居于太白山。後病益甚，不堪其苦，遂自投潁水死。年四十。他的七言歌行頗有些可讀的。駱賓王，婺州義烏人。曾爲長安主簿。徐敬業舉兵討武氏，賓王爲掌書記，作討武曌檄最有名。失敗後，相傳他遁至西湖靈隱寺爲僧。他的詩亦無特別的成績。

沈佺期宋之問是繼四傑而稱霸詩壇的兩個詩匠，是律詩的完成者。唐書說：『魏建安後訖江左，詩律屢變。至沈約庾信以音韻相婉附，屬對精密。及之問佺期，又加靡麗；回忌聲病，約句準篇，如錦繡成文，學者宗之，號爲沈宋。』五言律詩至沈宋而益臻成熟，七言律詩的體式亦至沈宋而創製完成。論詩者都稱道爲初唐律詩的聖手。但在我們看來，則詩至沈宋，可以說是遭一大刧。沈佺期字雲卿，相州內黃人。初爲給事中，神龍中拜修文館直學士。與宋之問同以善做應制詩齊名，惟才不及之問。宋之問字延清，（一名少連）虢州弘農人。（一作汾州人）武后時召與楊烱分直習藝館。後貶隴州。中宗時，召爲修文館學士。睿宗卽位，被配徙欽州，不久被殺於徙所。之問本是一個無行的文人，雖薄有才華而專力於應制一科，故結果只是一個御用的詞臣，絕無高尚的成就。

與沈宋同時的詩人，有李嶠、蘇味道、崔融、杜審言，號稱『文章四友』；又有賀知章、包佶、張旭、張若虛四人，號稱『吳中四士』。在諸人中最有名的是李嶠，他的一首汾陰行，玄宗讀後嘆爲『眞才子』。杜審言過於恃才，詩實平平。賀知章則以七絕著稱，其佳者如回鄉偶書：

少小離家老大回，鄉音無改鬢毛衰。兒童相見不相識，笑問客從何處來。

張若虛在初唐不甚著名，傳詩亦少；然所作春江花月夜一首，語意迴環，風調清麗，讀其『願逐月華流照君』之句，令人想見風度。初唐中得此名貴詩篇，亦堪欣慰。又有劉希夷者，亦無赫赫之詩名，作代悲白頭翁，寫青春芳年的淹忽，白頭鶴髮之哀感，情韻最濃，決不是沈宋一班詩匠所能做得出來的。其全詩如下：

洛陽城東桃李花，飛來飛去落誰家？洛陽女兒好顏色，行逢落花長歎息！今年花落顏色改，明年花開誰復在？已見松柏摧爲薪，更聞桑田變成海。古人無復洛城東，今人還對落花風。年年歲歲花相似，歲歲年年人不同。寄言全盛紅顏子，應憐半死白頭翁。此翁白頭眞可憐！伊昔紅顏美少年。公子王孫芳樹下，清歌妙舞落花前。光祿池台開錦繡，將軍樓閣畫神仙。一朝臥病無相識，三春行樂在誰邊？宛轉蛾眉能幾時，須臾鶴髮亂如絲。但看古來歌舞地，惟有黃昏鳥雀悲！

相傳宋之問酷愛此詩『年年歲歲花相似，歲歲年年人不同』之工，欲奪為己有，乃以土囊壓死希夷。是則我們的詩人竟以身殉其不朽的傑作矣！

初唐的末年，陳子昂張九齡出，一掃華艷的詩風。子昂作感遇詩三十八首，九齡作感遇詩十二首，皆注重意境，撇開詞藻，風骨高古。此外還有一部分白話詩人，如王梵志、寒山、豐干、拾得等，所作詩皆俚俗詼諧，可以說是初唐綺靡風氣的反動。不過他們的詩，也只有通俗方面的好處，缺乏濃厚的藝術意趣，值不得我們過分去讚美。

第二期　盛唐詩

詩的發展由初唐至盛唐，正如由地平線突地飛昇至喜馬拉雅山的絕頂。這真是一個驚人的突飛猛進。盛唐本是文學風氣極濃的時代，這時期的詩人，大抵都具有兩個特點：第一是都有旺盛的天才；第二是都具有極強烈的創造精神。這種創造的精神已成為當時普遍的風氣，故各個詩人都自己料理自己園裏的花草，各不相沿襲，因以造成盛唐詩壇之茂盛與偉大。

宋嚴羽在他的滄浪詩話上有一段話講到盛唐詩的好處，其言曰：

盛唐諸人，惟在興趣。羚羊掛角，無迹可求。故其妙處，透徹玲瓏，不可湊泊，如空中之音，相中之色，水中之月，鏡中之象，言有盡而意無窮。

我們嫌嚴羽的話神祕了一點，明白的說，盛唐詩的好處，就是能不考究形式格律，而注重於詩歌內容的充實，故其妙處，能『言有盡而意無窮』。

盛唐詩歌，依他們描寫的題材和傾向，可以粗略的分爲四派，今依次敍述如下：

(一)邊塞派　唐人邊塞一派，顯然是受了北朝新興英雄文學極大的影響。這一派的詩在初唐中已很流行，至盛唐開元前後而極盛。這種詩的特色，是在能以豪放健舉之筆，寫悲壯慷慨的情思，一掃兒女溫柔的故態，發爲英雄洒落的壯歌。盛唐邊塞派之最著者，有高適、王昌齡、岑參、李白諸人。

高適字達夫，一字仲武，渤海蓨人。少年時落魄不事生產。過中年始留意篇什，數年間，已詩譽大著。初爲封丘尉，累官至淮南節度使，刑部侍郎，散騎常侍，封渤海縣侯。死於永泰元年（七六五）。高適的詩氣骨高古，音節悲壯。他曾爲猛將哥舒翰掌書記，故詩多詠邊塞，最佳者如燕歌行：

漢家烟塵在東北，漢將辭家破殘賊。男兒本自重橫行，天子非常賜顏色。摐金伐鼓下榆關，旌旗逶迤碣石間。校尉羽書飛瀚海，單于獵火照狼山。山川蕭條極邊土，胡騎憑凌雜風雨。戰士軍前半死生，美人帳下猶歌舞。大漠窮秋塞草衰，孤城落日鬥兵稀。身當恩遇常輕敵，力盡關山未解圍。鐵衣遠戍辛勤久，玉筯應啼別離後。少婦城南欲斷腸，征人薊北空回首。邊風飄飄那可度，絕域蒼茫何所有？殺氣三日作陣雲，寒聲一夜傳刁斗。相看白刃血紛紛，死節從來豈顧勳？君不見沙場征戰苦，至今猶憶李將軍。

王昌齡字少伯，江寧人。（一作京兆人）開元進士，補祕書郎。遷汜水尉。因不護細行，貶龍標尉。後以世亂還鄉里，為刺史閭丘曉所殺。他的詩最長於七絕，有『詩天子』之稱。特別是他的邊塞短歌，幽咽悲壯，曠世無儔。例如：

從軍行

琵琶起舞換新聲，總是關山離別情。撩亂邊愁彈不盡，高高秋月照長城。

其二

青海長雲暗雪山，孤城遙望玉門關。黃沙百戰穿金甲，不破樓蘭終不還。

出塞

秦時明月漢時關，萬里長征人未還。但使龍城飛將在，不敎胡馬度陰山。

閨怨

閨中少婦不曾愁，春日凝妝上翠樓。忽見陌頭楊柳色，悔敎夫婿覓封侯。

昌齡的詩亦長於抒寫宮怨，其長信秋詞之『奉帚平明金殿開，且將團扇共徘徊。玉顏不及寒鴉色，猶帶昭陽日影來。』最著稱於世。

岑參，南陽人。少孤貧，篤學，登天寶進士第，官至嘉州刺史。杜鴻漸鎭西川，表爲從事，以職方郎兼侍御史，領幕職。卒於蜀中。參半生戎幕，奔走於戎馬倉皇之中，備嘗征旅行軍的生活；故所作詩雄放宏壯，氣骨遒勁。與高適齊名，號稱『高岑』。其代表作如走馬川行（奉送出師西征）：

君不見走馬川行雪海邊，平沙莽莽黃入天。輪台九月風夜吼，一川碎石大如斗，隨風滿地石亂走。匈奴草飛馬正肥，金山西見烟塵飛，漢家大將西出師。將軍金甲夜不脫，半夜軍行戈相撥，風頭如刀面如割。馬毛帶雪汗氣蒸，五花連錢旋作冰。幕中草檄硯水凝。虜騎聞之應胆慴，料知短兵不敢接，車師西門佇獻捷。（按此詩三句一換韻，實爲作者的創體）

岑參天才橫溢，不任受格律的束縛，其詩之迥拔孤秀者，悉在歌行。他的律詩實無可稱者。但當時的人竟拿他比吳均何遜，置之於律詩匠的隊伍裏，那就是全不懂得岑詩的佳妙了。

現我們要講到盛唐的偉大詩人，中國文學史上的耀星李白。

白字太白，號青蓮。本隴西成紀人，（一說山東人）生長於蜀。初年隱居岷山，後漫遊長江一帶名勝，至於齊魯，與孔巢父諸人交好，居於徂徠山，號『竹溪六逸』。天寶初，因道士吳筠之薦，被召至京師。賀知章見着他稱爲『天上謫仙人』。玄宗也很愛重他的才華，但爲宮庭寵幸所不容，乃請還山，浮遊於四方。安祿山之亂，他擁護永王李璘，謀收拾殘亂的局面，終於失敗，流於夜郎。後得郭子儀營救，遇赦生還。從此晚年的李白更肆意於遊山玩水，寄情於詩酒了。相傳他飲酒過度，竟以醉死於宣城。（七〇一——七六二）

李白是一個富有熱情的浪漫詩人，是一個天才最活躍的作家。他胸襟宏闊，氣魄雄厚，才氣磅礴；故所作詩皆自由肆放，如『天馬行空』，如『黃河之水天上來』，不可羈勒。他作詩的時候，不但不注意格律與修辭，連古人的詩式與作風也全不放在他的眼裏；他只憑着自己的才氣去創造，直有『撫劍獨遊行』，『意氣凌九霄』的精神。他的邊塞詩是最能表現這種豪放精神的，例如行路難：

金尊清酒斗十千，玉盤珍羞値萬錢。停杯投筯不能食，拔劍四顧心茫然。欲渡黃河冰塞川，將登太行雪滿山。閑來垂釣碧溪上，忽復乘槎夢日邊。行路難！行路難！多岐路，今安在？長風破浪會有時，直掛雲帆濟滄海。

在作者的詩集中，壯美的邊塞詩原是不少。不過，單是邊塞一科，却絕不能完全範圍着天才肆溢的李白。他的造詣是多方面的，他的作風有悲壯，有飄逸，有頹放，有香艷，有沈痛，有閑適……………境界至多。總之，李白作詩是隨着興趣與靈感的，筆之所到，無不佳妙。今略舉數詩爲例：

將進酒

君不見黃河之水天上來，奔流到海不復回！君不見高堂明鏡悲白髮，朝如青絲暮成雪！人生得意須盡歡，莫使金樽空對月。天生我材必有用，千金散盡還復來。烹羊宰牛且爲樂，會須一飲三百杯。岑夫子，丹丘生，將進酒，君莫停。與君歌一曲，請君爲我傾耳聽：——鐘鼓饌玉不足貴，但願長醉不願醒。古來聖賢皆寂寞，惟有飲者留其名。陳王昔時宴平樂，斗酒十千恣歡謔。主人何爲言少錢？徑須沽取對君酌。五花馬，千金裘，呼兒將出換美酒，與爾同銷萬古愁！

長干行

妾髮初覆額，折花門前劇。郎騎竹馬來，遶牀弄青梅。同居長干里，兩小無嫌猜。十四爲君婦，羞顏未嘗開；低頭向暗壁，千喚不一迴。十五始展眉，願同塵與灰。常存抱柱信，豈上望夫台。十六君遠行，瞿塘灩澦堆，五月不可觸，猿聲天上哀。門前遲行跡，一一生綠苔。苔深不可掃，落葉秋風早。八月蝴蝶來，雙飛西園草。感此傷妾心，坐愁紅顏老。早晚上三巴，預將書報家。相迎不道遠，直至長風沙。

下江陵

朝辭白帝彩雲間，千里江陵一日還。兩岸猿聲啼不住，輕舟已過萬重山。

獨坐敬亭山

衆鳥高飛盡，孤雲獨去閑。相看兩不厭，只有敬亭山。

李白最擅長的詩體自然是五七言歌行；但他的絕句也是唐代第一流的名手，其妙處能以神化之筆，狀眼前之常景，讀之餘韻悠渺，意境無窮。古人稱李白爲『詩仙』，眞是一個最恰當的美譽呢。

盛唐的邊塞派，除上述諸家外，尚有王之渙、王翰、李頎諸人。王之渙以涼州詞著稱於世，其詞寫塞外蕭條景象，最爲淒涼：『黃河遠上白雲間，一片孤城萬仞山。羌笛何須怨楊柳，春風不度玉門關。』王翰亦有涼州詞，描寫更爲沉痛：『葡萄美酒夜光杯，欲飲琵琶馬上催。醉臥沙場君莫笑，古來征戰幾人回？』李頎長於歌行，讀其古從軍行之『年年戰骨埋荒外，空見蒲桃入漢家』句，則顯然有非戰之深意了。

○　○　○　○

（二）社會派　自玄宗天寶十四年（七五五）安祿山作亂，漁陽鼙鼓動地來，驚破霓裳羽衣曲，中原一帶的繁華地皆陷落爲大戰場，從此戰亂相尋，直至唐末五代。雖然中間也經過短期的安定局面，但歌舞太平的時代是沒有了，開元的盛日是永遠不再來了。大部分民衆的生計都被蔓延的戰亂所剝奪，無數的生命都爲大戰亂所葬送了，竟造成了一個慘不忍睹的黑暗社會。這樣黑暗的社會，給富有熱血的詩人看見了，自然要痛恨；由那偉大的同情心驅使着他們，自然會把他們的詩獻給大衆社會，替民衆們去歌唱辛苦。這是盛唐社會派詩歌的成因。這一派詩人之最著者爲杜甫、白居易、元稹、劉禹錫、張籍諸人。

杜甫字子美，號少陵，襄陽人。少時貧不自振，奔走於吳越齊魯之間。至三十九歲，始以獻三大禮賦，得着一個右衛率府胄曹的小官。安祿山之亂，他曾陷於賊中。脫險後，至鳳翔行在，肅宗授爲左拾遺，出爲華州司功參軍。後輾轉入蜀，居成都浣花溪。嚴武節度劍南時，表他爲參謀，檢校工部員外郎。武死，他避亂居夔州。直到他死前的一年，始出川，經過江陵等處，入洞庭，沿湘江而上，至衡州。相傳他是飢餓之後，吃了過多的牛肉而脹死的。（七一二——七七〇）一代的詩人，遂終身落拓，困苦，流浪而終！

杜甫與李白同爲中國詩史上的雙聖，替盛唐詩壇吐萬丈的光燄。他倆的友誼也是很好的。但是二人的個性與作品，則完全不同。李白是一個酣睡在『象牙之塔』的樂天主義者，是藝術派的詩人；杜甫則是一個站在『十字街頭』的救世主義者，是人生派的詩人。李白的詩是主觀地抒寫自己的胸襟與靈感，作風接近浪漫派；杜甫的詩則是客觀地抒寫社會的黑暗與不平，作風接近寫實派。李白的詩出之以天才，不假雕琢，下筆千言，而流於豪放；杜甫作詩則出之以經驗學問，辛苦吟咏，極力錘鍊，以入於深刻。我們讀了李白的詩，如吟嘯於天上，誦其『咳唾落九天，隨風下珠玉』之句，眞令人飄飄欲仙；但讀了杜甫的詩，則活繪出醜惡的人間，誦其『朱門酒肉臭，路有凍死骨』之句，乃令人悽愴欲淚。這是李杜詩分別的大較。至於他倆的優劣，我們實無從去評判，而且也不必去求評判。正如兩種美麗的奇花，都是天香國色，聽各人去賞玩好了。

杜甫詩的精神和特色，從上面的李杜比較論中，已可親切的認識了。他的詩的大部分，都是發於至情，抒寫實感，最能動人。今舉數詩爲例：

哀江頭

少陵野老吞聲哭，春日潛行曲江曲。江頭宮殿鎖千門，細柳新蒲爲誰綠？憶昔霓旌下南苑，苑中萬物生春色。昭陽殿裏第一人，同輦隨君侍君側。輦前才人帶弓箭，白馬嚼齧黃金勒；翻身向天仰射雲，一箭正墜雙飛翼。明眸皓齒今何在？血污遊魂歸不得。清渭東流劍閣深，去往彼此無消息。人生有情淚霑臆，江水江花豈終極？黃昏胡騎塵滿城，欲往城南忘城北。

石壕吏

暮投石壕村，有吏夜捉人。老翁踰牆走，老婦出門看。吏呼一何怒，婦啼一何苦！聽婦前致詞：『三男鄴城戍。一男附書至，二男新戰死。存者且偷生，死者長已矣！室中更無人，惟有乳下孫。有孫母未去，出入無完裙。老嫗力雖衰，請從吏夜歸。急應河陽役，猶得備晨炊。』——夜久語聲絕，如聞泣幽咽。天明登前途，獨與老翁別。

聞官軍收河南河北

劍外忽傳收薊北，初聞涕淚滿衣裳。却看妻子愁何在，漫卷詩書喜欲狂。白日放歌須縱酒，青春作伴好還鄉。卽從巴峽穿巫峽，便下襄陽向洛陽。

杜甫是一個有天才，有學問，有熱情，有經驗，而又能獻身於詩的詩人，他能以『語不驚人死不休』的刻苦精神去做詩，故詩的造詣至高，古詩與律詩都做得好，尤其是他的新樂府最多名貴之作。論者稱之爲『詩史』，『詩聖』。

杜甫死後，大曆貞元間沒有什麼大詩人，號稱『大曆十才子』的吉中孚、韓翃、錢起、司空曙、苗發、崔峒、耿湋、李端、盧綸、夏侯審，他們的詩皆無可讚美者。直至元和長慶之際，白居易元稹諸家起來，宗奉杜詩，社會派的詩乃大盛。

白居易字樂天，號香山居士，下邽人。貞元中進士，憲宗召爲翰林學士，拜左贊善大夫，後貶江州司馬。文宗立，授太子少傅，以刑部尚書致仕。（七七二——八四六）居易本是一個樂天主義的閑適詩人，可是他救人救世的心思尤其強烈，故終成爲一個替民衆呼籲的社會文學家。他的文學主張很極端，他認定文學是不應該拿來『嘲風雪，弄花草』的；他以爲

『文章合爲時而著，歌詩合爲事而作。』其意思就是，文學必須有益於人生。他覺得一個理想的詩人，必須『篇篇無空文，皆歌生民病』。這種文學主張的壞處，是容易流於淺薄的功利主義的發展，把文學當成了一種工具，其弊自不待言。但當時白居易一般人能夠認淸文學與人生的關係，總算是文學觀念的一大進步。居易的社會詩，有許多是很名貴的，例如新豐折臂翁：

新豐老翁八十八，頭鬢眉鬚皆似雪，玄孫扶向店前行，左臂憑肩右臂折。問翁臂折來幾年，兼問致折何因緣？翁云貫屬新豐縣，逢生聖代無征戰，慣聽梨園歌管聲，不識旗槍與弓箭。無何天寶大徵兵，戶有三丁點一丁。點得驅將何處去？五月萬里雲南行。聞道雲南有瀘水，椒花落時瘴煙起。大軍徒涉水如湯，未過十人二三死。村南村北哭聲哀，兒別爺娘夫別妻，皆云前後征蠻者，千萬人行無一迴。是時翁年二十四，兵部牒中有名字，夜深不敢使人知，偷將大石搥折臂。張弓簸旗俱不堪，從茲始免征雲南。骨碎筋傷非不苦，且圖揀退歸鄉土。此臂折來六十年，一肢雖廢一身全。至今風雨陰寒夜，直到天明痛不眠。痛不眠，終不悔，且喜老身今獨在。不然當時瀘水頭，身死魂孤骨不收，應作雲南望鄉鬼，萬人冢上哭呦呦。老人言，君聽取：君不聞開元宰相宋開府，不賞邊功防黷武；又不聞天寶宰相楊國忠，欲求恩幸立邊功，邊功未立生人怨，請問新豐臂折翁。

居易作詩愛用俚俗語言，最受當世一般民衆的歡迎。他的與元稹書上說：『自長安抵江西，三四千里，凡鄉校、佛寺、逆旅、行舟之中，往往有題僕詩者。士庶、僧徒、孀婦，處女之口，每每有詠僕詩者。………』由此卽可見居易詩歌的社會價值了。

元稹字微之，河南人。九歲卽能文，登『才識並茂，明於體用』科，除右拾遺，出爲通州司馬，官至宰相。最後以武昌軍節度使卒於武昌。（七七九——八三一）元稹和白居易的友誼是很深摯的，猶之杜甫之與李白。他的文學主張也和白居易完全一致，詩名亦與白並稱，時號『元白』，卽當時所謂『元和體』也。其詩亦很流行於民間。例如：

田家詞

牛吒吒，田确确，旱塊敲牛蹄趵趵，種得官倉珠顆穀。六十年來兵簇簇，月月食糧車轆轆。一日官軍收海服，驅牛駕車食牛肉。歸來收得牛兩角，重鑄鋤犁作斤劚。姑舂婦擔去輸官，輸官不足歸賣屋。願官早勝讎早覆，農死有兒牛有犢，誓不遣官軍糧不足！

遣懷詩

昔日戲言身後意，今朝皆到眼前來。衣裳已施行看盡，針線猶存未忍開。尙想舊情憐婢僕，也曾因夢送錢財。誠知此恨人人有，貧賤夫妻百事哀！

論詩才，元稹似不及白居易。

張籍字文昌，東郡人。（一作和州烏江人，又作蘇州人）貞元中登進士第，爲太常寺大祝。官至水部員外郎，世稱張水部。他是與韓愈白居易同時的詩人，人格和文章皆很高，韓白都異常敬重他。白居易有讀張籍古樂府云：『張君何爲者？業文三十春，尤工樂府詞，舉代少其倫。爲詩意如何？六義互鋪陳。風雅比興外，未嘗著空文。』籍是一個瞎子，但他的社會經驗很豐富，他的社會問題詩有很多高明的。

廢宅行

胡馬崩騰滿阡陌，都人避亂唯空宅。宅邊青桑垂宛宛，野蠶食葉還成繭。黃雀銜草入燕窠，嘖嘖啾啾白日晚。去時禾黍埋地中，飢兵掘土翻重重。鴟梟養子庭樹上，曲牆空屋多旋風。亂後幾人還本土？唯有官家重作主！

節婦吟

君知妾有夫，贈妾雙明珠。感君纏綿意，繫在紅羅襦。妾家高樓連苑起，良人執戟明光裏。知君用心如日月，事夫誓擬同生死。——還君明珠雙淚垂，何不相逢未嫁時！

劉禹錫字夢得，彭城人。貞元中進士，又中宏詞科。初爲監察御史，後屢遭貶謫。會昌中官至檢校禮部尙書。(七七二——八四二)他的詩愛諷刺時政，屢失歡於執政者。白居易推爲詩豪，謂『其鋒森然，少敢當者。』其金陵懷古『千尋鉄鎖沉江底，一片降旛出石頭，』及石頭城之『山圍故國周遭在，潮打空城寂寞回，』可稱絕調。同時他也致力於民衆文學的創作，寫了許多俚俗的短歌，流行於民間。例如：

竹枝詞

山桃紅花滿上頭，蜀江春水拍山流。花紅易衰似郎意，水流無限似儂愁！

其二

楊柳青青江水平，聞郎江上踏歌聲。東邊日出西邊雨，道是無晴還有晴？

(按『晴』與『情』雙關)

白居易劉禹錫以後，詩風又趨於華艶，這種社會派的詩便消衰了。直到五代，只有一個韋莊用了一千六百六十字寫成一篇秦婦吟，敍述當時中原的亂離狀態，可以說是這一派的鉅大繼響。

○○○○

（三）自然派　盛唐詩人，有許多是受了當世大戰亂的刺激，遂走向以救濟民生爲主的社會文學的路上去，如上所述。同時還有一部分的詩人，他們雖也遭逢戰亂的時代，却並不影響於他們的思想與人生觀。他們厭惡實際的社會，遁逃至自然界的山林泉壑中去求嘯傲自適；他們以做官用世爲拘束無聊，以隱逸放浪爲高尙自由，養成一種『獨自怡悅』的性情，養成一種『超出塵世』的人生觀。這顯然是受了道學和佛教的影響。這一派的詩自陶潛謝靈運以後，至盛唐乃成爲一大宗派。李白也是這一派的人物，除了他一部分的邊塞詩以外。其他的詩人如孟浩然、王維、韋應物、柳宗元，都是自然派詩人的健將。

孟浩然，襄陽人。隱居鹿門山，以詩自適。年四十，方遊京師，應進士不第，飄然而回。李白稱其『白首臥松雲』。（六八九——七四〇）他的詩風調高雅，讀之如臨淸流，如臥雲中。例如過故人莊：

故人具鷄黍，邀我至田家。綠樹村邊合，靑山郭外斜。開筵面場圃，把酒話桑麻。

待到重陽日，還來就菊花。

王維字摩詰，河東人。開元中進士，歷官右拾遺，監察御史，中書舍人，給事中，尚書右丞等職。（六九九——七五九）他是一位通音樂，善繪畫的美術家，他作詩常寓以畫意，筆調清悠，開山水的新派。尤其是他晚年隱居輞川時候的作品，特別饒有自然風味。如：

鹿柴

空山不見人，但聞人語響。返景入深林，復照青苔上。

竹里館

獨坐幽篁裏，彈琴復長嘯。深林人不知，明月來相照。

王維的朋友裴迪儲光羲，都是自然派的山水詩人，常與維相唱和。儲光羲的田園詩有很多高明的。同時的詩人元結，他的山水詩也很著名。

韋應物，京兆人。建中初，官比部員外郎，遷左司郎中，貞元中出爲蘇州刺史。世號韋蘇州。他爲人性高潔，所在焚香掃地而坐。其詩閑澹簡遠，人比之陶潛，號稱『陶韋』。白居易蘇軾都讚美他的詩。例如滁州西澗：

獨憐幽草澗邊生，上有黃鸝深樹鳴。春潮帶雨晚來急，野渡無人舟自橫。

韋應物的朋友顧況劉長卿，也是大歷貞元間有名的詩人。顧詩多詼諧諷刺，劉詩多陳敍愁苦，已不是閑適的自然詩人了。

柳宗元，字子厚，河東人。第進士，中博學弘詞，拜監察御史，坐黨王叔文貶爲永州司馬，徙柳州刺史。世號柳柳州。（七七三——八一九）他和韓愈是很好的朋友，同爲當代的文宗。他的散文遊記，精妙絕倫。詩則淸幽雋逸，接近陶派。我最愛他的一首小詩題名江雪的：

千山鳥飛絕，萬徑人蹤滅。孤舟簑笠翁，獨釣寒江雪。

此外詩人之偶有幾首歌詠山水田園的作品者，則其例不可勝舉了。

○　○　○　○

（四）怪誕派　元和長慶間的詩壇，顯然分成兩個派別：一派是在前面已經講過的，白居易、元稹、劉禹錫等的通俗暢達的白話詩；又一派乃是韓愈、孟郊、盧仝、李賀、賈島等的怪誕詩。他們這一派的詩歌，無論用字、押韻、取材、作法、和思想，皆以奇僻怪誕爲其特色。今分敍如下：

韓愈字退之，河內南陽人。其先世居昌黎，故世稱爲韓昌黎。第進士後，累官監察御史，國子博士，刑部侍郎。因諫迎佛骨，貶潮州刺史。後官至吏部侍郎。（七六八——八二四）韓愈是中國古文家的頭一個權威者。他的詩譽也很高，其特色在能豪放。論者說他專學杜甫的奇險處，愛用怪字，押險韻，失却詩的神味，只能說是『押韻之文』。詩如：

山石

山石犖确行徑微，黃昏到寺蝙蝠飛。升堂坐階新雨足，芭蕉葉大梔子肥。僧言古壁佛畫好，以火來照所見稀。鋪床拂席置羹飯，疏糲亦足飽我飢。夜深靜臥百虫絕，淸月出嶺光入扉。天明獨去無道路，出入高下窮煙霏。山紅澗碧紛爛漫，時見松櫪皆十圍。當流赤足蹋澗石，水聲激激風吹衣。人生如此自可樂，豈必局束爲人鞿？嗟哉吾黨二三子，安能至老不更歸？

孟郊字東野，洛陽人。（一作湖州武康人）年過五十始登進士第，官只試協律郎。（七五一——八一四）爲唐代詩人之最潦倒窮困者。他作詩陷於苦吟艱思，至有『夜吟曉不休，苦吟神鬼愁；如何不自閑？心與身爲仇』之語。韓愈說他的詩是『橫空盤硬語』，又說『東野動驚俗，天葩吐奇芬，』蓋亦一愛作奇僻詩之詩人也。詩如：

聞砧

杜鵑聲不哀，斷猿啼不切。月下誰家砧，一聲腸一絕！杵聲不爲客，客聞髮自白；
杵聲不爲衣，欲令遊子歸。

盧仝，濟源人，隱居登封縣之少室山，自號玉川子。徵爲諫議不起；死於『甘露之變』。他是一個以作怪誕詩著名的詩人，其最著名的月蝕詩，茶歌等作，皆以奇特的筆調，寫怪妄的思想。韓愈很稱讚他。我們隨便舉一首小詩就很可以看出作者的怪異風格，例如：

村醉

村醉黃昏歸，健倒三四五。摩挲靑莓台，莫嗔驚著汝。

李賀字長吉，昌谷人。七歲能辭章。憲宗朝，爲協律郎。死年僅二十七，（七九〇—八一六）爲唐代著名詩人中之最短命者。他爲人孤僻不與俗人合，多情善感。常旦出，騎小驢，從小奚奴，背古錦囊，得句即投其中。所作詩，辭多奇詭，人稱爲『鬼才』。然其情韻濃厚，富有詩趣，並非韓愈盧仝一流。詩如將進酒：

琉璃鐘，琥珀濃，小槽酒滴眞珠紅。烹龍炮鳳玉脂泣，羅幃繡幕生春風。吹龍笛，
擊鼉鼓；皓齒歌，細腰舞。況是靑春日將暮，桃花亂落如紅雨。勸君終日酩酊醉，
酒不到劉伶墳上土。

賈島字浪仙，范陽人。初爲僧，名无本。後還俗，舉進士，坐誹謗謫長江主薄。時稱賈長江。（七八八——八四三）他的詩也是由辛苦推敲而成的，嘗自吟：『兩句三年得，一吟雙淚流，』其作詩的費氣力可見。他的詩格也是屬於怪僻一流，寒澀難讀。只因曾做過山僧，也偶有較近自然的幽逸詩，如：

尋隱者不遇

松下問童子，言師採藥去，只在此山中，雲深不知處。

『怪誕奇僻』本不是詩的常格，其最大的短處是缺乏詩的情韻。以韓愈的大才氣，尙不能有很高的造詣，其他作者自更難於此中求良好成績了。

以上是對於盛唐詩的粗略敍述，此外未及提起的詩人，尙有崔顥、常建、丘爲，賈至、李益、張繼、戴叔倫、王建、姚合等，亦皆有詩聲於當時。女詩人則以名妓薛濤及妙尼魚玄機最有名。

第三期　晚唐詩

至晚唐，經過長期的戰亂，政治無法清明，已經是唐代一切文化學術衰落的時期了，詩歌的燦爛時期也已經過去了。

晚唐詩壇的主潮，是反對俚俗樸實的詩歌，而返乎六朝唯美主義的文學傾向，以典雅綺麗爲宗。這時期中可述的詩人只有杜牧、李商隱、溫庭筠等寥寥數位，點綴着衰落的詩壇。

杜牧爲晚唐詩人中之佼佼者。字牧之，京兆萬年人。歷殿中侍御史，內供奉，會昌中遷中書舍人。人稱爲小杜，以別於杜甫。（八〇三——八五二）他爲人頗浪漫不拘，有『十年一覺揚州夢，贏得青樓薄倖名』的艷語。論者都說杜牧的詩豪邁，我則以爲其詩的特色在於秀麗。他的七絕最多傑作，例如：

寄揚州韓綽判官

靑山隱隱水迢迢，秋盡江南草木凋。二十四橋明月夜，玉人何處敎吹簫？

泊秦淮

烟籠寒水月籠沙，夜泊秦淮近酒家。商女不知亡國恨，隔江猶唱後庭花。

思舊遊

十載飄然繩檢外，罇前自獻自爲酬。秋山春雨閑吟處，倚徧江南寺寺樓。

山行

遠上寒山石徑斜，白雲深處有人家。停車坐愛楓林晚，霜葉紅於二月花。

李商隱字義山，懷州河南人。初爲弘農尉，官至檢校工部郎中。（八一三——八五八）他的詩以華艷著稱於世，爲『西崑體』的祖師。但多隱僻難解之作，有人說是寫他自己的戀愛史，故多諱飾難詳。今舉他一首七絕爲例：

花下醉

尋芳不覺醉流霞，倚樹沉眠日已斜。客散酒醒深夜後，更持紅燭賞殘花。

溫庭筠（生平詳見後章）的詩，與李商隱齊名，號稱『溫李』。不過他的文學成績重在詞的一方面，其詩不免因之減色。例如楊柳詞：

館娃宮外鄴城西，遠映征帆近拂堤，繫得王孫歸意切，不關芳草綠萋萋。

此外晚唐詩人以艷詩著聞者有韓偓、段成式；愛作白話詩者有杜荀鶴、聶夷中，羅隱；其他著名詩人尚有陸龜蒙、司空圖、皮日休、李羣玉、李頻、鄭谷、許渾等。鄭許二氏的七絕有很好的，例如：

寂寞　鄭谷

江郡人稀便是村，踏青天氣欲黃昏。春愁不破還成醉，衣上淚痕和酒痕。

謝亭送別

許渾

勞歌一曲解行舟，紅葉青山水急流。日暮酒醉人已遠，滿天風雨下西樓。

第十三章　唐代的歌詞

詞本是一種樂府詩，牠的形式，因爲協樂的緣故，往往是長短句；牠的韻律，也因爲協樂的緣故，比詩更嚴格。但其實質却是與詩一樣的，以情感爲牠的靈魂。可以說是詩的一體。只因這種新詩體成立以後，非常地發達起來；且其形式韻律也與過去的詩體殊異，便另名爲『詞』，爲『詩餘』，爲『長短句』，以別于詩。

詞是怎樣起來的？簡單的答覆，詞乃是樂府歌曲的產兒。

我們在前面說過，唐代的樂坊中人喜歡取文人的詩來協樂歌唱。在最初，文人作詩與樂曲並無必然的關係，文人自作他的詩，樂工自作他適合樂曲的歌辭。文人的詩只是給人欣賞誦讀的，所以他們寫的都是整齊的五七言詩；樂工們的歌辭是要應音樂的需要的，所以他們依曲拍塡成長短句的歌辭。但是樂工不是十分能文的人，他們的歌辭往往做得俚俗不雅，故喜歡拿文人做的詩來做歌辭，以抬高歌唱的價值；文人方面也樂得自己的詩給歌伎去唱，以廣佈自己的文名。雙方相互爲用，關係便發生出來了。我們看開元前後的詩人，多以自己的詩給伶人妓女歌唱爲榮。到了大曆長慶間，則樂工們竟以賄賂來求文人的新作了。那些著名詩人，如李益、李賀、韋應物、劉禹錫、白居易、元稹的詩，都給伶人妓女們去唱了。文人與樂工關係更密切了。於是懂得音樂的文人一方面自己寫詩給他們去唱，一方面也會提起與趣，依着樂調的曲拍來試塡長短句的新歌辭，或者模擬樂工們的俚俗歌辭。一兩個文人嘗試了，其他的文人便跟着來嘗試了，漸漸的風行起來，因以造成數百年詞的發達。

詞起來的時代，向來有很多的說法。黃昇的花菴詞選序說：

> 李太白菩薩蠻憶秦娥二闋，爲百代詞曲之祖。（鄭樵通志亦有此說）

徐釚的詞苑叢談說：

> 塡詞原本樂府。菩薩蠻以前，追而溯之，梁武帝江南弄，沈約六憶詩，皆詞之祖。人言之詳矣。

汪森的詞綜序說：

> 自有詩而長短句卽寓焉。南風之操，五子之歌，是已。周頌三十一篇，長短句居十八；漢郊祀歌十九篇，長短句居其五；至短簫鐃歌十八篇，篇皆長短句。謂非詞之源乎？

這三位古人把詞的起源，一個比一個說得遠。你看：他們從唐代的李白，說到梁朝的梁武帝沈約；從梁朝的梁武帝沈約，竟說到悠遠的先秦時代去了。這眞是錯誤得可笑。原來我們講詞的起源，是要追尋一條詞的發生的線索脈絡出來的。如果說詞起源于先秦時代，而事實上詞的發展又晚在晚唐五代，中間竟孤絕了一千年，這如何講得通？卽使說起源于梁朝的梁武帝沈約，中間也隔絕了二百多年，毫無線索可尋。這些講詞起源的古人，他們最大的錯誤，就是只認定詞是長短句，從長短句中去求詞的起源，因此把詞的起源越說越遠。不錯，『自有詩而長短句卽寓焉；』照他們的說法，則詩的起源卽是詞體的起源了。不更是笑話嗎？我們若嚴格去考求詞發生的源頭脈絡，則不但那些遠徵懸擬的詞起源說不可靠，卽說李白的菩薩蠻與憶秦娥爲詞體之祖，也是錯誤的。向來傳爲李白作的菩薩蠻與憶秦娥，實不是李白的作物，證據很多：

第一，蘇鶚杜陽雜編說：『太中初，女蠻國貢雙龍犀，明霞錦。其國人危髻金冠，瓔珞被體，故謂之菩薩蠻。當時倡優遂製菩薩蠻曲，文士亦往往效其詞。』南部新書亦載此事。查至太中時，李白之死已近百年，是李白之世，唐尙未有斯題，何得預塡其篇耶？

第二，後蜀趙崇祚編花間集，遍錄晚唐諸家詞，而不及李白。歐陽炯作花間集序亦只稱李白有清平樂調應制詞四首，（查李白只有清平調七絕三首，此外並無其他的應制詞）而不曾提及他有菩薩蠻憶秦娥等詞。

第三，宋人郭茂倩編的樂府詩集遍錄李白的樂府歌辭，並收後來的調笑憶江南諸詞，而獨不收菩薩蠻憶秦娥二詞。

最早認定菩薩蠻憶秦娥爲李白作品的，始于南宋人黃昇編的花菴詞選。花菴詞選本是一部不甚辨眞僞的書，自不可信。上面所說的都是很强的證據，證明這兩首詞並不是李白的作品。實在說，當時不但李白不曾作詞，大曆以前的作者並沒有一個曾作詞的。他們只有整齊的五七言歌辭，沒有長短句的歌辭。相傳王昌齡、高適、王之渙的詩，爲伶工妓女所爭唱，全是五七言絕句；王維的詩亦爲梨園所盛唱，而所傳唱的歌辭如『紅豆生南國』，『秋風明月共相思』，一係五言，一係七言。他如杜甫孟浩然輩，則未嘗著名于樂部敎坊，歌辭極少。直到太曆長慶間韋應物、白居易、劉禹錫等起來以後，才有長短句的歌辭。韋應物的歌辭不多見，惟三台與轉應曲（一名調笑）流傳。今舉他的一首轉應曲爲例：

胡馬，胡馬，遠放燕支山下。跑沙跑雪獨嘶，東望西望路迷，路迷，迷路，邊草無窮日暮。

白居易的歌辭則相傳甚多，形式是長短句的，有憶江南、如夢令、長相思、花非花、一七令等調。但這些詞多不載于白氏長慶集者，我們只好存疑。可以確定是白居易的作品的，有憶江南：

江南好，風景舊曾諳：日出江花紅勝火，春來江水綠如藍。能不憶江南？

劉禹錫曾依此詞的曲拍為句，填春去也詞，傳唱一時：

春去也，多謝洛城人。弱柳從風疑舉袂，叢蘭挹露似霑巾；獨坐亦含顰。

據草堂籤所載，劉禹錫尚有斑竹枝詞；古今詞話載戴叔倫有轉應曲；太平廣記載韓翃有章台柳。此外長慶間尚有一位不甚著名的作家張志和，有一首很好的漁父詞：

西塞山前白鷺飛，桃花流水鱖魚肥。青箬笠，綠簑衣，斜風細雨不須歸。

有了大歷長慶間許多名詩家來寫長短句的歌辭，詞體便確立了。到了晚唐便產生大詞人溫庭筠。

溫庭筠是最初一個詞的專家，他是遲白居易不到四十年的作者。字飛卿，太原人。為人不修邊幅，終身放蕩潦倒，官只方城尉。舊唐書稱其『能逐絃吹之音，為惻艷之詞。』他雖也能詩，但他的詩遠不如其詞造詣之高。胡仔苕溪漁隱叢話稱他『工于造語。極為綺靡』

黃昇花菴詞選也說『飛卿詞極流麗，宜爲花間集之冠』。其詞如：

憶江南

梳洗罷，獨倚望江樓。過盡千帆皆不是，斜暉脈脈水悠悠，腸斷白蘋洲。

更漏子

玉爐香，紅蠟淚，偏照畫堂秋思。眉翠薄，鬢雲殘，夜長衾枕寒。　梧桐樹，三更雨，不道離情正苦！一葉葉，一聲聲，空階滴到明！

溫詞最長於抒寫艷情，他創調極多，在詞史上要算是一位開山大師。五代的詞人受他的影響極大。

溫庭筠在文學史上的地位，可以說是站在詩詞盛衰的歧點。在他以前，還是詩歌的最盛時代，詩人不過偶爾塡詞；自溫氏專力於詞以後，詞的發展的趨勢逐漸造成，入於五代，便是詞的時代了。

第十四章　唐代的小說

中國小說雖濫觴于兩晉六朝，然至唐代的文人始自覺地創作有結構的小說，短篇小說的體製至此始行確立。胡應麟筆叢說：

> 變異之談，盛于六朝。然多是傳錄舛訛，未必盡幻設語。至唐人乃作意好奇。假小說以寄筆端。

唐代文人也許還是抱着看不起小說的觀念，可是他們能夠『作意好奇』去做小說，則小說在文人的創作中已成爲一科，小說在文學的領域中已佔着一個小小的地位，以徐圖未來的發展。

至言小說的作風，亦至唐代而一變。唐人小說，所抒寫的皆係可歌可泣的艷情和可驚可歎的仙俠故事，取材盡屬新奇，情節亦復悽惋，故論者皆稱唐代小說爲『傳奇』。加以當時小說作家，多是著名才人，文辭華麗淒艷，韻味無窮，實遠勝于兩晉六朝的初期作物。故洪邁說：

唐人小說不可不熟。小小事情，悽惋欲絕，洵有神遇，而不自知者，與詩律可稱一代之奇。

唐代本是文學的燦爛時期，徒以詩歌特著聲譽，其他文學之名遂爲所掩；實則唐之小說在文學史上自有其特殊位置的。

唐代小說之流傳者，今皆存載于唐人說薈（一名唐代叢書）與太平廣記二書，別其性質，略分三類：

（一）豪俠類：——

紅線傳　劉無雙傳　謝小娥傳　虬髯客傳　崐崙奴傳　聶隱娘傳

（二）艷情類：——

游仙窟　霍小玉傳　李娃傳　會眞記　飛烟傳　章台柳傳　楊倡傳　長恨歌傳

（三）神怪類：——

秦夢記　枕中記　任氏傳　柳毅傳　南柯記　離魂記

這個分類係就大體而言，細辨之，如豪俠類中的謝小娥傳亦涉神怪；艷情類中的章台柳傳亦言豪俠，霍小玉傳兼誌怪異；神怪類中的任氏傳及離婚記亦屬艷情；固不可以嚴格分類也。此外如題爲韓偓作的海山記，迷樓記與開河記，題作曹鄴作的梅妃傳，皆屬宋人僞作，太眞外傳亦宋人樂史撰，故皆不敘錄于此。今略將上列作品及其作者敘述如下。

(一)豪俠小說　記載豪俠故事始于司馬遷史記中的刺客列傳游俠列傳；然幻設爲小說，則始自唐之中葉。唐自安祿山作亂以後，藩鎭强橫，擁兵恣肆，私畜死士刺客，以圖仇殺異己，因是豪客俠士橫行一時，而豪俠小說因之以起。紅線傳，袁郊作。(舊題楊巨源作)郊字之儀，郎山人。昭宗時爲翰林學士，嘗官虢州刺史。著述甚富。紅線傳載于他的甘澤謠中，敍一女子紅線爲潞州節度使薛嵩的青衣，時田承嗣想吞併潞州，薛嵩懼，紅線乃夜往魏取承嗣牀頭的金合，嵩使人送還，承嗣驚駭，乃重修舊好。事後，紅線飄然別去，不知所往。劉無雙傳，薛調作。調乃河中寶鼎人。爲翰林承旨學士。此傳敍一宦家女劉無雙幼許配表兄王仙客，因兵亂散失，無雙被召入後宮，派往守陵園。仙客悲痛之餘，往訪義士古押衙求助，古生感其意氣許之。然一去半年，全無消息。忽傳陵園有宮女被殺，是夜，古生抱宮女屍至，乃無雙也。灌以藥，得復活。古生乃盡殺此案關係人，並自刎以滅口。而仙客與無雙則終成眷屬矣。謝小娥傳，李公佐作。公佐字顓蒙，隴西人。嘗舉進士，爲江淮從事。所作小說今傳四篇。此傳敘謝小娥的父與夫爲盜匪所殺，小娥獨遇救。後夢其父與夫告以謎人姓名，小娥乃變男子服爲傭保，輾轉江湖間，果遇二盜于潯陽，刺殺之，並擒其餘黨。小娥報仇後，剪髮披褐，修道于牛頭山以終。虬髯客傳，杜光庭作。（舊題說張作）光庭字賓聖，括蒼人。在天台山爲道士，後事蜀之王衍爲戶部侍郎。有文集。此篇爲豪俠小說中之最有名者，敘李靖去謁見楊素，素旁一執紅拂妓識靖爲英雄，夜亡奔靖，相偕遁去。途遇虬髯客，意氣甚豪，相與甚歡。後客將其資產全數贈與李靖，使佐李世民興唐，彼則率海賊入扶餘國，殺其主，自立爲王云。崑崙奴與聶隱娘，並爲裴鉶作。（又見于段成式酉陽雜俎的劍俠傳中）鉶著有傳奇行世，此二篇最有名。崑崙奴係敘一黑奴名磨勒者負崔生逾十重垣與某大臣家妓相見，又負他倆飛度峻垣而出，終成情侶的故事；聶隱娘係敘一劍俠女聶隱娘幫助陳許節度使劉昌裔，與魏師田氏派來刺客精精兒與妙手空空兒鬥法的故事。這種作品實爲後世劍俠演義小說的先驅。

（二）艷情小說　抒寫艷情之作，亦至唐代始發達。唐人小說以這一類爲最優秀。作者類能以雋妙的鋪敘，寫悽惋的艷情，其事多悲劇，其文多哀艷動人；不像後世的大團圓小說，結局皆無意味。今爲分述如下：游仙窟，張鷟作。鷟字文成，深州陸渾人。登進士第，官至司門員外郎。他爲文浮艷，流行一時。所作游仙窟爲艷情小說之涉于淫者。自敘奉使河源，道中夜投大宅，逢二女曰十娘五娘，宴飲調笑，止宿而去。文詞甚褻。霍小玉傳，蔣防作。防字子徵，義興人。歷官翰林學士，中書舍人。此篇敘大曆間詩人李益與名妓霍小玉戀愛，後益母爲訂婚于盧氏，遂與小玉斷絕音問。小玉念益成疾，而益終不復來。有黃衫客者强邀益至小玉處，小玉數其負心，悲慟而絕。李娃傳，白行簡作。行簡字知退，下邽人。白居易之弟。官至郎中。本篇敘李娃爲長安名妓，有某貴公子因迷戀她而致墮落，流爲乞丐。終得李娃之救，讀書成名，結爲美滿婚姻。會眞記（亦名鶯鶯傳），元稹作。稹是當代的名詩人，此記文章濃麗，極有名於世。敘張生君瑞因紅娘的引線，與崔鶯鶯發生戀愛，其後崔委身他人，張亦另娶，終身不復相見矣。飛烟傳，皇甫枚作。枚字遵美，安定人。曾著三水小牘，此傳即書中的一篇。敘步飛烟與鄰居少年趙象戀愛，爲夫所覺，橫被笞死。象亦改名變服，遠竄江南。章台柳傳（亦名柳氏傳），許堯佐作。堯佐生平不詳。此篇係敘詩人韓翃的愛妾柳氏爲蕃將沙吒利所刼，俠士許俊以智力爲之奪回的故事。楊倡傳，房千里作。千里字鵠舉，河南人。官至高州刺史。此傳敘倡女楊氏爲嶺南某帥所寵，蓄之別室。後爲帥妻所覺，被遣北還。不久帥以氣憤死，楊倡亦以身殉。長恨歌傳，陳鴻作。鴻字大亮，貞元中爲主客郎中。因白居易作長恨歌，鴻乃爲之作傳，記唐玄宗與楊貴妃的戀愛故事。此外，值得舉例的艷情小說還不少，但藝術價值之最高者，當推上面所敘錄的霍小玉傳，李娃傳與會眞記數篇。

(三)神怪小說　唐人多信佛好奇，加以深受兩晉六朝誌異書的影響，故唐之小說，亦多言神怪。秦夢記，沈亞之作。亞之字下賢，吳興人。登元和進士第，終郢州掾。有文集。今存傳奇有湘中怨，異夢錄及秦夢記三篇。秦夢記係自敘道經長安旅次，夢為秦官有功，時弄玉新寡，因尚公主，禮遇甚隆。後公主卒，秦穆公不欲再見亞之，乃遣之歸。枕中記與任氏傳，皆沈既濟作。既濟為蘇州吳人，官至禮部員外郎。枕中記（或題張泌作）敘道士呂翁行邯鄲道中，見旅舍少年盧生自歎窮困，乃以枕授之，謂枕此當榮適如意。生即夢娶清河崔氏，累官至宰相，子孫滿堂，年八十餘而死。生至此乃醒，時旅舍主人蒸黃粱猶未熟也。生為之憮然而去。任氏傳係敘一狐女任氏與鄭六同居，能恪守節操，創立家業，後為犬逐斃。柳毅傳，李朝威作。朝威為隴西人，生平不詳。此傳係敘柳毅為拯救一被舅姑夫壻虐待的洞庭龍君少女，前往龍宮傳信。龍女得救後，與柳毅結婚，終於成仙。南柯記（一名南柯太守傳），為謝小娥傳的作者李公佐所撰。內容是說淳于棼在槐樹下晝寢，夢為槐安國王的女婿，統治南柯郡三十年，後兵敗，公主又死，因罷官被送回故鄉。于淳乃醒，尋在槐樹下發現一蟻穴，蓋即所謂槐安國也。離魂記，陳元祐作。元祐生平亦不詳。此記述張鎰初將幼女倩娘許外甥王宙，後又訂婚於他氏，王宙含恨而別，夜半，倩娘追至，乃相偕赴蜀，居久之，倩娘思家，乃偕歸，至則倩娘方臥病家中，二女相見，合爲一體。方知追隨王宙者蓋倩娘之魂也。此外唐人神怪小說尚多，如白猿記，周秦行紀，杜子春傳，蔣子文傳，李衞公別傳，杜林甫外傳，人虎記，獵狐記，靈異傳等；彙集成書者則有牛僧孺的玄怪錄十卷，李復言的續玄怪錄五卷，薛漁思的河東記三卷，張讀的宣室志十卷，是可見唐代神怪小說之盛矣。

唐代小說，大都出於文人的遊戲筆墨，即偶有寓意，亦不外訓誨人心，固說不上『表現作者生命』的要義。只因所作多出才人，事皆離奇，文復華美，故爲後世所重視。特別是元以後的戲曲傳奇，多取材之唐人的小說：如西廂記之本於會眞記，長生殿之本於長恨歌傳，繡襦記之本於李娃傳，倩魂離魂之本於離魂記，皆爲最著者。其他以唐小說爲資料的戲曲，尙不勝舉例。由此即可見唐代小說之影響於後世文壇了。

第五編　五代的歌詞

第十五章　五代的歌詞

由唐末至五代，中國又陷於大變亂的旋渦中，凡五十餘年。在這短促的五十餘年中，竟換了五個朝代，割裂成十國，戰亂相尋，無有已時，這在政治史上自然是黯然無光，但在文學史上却是一個燦爛的時期。

五代是浪漫主義風氣流行的時代。當時的帝王，貴族，及一般文人，皆沈緬於頹廢的享樂主義，酣醉於藝術之宮。他們既不講究如何治國安民，也不講究氣節道義，只見他們君臣相率，躭於遊樂藝術，故其政治黑暗腐敗，而文學則成績斐然。

五代的帝王，很多極可珍貴的藝人，這是值得我們注意的。他們不但能文，不但極力提倡文藝，而且能獻身於藝術，雖至犧牲其生命國家而不悔。例如後唐莊宗李存勖，以武人而愛好文藝。五代史稱他『既好俳優，又知音，能度曲。』他自己做伶人，與俳優門一塊兒唱戲，後來竟以此喪失其性命。西蜀主王衍也是一位夠荒唐的君主，他足裹小巾，其尖如錐；命宮妓都衣道服，簪蓮花冠，施脂夾粉，名曰『醉妝』。他自己就在這樣宮女如雲的圍繞中，飲酒唱曲以爲樂。後亦因此而喪國亡身。南唐後主李煜，更是一位不可救藥的痴人。他長於婦人之手，處於深宮之中，只知道與宮女們胡纏，盡情地快活。及宋太祖遣曹彬來圍攻他的都城，行見山河社稷將傾於一旦，他還是載歌載舞，飲酒作詞。蔡絛西淸詩話載：

> 南唐後主在圍城中，作臨江仙詞，未就而城破。嘗見其殘稿點染晦昧，心方危窘，不在書耳。藝祖（趙匡胤）曰：『李煜若以作詩工夫治國家，豈爲吾所俘也？』

五代的君王大都是政治上的昏君，藝術上的忠臣。他們很多具有文藝的天才，如李煜是不用說了；李存勖王衍流傳的作品皆不可侮；他如後蜀主孟昶、南唐中主李璟、吳越王錢俶，皆負文名；皇后如南唐的昭惠后，後蜀的花蕊夫人費氏，皆有作品流傳。這樣君倡於上，臣和於下，五代的文壇乃盛極一時。

○　○　○　○

陸游花間集跋說：

> 詩至晚唐五季，氣格卑陋，千人一律。而長短句獨精巧高麗，後世莫及。

五代實是一個詞的時期。蓋這時候，韓愈一派繼承文學道統的復古運動，已經沒有人理會了，近體詩也給人家作厭倦了。恰好詞是一種新興的文體，正如一塊未開闢的田地，需要開闢的時候。而且詞之爲用，又與宴樂歌舞爲緣。愛好享樂的五代貴族文人，看中了這個時髦的玩意，大家便都向着這條新路跑，用他們在詩文裏不容易發揮的天才，向詞裏面來發揮，因此便造成了五代詞的絕大成績。

五代的詞，盛于西蜀與南唐。這是由于此兩地較中原爲平靖，且兩地的君主多愛好文學，文人多歸附之。其中尤以西蜀爲最盛。花間集所錄，多半蜀中詞人。其首出者當推韋莊。

韋莊字端己，杜陵人。唐乾甯元年（八九四進士。入蜀爲王建掌書記。王建稱帝，他官至散騎常侍判中書門下事。他的詩很有名。中和癸卯（八八三）時，他至長安應舉，恰遇黃巢之亂，他作了一首一千六百六十六字的秦婦吟，寫當時的慘亂狀態。人稱之爲『秦婦吟秀才』。此作實爲五代詩的絕唱。然韋莊亦惟有此傑作也，他詩並不足稱。至其詞則風流倜儻，冠絕一時，與溫庭筠齊名，號稱『溫韋』。例如思帝鄉：

春日遊，杏花吹滿頭。陌上誰家年少足風流？妾擬將身嫁與，一生休。縱被無情棄，不能羞。

傳韋莊有妾，爲王建所奪，韋莊爲作女冠子詞，情意悽惻：

昨夜夜半，枕上分明夢見，語多時。依舊桃花面，頻低柳葉眉。半羞還半喜，欲去又依依。覺來知是夢，不勝悲！

韋莊的詞愛用俚俗樸素的文字，來寫眞情實意，詞格甚高，決不是雕琢纖艷的溫庭筠詞所能企及的。周濟論詞雜著說：『端己詞淸艷絕倫，「秋日芙蓉春月柳」，令人想見風度。』此評甚美。

西蜀詞人的作風，都是接近韋莊一派，用淸婉的語句，寫淺顯的情思，別饒風味。如顧敻（仕蜀爲太尉）的訴衷情：

永夜拋人何處去？絕來音。香閣掩，眉斂，月將沈。爭忍不相尋？怨孤衾：換我心爲你心，始知相憶深。

毛熙震（蜀人，官祕書監）的淸平樂：

春光欲暮，寂寞閑庭戶。粉蝶雙雙穿檻舞，簾捲晚天疎雨。　含愁獨倚閨帷，玉爐烟斷香微。正是銷魂時節，東風滿院花飛。

李珣（梓州人，蜀秀才）的漁父詞：

避世垂綸不記年，官高爭得似君閑？傾白酒，對靑山，笑指柴門待月還。

鹿虔扆（後蜀太保）的臨江仙：

金鎖重門荒苑靜，綺窗愁對秋空。翠華一去寂無蹤。玉樓歌吹，聲斷已隨風。烟月不知人事改，夜闌還照深宮。藕花相向野塘中，暗傷亡國，清露泣香紅。

歐陽烱，益州華陽人。他要算是西蜀詞人的殿軍。少事王衍，為中書舍人。後事孟知祥和孟昶，官至同平章事。入宋為左散騎常侍。宋史稱其『性坦率，無檢操，雅善長笛。』後人因他歷事四朝，甚不取其人。但他的詞確是值得讚美的，例如更漏子：

玉闌干，金甃井，月照碧梧桐影。獨自箇，立多時，露華濃濕衣。　一向凝情望，待得不成模樣。雖叵耐，又尋思：爭生嗔得伊？

此外的西蜀詞人，尚有牛嶠、牛希濟、毛文錫、薛昭蘊、魏承班、尹鶚、閻選諸家，他們的詞皆著錄于花間集。

南唐詞壇雖不及西蜀之盛，而作者皆造詣甚高。最著者為馮延己與李煜。

馮延己字正中，其先彭城人，徙居新安。事南唐官至左僕射同平章事。他的詞亦長於寫情，例如：

歸國謠

江水碧，江上何人吹玉笛？扁舟遠送瀟湘客。　蘆花千里霜月白。傷行色，來朝便是關山隔。

虞美人

玉鉤鸞柱調鸚鵡，宛轉留春語。雲屏冷落畫堂。薄晚春寒，無奈落花風。　搴簾燕子低飛去，拂鏡塵鸞舞。不知今夜月眉灣，誰佩同心雙結倚闌干？

陳世修序作者的陽春集說：『馮公樂府，思深詞麗，韻逸調新。』王國維人間詞話說：『馮正中雖不失五代風格，而堂廡特大，開有宋一代風氣。』這是不錯的，在五代詞人中，影響宋代詞風最大者，要算馮延己。他的詞，婉約淸麗，饒有情致，便於模擬。宋代詞人晏殊、歐陽修、晏幾道、李淸照，都是屬於他這一派。

五代詞至於李煜，可以說是登峯造極了。人間詞話說：『詞至李後主而眼界始大，感慨遂深，遂變伶工之詞，而爲士大夫之詞。』一洗五代曼艷綺靡的詞風。

南唐後主李煜，字重光，中主李璟的第六子。建隆二年（九六一）嗣位，在位十五年。開寶八年（九七五），宋遣曹彬攻陷金陵，煜出降，南唐遂亡。他沒有亡國以前的詞，也多是綺艷輕浮之作。亡國以後，宋帝封他爲違命侯，監視他很嚴，他才感覺生活的悲苦，才發爲哀吟，他的作品才得到最大的成功。今舉數詞爲例：

虞美人

春花秋月何時了？往事知多少！小樓昨夜又東風，故國不堪回首月明中！　雕闌玉砌應猶在，只是朱顏改。問君能有幾多愁？恰似一江春水向東流。

相見歡

無言獨上西樓，月如鈎，寂寞梧桐深院鎖淸秋。　剪不斷，理還亂，是離愁，別是一般滋味在心頭。

浪淘沙

簾外雨潺潺，春意闌珊。羅衾不耐五更寒。夢裏不知身是客，一餉貪歡！　獨自莫憑欄，無限江山。別時容易見時難。流水落花春去也，天上？人間？

臨江仙

櫻桃落盡春歸去，蝶翻輕粉雙飛。子規啼月小樓西。玉鈎羅幕，惆悵暮烟垂。別巷寂寥人散後，望殘烟草低迷。爐香閑裊鳳凰兒。空持羅帶，回首恨依依！

李後主的詞眞是聖品了。拿溫庭筠韋莊來和李後主比較，便越顯出李後主的偉大。周濟說：『王嬙西施，天下之美婦人也，嚴妝佳，淡妝亦佳；麤服亂頭，不掩國色。飛卿嚴妝也，端己淡妝也，後主則麤服亂頭矣。』（論詞雜著）王國維也說：『溫飛卿之詞，句秀也；韋端己之詞，骨秀也；李重光之詞，神秀也。』（人間詞話）這都是確切的批評。

此外五代詞人入宋的，還有孫光憲和張泌，也是值得讚許的作者。孫光憲字孟文，陵州貴平人。受知於荆南高從晦，官至御史中丞。入宋爲黃州刺史。其詞如思帝鄉：

如何！遣情情更多。永日水堂簾下斂雙蛾，六幅羅裙窣地微行曳碧波，看盡滿地疎雨打團荷。

光憲的詞境界甚高，語句絕無含蓄，而自然入妙。

張泌字子澄，淮南人。仕南唐爲內史舍人。入宋爲郎中。其詞頗涉纖豔輕薄，如浣溪沙：

晚逐香車入鳳城，東風斜揭繡簾輕，慢迴嬌眼笑盈盈。消息未通何計是？便須佯醉且隨行。依稀聞道：大狂生！

說起來，『纖豔輕薄』四個字，不但是張泌詞的毛病，五代詞人通不免有這種毛病。晚唐五代本是文風纖豔的時代，詞亦襲其流風。塡詞原出於民間歌辭，自亦不免輕薄。卽如李後主，也是入宋以後，才開始用詞來抒寫悲哀的生活，才有深摯的感慨。當他在五代的時候，其作品還是纖艷一流。這是時代的風氣如此，無怪其然。我們知道五代還是詞的草創時代，並沒有幾個先進作家來作模範，他們只有憑着自己的天才去創造，竟產生這麼一部好成績，替宋詞開了一條偉大的先路，這已經是夠值得我們讚美了的。

第六编　宋代的文学运动

第十六章　宋代的文學運動

宋代的文學運動正和唐代的文學運動一樣，在表面上是復古運動，在實際上却是革新運動。

唐代韓愈柳宗元所倡導的古文，因爲沒有繼起的後勁，敵不住晚唐駢偶文學的反動勢力，而衰落下去。於是李商隱、溫庭筠、段成式一派號稱『三十六體』（三人均行十六）的綺艷四六文章，乃成爲文壇最流行的文體。自晚唐五代至北宋初期，這百年中間，完全變成了駢偶文學的權威時代。

宋初本有一位柳開，曾極力提倡古文，可是當時駢偶文學的氣燄大盛，他的提倡簡直沒有發生效力。繼柳開而起來作古文運動的有穆修和伊洙等，他們也嫌才力和名譽不夠，敵不過當時楊億、錢惟演、劉筠一班傾動一時的駢文學家的勢力。不過這時候反駢偶文學的空氣已經散佈得很濃了，宋眞宗時且已用政府的命令禁止文體浮艷，一般文人也漸漸厭惡駢體文的過於粉飾浮華了。故等到一代的文宗歐陽修出來做古文運動的盟主，以『提倡韓文』相號召，振臂一呼，天下從風。王安石、曾鞏、三蘇（蘇洵、蘇軾、蘇轍）等繼起，皆以古文妙稱於天下。於是古文的勢力乃確立了不可動搖的基礎。自此以後，至於清末，八九百年的文章，完全是古文的權威。駢體文便衰落下去了。

在文學史上，駢文和古文向來是站在對抗的地位的。駢文注重藝術，傾向唯美主義，其作品多是美術文，屬於純文學一類；古文注重實用，傾向功用主義，其作品多係實用文和學術文，屬於雜文學一類。宋代本是學術思想最發達的時期，儒學，理學，佛學並盛於當世。一般學者都排斥不能致用的駢偶文學，都認定文學是載道論學的工具。大文豪如王安石亦反對純美的文學。其言曰：『某嘗患近世之文，辭勿顧於理，理勿顧於事，以襞積故實爲有學，以雕繪語句爲精新。譬之擷奇花之英，積而玩之，雖光華馨采，鮮縟可愛，求其根柢濟用，則蔑如也。』（上邵學士書）理學家周敦頤則更給文學規定了一個新的界說如下：『文所以載道也。不知務道德，而第以文辭爲能者，藝焉而已。』（通書）宋代的學者，在主張『文以載道』的一點上，意見都是一致的。他們既然認定了『文以載道』的觀念，自然要反對駢文，甚至於反對純文學，而極力提倡樸實致用的古文。

可是，所謂古文，究竟只是文學史上相沿以資號召的名詞。就實際看，宋代的文章，不但沒有復周秦兩漢之古，不但沒有復唐代之古，而且是異於一切古文的新式宋文。因爲宋代的學者文人提倡『文以載道』之說，他們的文章並不要華麗好看，只要說得淸，看得懂，因以造成一種最簡易明白的文章。這種文章是最適宜於載道論學和記事用的。陽歐修一派的所謂古文，並沒有復古的氣味，都是些有文法組織的平易文章。朱熹在他語類上說：『歐公文章及三蘇文好處，只是平易說道理，初不曾使差異底字，換却那尋常底字。』朱熹這個批評是很對的，道破了宋代所謂古文的眞相，原來都是些通俗淺近的散文。至於宋代理學家的文章，及佛教的翻譯和著述，更是用的俚俗語言，簡直是些反古的白話文了。

綜合起來評判，宋代古文運動的理論，最障礙純文學的發展，這自是文學史上不幸的事。不過，中國文學發展至宋，已經有悠久的歷史基礎；自貴族社會至平民社會，都已迫切地感覺文學是人生的需要；文學的進展決不是那一種外力所能輕易壓倒的了。故雖以歐陽修那樣嚴正的古文家，同時也愛作艷情小詞；雖以王安石那樣反對純美的文學，也喜歡寫作無裨於人生的詩詞；理學家邵雍寫了許多白話詩；朱熹的詩則更有情韻。由此可知宋代的古文運動，在事實上並沒有抑壓着純文學的發展。宋代的純文學仍舊是跟着時代的推移，而作自如的發展的。

而且，可以看得出來的，宋代文學受了散文的影響，更趨於白話一途了。

第十七章　宋代的詞

宋朝是詞的黃金時代。當其盛時，上自帝王名相，下至樂工伎女，莫不能詞。文學的趨勢，蓋已由詩歌轉而爲詞作中心的發展了。今分爲北宋與南宋二部分加以敘述。

上、北宋詞

北宋詞的變遷有四期：

第一期是小詞的時期，以晏殊、歐陽修、晏幾道諸人爲主幹；

第二期是慢詞的時期，以柳永、秦觀諸人爲主幹；

第三期是詩人的詞的時期，以蘇軾、黃庭堅諸人爲主幹；

第四期是樂府詞的時期，以周邦彥、李清照諸人爲主幹。

這四個時期詞的變遷，是逐層展開的，詞體應用的範圍漸漸擴大，詞體的價值也漸漸提高。每一個時期的詞都自有其成績和特色，各不相襲，如四季花草之各具姸容。往下我們且分期來講吧。

第一期的北宋詞，一方面是繼續使用晚唐五代詞人用慣了的小詞形體，一方面又保留了晚唐五代淸切婉麗的詞風。這個時期的詞，可以主幹詞人晏殊、歐陽修、晏幾道爲代表。

晏殊是這個時期的先進作家。字同叔，江西臨川人 。景德初，以神童召試，賜進士出身。仁宗時，官拜集賢殿學士，同中書門下平章事。諡元獻。（九九一——一〇五五）有珠玉詞：

蝶戀花

檻菊愁烟蘭泣露，羅幕轉寒，燕子雙飛去。明不諳離別苦，斜光到曉穿朱戶。
昨夜西風凋碧樹，獨上高樓，望盡天涯路。欲寄彩鸞無尺素，山長水闊知何處！

踏莎行

小徑紅稀，芳郊綠遍，高台樹色陰陰見。春風不解禁楊花，濛濛亂撲行人面。
翠葉藏鶯，珠簾隔燕，爐香靜逐遊絲轉。一場愁夢酒醒時，斜陽却照深深院。

晏殊的詞婉約而贍麗，頗具富貴風度。劉攽中山詩話說：『元獻尤喜馮延己歌詞，其所自作，亦不減延己。』不錯，他的詞風全從五代人詞中得來，而受馮延己的影響特大。

歐陽修字永叔，廬陵人。官至樞密副使，參知政事，以太子少師致仕。謚文忠。（一〇〇七——一〇七三）他是宋代一位負文學極高的文學家，他的詩詞文章均有名於世。但以文學的價值看來，其詩文遠不如其詞。他的艷詞寫得極好，如南歌子：

鳳髻金泥帶，龍紋玉掌梳；走來窗下笑相扶，愛道『畫眉深淺入時無？』 弄筆偎人久，描花試手初。等閑妨了繡工夫，笑問鴛鴦二字怎生書？

有許多護道之士以為歐陽修是一位純正莊嚴的古文家，決不會寫這樣綺艷的詞。這眞是不懂得歐陽修而輕視他的話。北宋初期的詞壇，完全是仍襲晚唐五代綺艷的風氣，作者習為故常。歐陽修是個文人，不是理學家，高興起來寫幾首艷詞是毫不足怪的。我們不妨再舉他的幾首抒情小詞為例：

蝶戀花

庭院深深深幾許？楊柳堆烟，簾幕無重數。玉勒雕鞍遊冶處，樓高不見章台路。

雨橫風狂三月暮，門掩黃昏，無計留春住。淚眼問花花不語，亂紅飛過秋千去。

歸國謠

何處笛？深夜夢回情脈脈，竹風簷雨寒窗隔。離人幾歲無消息。今頭白，不眠特地重相憶。

歐詞的風格也近似馮延已，所以他的詞往往與馮詞相混。不過歐陽修的才氣較大，所作詞，意境沉着，情致纏綿，似高於馮延已一籌。

晏幾道字叔原，號小山。晏殊的第七子。曾監潁昌許田鎮。他雖是時代稍晚的人，其作風還是隸屬於這時期的旗幟之下的。江西通誌稱他：能文章，善持論，尤工樂府。其小山詞淸壯頓挫，見者擊節，以爲有臨淄公風。』其實他的詞比他父親的詞做得更好：

蝶戀花

醉別西樓醒不記，春夢秋雲，聚散眞容易。斜月半窗還少睡，畫屏閒展吳山翠。
衣上酒痕詩裏字，點點行行，總是凄涼意。紅燭自憐無好計，夜寒空替人垂淚！

鷓鴣天

小令尊前見玉簫，銀燈一曲太妖嬈。歌中醉倒誰能恨，唱罷歸來酒未消。　春悄悄，夜迢迢，碧雲天共楚宮腰。夢魂慣得無拘檢，又踏楊花過謝橋。

晏幾道是一個痴人，是一個浪漫不喜拘檢的人，他的個性與晏殊完全不同，所以作風也是兩樣。周濟說：『晏氏父子，仍步溫韋，小晏精力尤勝。』陳質齋也說：『叔原在諸名勝集中，獨可追逼花間，高處或過之。』這都不是誇張的批評。有謂『小山矜貴有餘』，此實皮相之語，晏幾道實詞中之狂者也。

在這時期的詞壇，除上述諸名家詞以外，亦有不是專家詞人，間作小詞，往往清新可愛。如寇準的江南春，韓琦的點絳唇，范仲淹的蘇幕遮漁家傲，趙抃的折新荷引，陳堯佐的踏莎行，王琪的望江南，葉清臣的賀聖朝，宋祁的浪淘沙，賈昌朝的木蘭花令，司馬光的西江月，都是詞句清蔚，情思纏綿的作品。小詞發展到這時期，已經是登峯造極了。

○　○　○　○

由第一期的北宋詞進而為第二期的北宋詞，就是由小詞推衍而為長詞的發展。原來，小詞自晚唐做到五代，由五代做到北宋初期，大家已經做厭了。感覺味兒太單調了。正是需要長詞起來的時候。但長詞究竟是怎樣起來的？吳曾能改齋漫錄有一段很清楚的記載：

> 按詞自南唐以來，但有小令。慢詞當起於宋仁宗朝。中原息兵，汴京富庶，歌台舞席，競賭新聲。耆卿失意無俚，流連坊曲。遂盡收俚俗語言，編入詞中，以便伎人傳習。一時動聽，散播四方。其後東坡、少遊、山谷輩，相繼有作，慢詞遂盛。

在這段記載裏面，我們最要注意『歌台舞席，競賭新聲』這句話。記得李清照的詞論裏面也有『始有柳屯田永者，變舊聲，作新聲，出樂章集，大得聲稱於世』的話。我們把這兩段話合攏起來看，便知道當時歌唱小詞的舊聲舊曲已經不甚流行於世了，又有一種時髦的新聲新曲起來了。這種新聲的歌辭便是『慢詞』。慢詞是什麼？宋翔鳳樂府餘論上說：『慢者曼也，謂曼聲而歌也。』『曼』實含有『曼艷』與『曼延』二義，我們讀了曼詞的代表作樂章集，便知道慢詞即是曼艷的長詞。

在柳永的樂章集以前，還沒有慢詞。草堂詩餘錄陳後主秋霽詞一百四字體，萬樹詞律已證明其僞；被稱爲唐莊宗的歌頭，載於尊前集，此書訛誤極多，也不足徵信；至於歐陽修的摸魚兒慢詞，字句錯誤，西溪詩話已指明其爲劉煇僞作。並且，我們知道慢詞出於當代的新聲歌曲，歐陽修決沒有這種胆子來倡導模擬民間的新聲，以妨害他的古文運動的號召力。就現有的歷史材料做證明，慢詞的首倡者當然是柳永。

永初名三變，福建崇安人。他的生卒不甚可考，大約是十一世紀上半期的人。仁宗景祐元年（一〇三四）進士。官至屯田員外郎。葉夢得避暑錄話稱他：『爲舉子時，多遊狹邪。善爲歌詞。教坊樂之。每得新腔，必求永爲詞，始行於世。』可見他少年時詞譽已經很高了。但他一生的落拓，就是受了作詞之累。他因爲寫了一句『忍把浮名換了淺斟低唱』，爲仁宗所黜。後來幾次想做官，都沒有做成。他從此便眞的流浪歌場，花前月下去淺斟低唱了。他死後很蕭條，葬資都是歌伎們湊出來的。一代詞人，便如此淪落以終。他的樂章集是一部很美妙的白話歌詞，但許多人竟指爲『淫冶之曲』，眞使我們替作者惋惜。

雨霖鈴

寒蟬淒切，對長亭晚，驟雨初歇。都門帳飲無緒，留戀處，蘭舟催發。執手相看淚眼，竟無語凝咽。念去去千里烟波，暮靄沉沉楚天闊。　多情自古傷離別，更那堪冷落淸秋節！今宵酒醒何處？楊柳岸，曉風殘月。此去經年，應是良辰好景虛設。便縱有千種風情，更與何人說？

晝夜樂

洞房記得初相遇，便只合長相聚。何期小會幽歡，變作離情別緒。況値闌珊春色暮，對滿目亂花狂絮。直恐好風光，盡隨伊歸去。　一場寂寞憑誰訴？算前言總輕負。早知恁地難拚，悔不當初留住！其奈風流端正外，更別有繫人心處。一日不思量，也攢眉千度。

柳永雖不見稱於士大夫，但一般民衆却很歡迎他的詞。陳師道后山詩話說：『柳三變作新樂府，骫骳從俗，天下詠之。』葉夢得避暑錄話也說：『嘗見一西夏歸朝官云：凡有井水處，卽能歌柳詞。』由此可見柳詞傳播之廣，遠非同時諸詞家所及。柳永詞的好處是這樣的：他最長於運用俚俗的話語，把很平常的意境鋪叙得很美。看着是叙景物，而情感卽寓於景物之中。他也沒有什麼新的創意，格調也不高，但形容曲致，音律諧婉，工於羈旅行役，則是柳詞的大本領。

屬於柳派的詞人有張先、秦觀。

張先字子野，吳興人。少遊京師，得晏殊的賞識，辟爲通判。嘗知吳江縣，官至都官郎中。因有『桃李嫁春風郎中』和『雲破月來花弄影郎中』之名。人亦稱爲張三中，他自號張三影。（九九〇——一〇七八）他是一位跨北宋第一期與第二期的作者，其小詞接近晏殊歐陽修一派，長詞則接近柳永一派。與柳齊名。詞如卜算子慢：

溪山別意，烟樹去程，日落采蘋春晚。欲上征鞍，更掩翠簾回面相盼：惜彎彎淺黛，長長眼。奈畫閣歡遊，也學狂花亂絮飛散。　水影橫池館，對靜夜無人，月高雲遠。一餉凝思，兩眼淚痕還滿。難遣！恨私書又逐東風斷。縱夢澤層樓萬尺，望湖城那見？

張先才短，所以詞不及柳永；但先詞韻高，是柳永所乏處。

秦觀字少游，一字太虛，揚州高郵人。因蘇軾薦，除祕書省正字，兼國史編修官。後坐黨籍，屢遭徙放。卒於古藤。（公元一〇四九——一一〇〇）他本是蘇門四學士之一，在四學士中，蘇軾尤與他相善，稱爲今之詞手。但他的詞卻全與蘇軾不同調，而傾向柳永的作風。長詞尤與柳永相似。

滿庭芳

山抹微雲，天粘衰草，畫角聲斷譙門。暫停征棹，聊共引離樽。多少蓬萊舊事，空回首，烟靄紛紛。斜陽外，寒鴉數點，流水遶孤村。　消魂當此際，香囊暗解，羅帶輕分。漫贏得青樓薄倖名存。此去何時見也？襟袖上空染啼痕。傷情處，高城望斷，燈火已黃昏。

江城子

西城楊柳弄春柔，動離憂，淚難收。猶記多情，曾爲繫歸舟。碧野朱橋當日事，人不見，水空流。　韶華不爲少年留，恨悠悠，幾時休？飛絮落花時候，一登樓：

便做春江都是淚，流不動，許多愁！

晁補之說：『近來作者皆不及少遊。』蔡絛說：『子瞻辭勝乎情，耆卿情勝乎辭；辭情相稱者，唯少遊而已。』平心而論，秦觀詞長於情韻，而短於氣格，與柳永詞同病，所以李清照批評他：『專主情致，少故實，譬諸貧家美女，非不妍麗，終乏富貴態耳。』（詞論）

○　○　○　○

第三期的北宋詞，是詞體大解放的時期。詞體之得解放，自蘇軾始。

柳永雖然倡導了慢詞，還是因襲晚唐五代詞的曼艷風氣，還沒有打破『詞爲艷科』的約束。到蘇軾便把詞體的束縛完全解放了。他一方面超越了『詞爲艷科』的狹隘範圍，變婉約的作風爲豪放的作風；一方面又擺脫了詞律的嚴格的拘束，自由去描寫。胡寅說：

詞曲至東坡，一洗綺羅薌澤之態，擺脫綢繆宛轉之度。使人登高望遠，舉首高歌，逸懷浩氣超乎塵垢之外。於是花間爲皂隸，而耆卿爲輿臺矣。

因爲蘇軾的詞奔放不可拘束，所以人家都說他『以詩爲詞』，說他的詞是『曲子中縛不住者』。甚至稱之爲『別派』，謂『雖極天下之工　，要非本色。』可是，我們則認定這種『別派』，是詞體的新生命。這種新詞體拋棄了百餘年來習慣了的綺靡纖艷的舊墟，而走向一條雄壯奔放的新路。這條新路可以使我們鼓舞，可以使我們興奮，而不是叫我們昏醉在紅燈綠酒底下的『靡靡之音』。這是蘇派詞的特色。

軾字子瞻，自號東坡居士，四川眉山人。嘉祐初，試禮部第二。神宗朝，因與王安石爲政敵，頗不得志。元祐中，累官翰林學士。紹聖中遠貶嶺南之瓊州。赦還，卒於常州。（一○三六——一一○一）他在文學裏面是有多方面造詣的作家，尤以詞勝。今舉數詞爲例：

念奴嬌

大江東去，浪淘盡千古風流人物。故壘西邊，人道是三國周郎赤壁。亂石崩雲，驚濤裂岸，捲起千堆雪。江山如畫，一時多少豪傑。　遙想公瑾當年，小喬初嫁了，雄姿英發。羽扇綸巾，談笑間，強虜灰飛煙滅。故國神遊，多情應笑我早生華髮。人生如夢，一樽還酹江月。

水調歌頭

明月幾時有？把酒問青天：不知天上宮闕，今夕是何年？我欲乘風歸去，又恐瓊樓玉宇，高處不勝寒。起舞弄清影，何似在人間！　轉朱閣，低綺戶，照無眠。不應有恨，何事長向別時圓？人有悲歡離合，月有陰晴圓缺，此事古難全。但願人長久，千里共嬋娟。

我們讀蘇軾的詞，看他縱筆之所之，如行雲流水，橫溢奔放，語意無窮，曲終猶覺天風海雨逼人。這是作者天才的獨到處，別人是不易企及的。他的長詞和小詞都寫得很好，可惜我們不能在這裏多舉例了。

號稱蘇門的詞人，除了秦觀外，尚有黃庭堅、陳師道、晁補之、張耒；受知於蘇軾的詞人，有李之儀、程垓、毛滂諸人。但他們大都沒有蘇派的風味，只有一個黃庭堅略具軾風。

庭堅字魯直，號山谷，洪州分寧人。官至祕書丞。（一〇四五——一一〇一）他的詞很受了點蘇軾的影響，喜豪放而脫略音律，所以晁補之譏其詞是『著腔子唱好詩』。其詞之具有豪放之致者，要算念奴嬌的『斷虹霽雨』和水調歌頭的『瑤草一何碧』幾首詞。不過庭堅作詞，不甚抒寫壯闊的襟懷，而喜歡描繪男女之私情。今舉他較有含蓄的一首抒情小詞清平樂爲例：

春歸何處？寂寞無行路。若有人知春去處，喚取歸來同住。　春無蹤跡誰知？除非問取黃鸝。百囀無人能解，因風吹過薔薇。

同時，還有一位賀鑄（字方回，衛州人）他的詞也寫得很好，可是也沒有蘇派的風味。蘇黃以後，這一派在北宋便無繼承之作者了，直到南宋辛棄疾等繼續有作，這一派的詞才發揮光大起來。

○　○　○　○

第四時期的北宋詞，簡直就是對蘇派詞的反動。原因是由於蘇黃這班詩人，大刀闊斧的去做淋漓肆放的詞，不屑咬文嚼字，不管聲律格調，便越離樂府越遠了，他們的詞不復可歌了。詞的起來原是歌辭。許多懂得音律的詞人，看不慣蘇黃這種『別派』詞，便起來倡導歌詞，特別注重詞的聲律格調，把詞和樂府再合攏起來，造成樂府詞的復興。這個時期的詞，便可以說是樂府詞的復興期。

第一個倡導樂府詞的是宋徽宗，他創設一個大晟府，叫一般懂得音律的詞人去主持。他們的詞完全照着歌調的曲拍去做。

宋徽宗自己便是很懂得音樂的人，他的詞也做得很好，今舉他一首抒寫被擄後淒涼生活的作品爲例：

燕山亭（北行見杏花）

裁剪冰綃，輕疊數重，淡著燕脂勻注。新樣靚妝，艷溢香融，羞殺蕊珠宮女。易得凋零，更多少無情風雨。愁苦！閑院落淒涼，幾番春暮？　憑寄離恨重重，這雙燕何曾會人言語！天遙地遠，萬水千山，知他故宮何處？怎不思量，除夢裏有時曾去。無據！和夢也新來不做。

徽宗雖能詞，可惜作品太少。最能夠代表這時期樂府詞的特色的，要推周邦彥。邦彥字美成，號清眞，錢塘人。（一〇六〇——一一二五）元豐初，以大學生進汴都賦，神宗召爲大學正。徽宗頒大晟樂，召邦彥提擧大晟府。他深通音樂，宋史文苑傳稱他『好音樂，能自度曲。製樂府長短句，詞韻清蔚。』其詞如：

六醜（薔薇謝後作）

正單衣試酒，悵客裏光陰虛擲。願春暫留；春歸如過翼，一去無跡。爲問花何在？夜來風雨，葬楚宮傾國。釵鈿墮處遺芳澤。亂點桃蹊，輕分柳陌，多情更誰追惜？但蜂媒蝶使時叩窗槅。　東園岑寂，漸蒙籠暗碧。靜繞珍叢底，成歎息。長條故惹行客，似牽衣待話，別情無極。殘英小，強簪巾幘，終不似一朶釵頭顫裊，向人欹側。漂流處，莫趁潮汐，恐斷鴻尙有相思字，何由見得？

周邦彥的詞在當時是很有名的，南宋陳郁藏一話腴稱他：『二百年來以樂府獨步。貴人、學士、市儈、妓女，皆知其詞爲可愛。』與柳永齊名，有『周情柳思』之稱。他的清眞詞，因爲協律的原故，後來的作者把牠當作詞律看待，於是他便成爲樂府詞壇的泰斗了。

繼周邦彥而起的樂府詞大家，有女詞人李清照。

清照號易安居士，濟南人。生於神宗元豐五年（一〇八一）。二十一歲時，與大學生趙明誠結婚，她的青春期生活是很美滿的，所以她早年的詞很有些曼豔的作品。最不幸的是她的丈夫先她而死，使她晚年的生活變爲寂寞，蒼涼！我們的女詞人便從此飄泊，落拓，以終她的殘年！

清照精通音律，她的詞的最好處，就是經過了音律的鍾鍊，仍能出之自然，有如未雕之美玉。詞例如：

鳳凰臺上憶吹簫

香冷金猊，被翻紅浪，起來慵自梳頭。任寶奩塵滿，日上簾鈎。生怕離懷別苦，多少事，欲說還休。新來瘦，非關病酒，不是悲秋。 休休，這回去也，千萬遍陽關，也則難留。念武陵人遠，烟鎖秦樓。惟有樓前流水，應念我終日凝眸。凝眸處，從今又添一段新愁！

聲聲慢

尋尋覓覓，冷冷清清，悽悽慘慘戚戚。乍暖還寒時候，最難將息。三杯兩盞淡酒，怎敵他晚來風急？雁過也，正傷心，却是舊時相識。　滿地黃花堆積，憔悴損，而今有誰堪摘？守着窗兒，獨自怎生得黑！梧桐更兼細雨，到黃昏點點滴滴。這次第，怎一個愁字了得！

清照的漱玉詞，每一首都是冰瑩玉潤，令人把玩不忍釋手。有人說她的詞如『大珠小珠落玉盤』，這個比喻是很確切的。

此外，屬於這時期的詞人，還有晁端禮、万俟雅言等，後開南宋姜夔一派。

下、南宋詞

詞到了南宋，發展得更有勁了。有專集流傳下來的詞人，至少有一百五十家以上；其無專集而有作品流傳的更不可勝數了。不過『詞至南宋而繁，亦至南宋而弊。』（宋徵壁語）除了少數的天才作家有成就外，大多數的作者都是討生活於模擬因襲的路上去了。大體分析起來，可以說南宋有兩種詞派：一種是白話詞派，一種是樂府詞派。南宋的前期，是白話詞發展的時候；南宋的後期，則是樂府詞盛行的時候。

請先講南宋白話派的詞。

在北宋末年盛行的樂府詞，跟着北宋之亡而消衰了。這時許多南渡詞人，都是滿懷感慨悲憤，要盡量表白出來而後快，那還有心思去調音韻，講嚴格的詞律？就是說，這時的詞人不是爲宴樂而作詞，乃是爲抒寫自己的胸懷而作詞了。因此，詞便自然而然的擺脫了樂府的束縛。南宋初年詞人如陳與義、葉夢得、周紫芝、張元幹、楊炎正、呂渭老、張孝祥、揚旡咎、趙師秀、趙長卿、侯寘、曾覿、趙彥端這許多作家，都是喜歡用白話來寫詞的，都是拿詞來表白自己的。至朱敦儒、辛棄疾等起來，更專向白話詞一方面努力了。

他們這一派詞人的好處，就是能夠運用活潑的文字，來表現作者的眞性情。用詞而不爲詞所使，使每一個詞人的個性與風格，都能在詞裏面活繪出來。這一方面把詞的應用的範圍擴大了，一方面把詞的文學的價値也抬高了。

南宋的白話詞人，最偉大的要算朱敦儒、辛棄疾、陸游、劉過、劉克莊幾位。

朱敦儒字希眞，河南洛陽人。約生於神宗元豐初年，卒於孝宗淳熙初年。他少年時很負時望。高宗曾一度重用他。秦檜當國的時候，喜用文人，除敦儒爲鴻臚少卿。檜死後，他也被廢了。敦儒本是一位樂天自適的詞人，他的詞很有清淡蕭疏之致。例如朝中措：

先生筇杖是生涯，挑月更擔花。把住都無憎愛，放行總是烟霞。　飄然歸去，旗亭問酒，蕭寺尋茶。恰似黃鸝無定，不知飛到誰家？

敦儒的詞眞是詞中的逸品。黃昇的花菴詞選稱他的詞『有神仙風致』。

辛棄疾是南宋第一大詞人。字幼安，號稼軒，濟南人。（一一四〇——一二〇七）他少年時做了很多英雄事業，晚年猶雄心未已，極力主張北伐。我們讀了他的鷓鴣天，便知道這位老英雄無窮的感慨：

壯歲旌旗擁萬夫，錦襜突騎渡江初。燕兵夜娖銀胡鞣，漢箭朝飛金僕姑。　追往事，歎今吾，春風不染白髭鬚。却將萬字平戎策，換得東家種樹書。

這五十幾個字可以說是作者一生的小影。

棄疾的詞，方面最多，造詣也至高。許多人都把他目爲豪放派的作家，這只是看着他的一面。棄疾的那枝筆是無施而不可的。他的詞有悲壯，有蒼涼，有哀艷，…………也有放浪、頹廢、游戲、詼諧，…………他的懷古長調，固是激揚奮厲，極廻蕩豪放之能事；他的抒情曼詞，也極其悱惻纏綿，昵狎溫柔；尤其是他那些抒寫閑散性情，描繪山水田園風趣的詞，最足以代表作者的藝術。例如：

西江月（示兒曹以家事付之）

萬事雲烟忽過，百年蒲柳先衰。而今何事最相宜？宜醉，宜遊，宜睡。　早趁催科了納，更量出入收支。乃翁依舊管些兒：管竹，管山，管水。

又（夜行黃沙道中）

明月別枝驚鵲，清風夜半鳴蟬。稻花香裏說豐年，聽取蛙聲一片。　七八個星天外，兩三點雨山前。舊時茅店社林邊，路轉溪橋忽見。

醜奴兒近（博山道中效李易安體）

千峯雲起，驟雨一霎兒價。更遠樹斜陽，風景怎生圖畫？青旗賣酒，山那畔別有人家。只消山水光中，無事過者一夏。　午醉醒時，松窗竹戶，萬千瀟灑。野鳥飛來，又是一般閑暇。　却怪白鷗覷着人，欲下未下。　舊盟都在，新來莫是別有說話？

辛棄疾天分極高，才氣極大，又有繁複迴盪的生活做背境，自然會產生偉大的成就。他的長詞和小詞都做得好，大都具有縱橫豪放，淋漓恣肆的創造精神。同時詞人陸游、劉過起而和之，辛詞遂在南宋成一大宗派。

陸游字務觀，越州山陰人。以蔭補登仕郎，賜進士出身。范成大帥蜀時，游為參議官。嘉泰初，詔同修國史兼祕書監，以寶章閣待制致仕。（一一二五——一二一〇）游為人浪漫不拘禮法，自號放翁。他的詞也如其人，例如鵲橋仙：

一竿風月，一簑烟雨，家在釣台西住。賣魚生怕近城門，況肯到紅塵深處？　潮生理棹，潮平繫纜，潮落浩歌歸去。時人錯把比嚴光，我自是無名漁父。

他的詞也有慷慨多感的，如夜遊宮（記夢）：

雪曉清笳亂起，夢遊處不知何地。鉄騎無聲望似水。想關河，雁門西，青海際。睡覺寒燈裏，漏聲斷，月斜窗紙。自許封侯在萬里。有誰知？鬢雖殘，心未死！

原來陸游也是一位極力主張北伐的老英雄，他是『驚壯志成虛』，才『灑清淚』的。他的詞境界很多。劉克莊後村詩話說他的詞：『其激昂感慨者，稼軒不能過；飄逸高妙者，與陳簡齋朱希真相頡頏；流麗綿密者，欲出晏叔原賀方回之上。』此語信然。

劉過字改之，號龍洲道人，江西廬陵人。他沒有做過什麼大官。却主張北伐甚力。生平放浪江湖，嘯傲自適。其所作長調，跌宕淋漓，異常有力，很受辛棄疾的影響。小詞尤明快可愛，如天仙子（初赴省，別妾於三十里頭）：

別酒醺醺渾易醉，回過頭來三十里。馬兒不住去如飛，牽一憩，坐一憩，斷送煞人山與水。　是則是功名終可喜，不道恩情捹得未？雲迷村店酒旗斜。去也是？住也是？煩惱自家煩惱你！

劉過的詞也不是詞律所能拘束的，他不喜雕琢模擬，要說什麼便直說什麼，那般自由放肆的磅礴精神，幾乎要壓倒辛棄疾。

劉克莊也是屬于辛派，他字潛夫，號後村，福建莆田人。以蔭仕。理宗賞其才，賜同進士出身，除祕書少監。後知遇日隆，官至龍圖閣直學士。（一一八七——一二六九）克莊最喜歡用白話做詞，故張炎樂府指迷稱其詞『直致近俗』。他的長詞悲壯有氣力，很似辛棄疾的境界；小詞則明媚清新，別饒風味。

清平樂（贈陳參議師文侍兒）

宮腰束素，只怕能輕舉。好築避風台護取，莫遣驚鴻飛去。　一團香玉溫柔，笑顰俱有風流。貪與蕭郎眉語，不知舞錯伊州。

一剪梅（余赴廣東，實之夜餞于風亭）

束縕宵行十里强，挑得詩囊，拋了衣囊。天寒路滑馬蹄僵。元是王郎，來送劉郎。

酒酣耳熱說文章，驚倒鄰牆，推倒胡床。旁觀拍手笑疏狂。疏又何妨！狂又何妨！

辛派的詞人沒有一個不帶幾分疏狂氣的，也沒有一個不是表現着幾種詞的境界的。大概他們都是天才橫溢的作家，決不是一種作風囿得住他們。白話詞到這時候，已經是最高度的發展了。

同時還有一位女作家朱淑眞，她的白話詞也做得怪好。她號幽棲居士，錢塘人。嫁市儈爲妻，悒鬱以終。其作集題名斷腸，可想見其生活之苦。詞如謁金門：

春已半，觸目此情無限。十二闌干倚遍，愁來天不管。　好是風和日暖，輸與鶯鶯燕燕。滿院落花簾不捲，斷腸芳草遠。

南宋婦女能詞的極多。可是她們向來是以『舞文弄墨』爲忌，必至有了眞摯的實感，逼迫着她不能不表白的時候，才抒寫出來。所以她們流傳的詞雖然稀少，卻大都是有氣力的作品。如陸游妻唐氏的釵頭鳳：

世情薄，人情惡。雨送黃昏花易落。曉風乾，淚痕殘。欲箋心事，獨語斜闌，難難離！人成各，今非昨，病魂嘗似秋千索。角聲寒，夜闌珊。怕人尋問，咽淚妝歡，瞞瞞瞞！

唐氏本是陸游的愛妻，因不爲游母所喜被逼着離異。這首詞是唐氏再醮後在一個沈園遇着陸游以後做的。我們看她那種萬千心事要說而又說不出來的悲苦心緒，讀了眞是令人欲淚！

妓女們因爲應歌唱的需要，尤其容易通文。她們用的文字，異常俚俗；她們描寫情思，異常佳妙。詞苑叢談載，有客自蜀挾一妓歸，蓄之別室，率數日往。偶以病稍疏，妓頗疑之。客作鵲橋仙詞自妓用韻答之云：

說盟，說誓，說情，說意，動便春愁滿紙。多應念得脫空經，是那位先生教底？

不茶，不飯，不言，不語，一味供他憔悴。相思已是不曾閑，又那得工夫咒你！

這樣絕妙的白話詞，豈是文人學士們所能做出來的？她們的傑作正多，可惜這裏篇幅不容多舉例了。

〇　〇　〇　〇

往下，我們要講南宋的樂府詞。

因爲南宋偏安的局面已經定了，一般士大夫文人都把『亡國喪君之痛』忘記了，大家又走上享樂主義的路去，據洪爐而高歌了。於是詞又變成笙歌宴樂的工具，樂府詞又在這時候發展起來。

白話詞特別注意詞的內容，樂府詞特別注意詞的表面。白話詞是拿詞來表現自己，樂府詞是拿詞來協音樂。所以樂府詞興，白話詞便衰。我們遍讀那些樂府專家的詞，只看着華美的字面，調協的音韻，完全失却辛棄疾陸游那一派感慨悲涼的作風了。

吳文英說：

音律欲其協，否則長短句耳；下字欲其雅，否則纏令體耳。

這簡單幾句話把樂府詞的意義說得很明白。樂府詞的好處在這裏，樂府詞的壞處也就在這裏。

自宋寧宗嘉定（一二〇八，辛棄疾已死）以後，至南宋末年，完全是樂府詞的風氣支配了整個的詞壇。其首倡者乃是姜夔。

夔字堯章，鄱陽人。生于紹興末年，死約在嘉定末年。因秦檜當國，卽隱居箬坑之千山不仕。自號白石道人，又號石帚。與范成大楊萬里諸人相吟詠酬唱，嘯傲山水。他精通音樂，嘗作自度腔。每製新詞，即自吹簫，其妾小紅則歌而和之。晚年，他帶着小紅遍遊江南諸勝地。卒于蘇州。夔作詞喜事雕琢，往往『過句塗稿始定』，故不免刻畫過甚，削減了詞的意境與情感。例如揚州慢：

淮左名都，竹西佳處，解鞍少駐初程。過春風十里，盡薺麥青青。自胡馬窺江去後，廢池喬木，猶厭言兵。漸黃昏，清角吹寒，都在空城。杜郎俊賞，算如今，重到須驚。縱荳蔻詞工，青樓夢好，難賦深情。二十四橋仍在，波心蕩，冷月無聲。念橋邊紅藥，年年知爲誰生？

姜夔的詞譽向來很高。黃昇說：『白石詞極精妙，不減清眞；高處有美成所不能。』姜夔與周邦彥本是一派的作家，論格調則姜夔尤高。他的詞主『清空』，不重『質實』，其妙處『如野雲孤飛，來去無跡』；壞處則『如霧裏看花，終隔一層』。這是我們對于姜詞最公允的批評。

屬于姜派的詞人，最著的有高觀國、史達祖、吳文英、蔣捷、王沂孫、周密、陳允平、張炎諸家。高觀國的詞無甚可觀；史達祖則長于詠物；吳文英作詞最喜堆砌雕琢，其用事下語太晦處，人不易知。他的長調幾乎沒有一首可讀的。間有小詞，脫下古典的衣裳，則清蔚可誦。例如唐多令：

何處合成愁？離人心上秋。縱芭蕉不雨也颼颼。都道晚涼天氣好　。有明月，怕登樓。　年事夢中休，花空烟水流。燕辭歸，客尙淹留。垂柳不縈裙帶住，謾長是繫行舟。

在南宋末年的詞人中，最能解脫超拔于詞律的拘束的，只有一個蔣捷。捷字勝欲，宜興人。德祐年間進士。宋亡，遁跡不仕，隱居竹山，人稱爲竹山先生。他的詞雖號稱姜派，而不喜刻畫字面，很有辛派自由放肆的精神。其詞如霜天曉角：

人影窗影，是誰來折花？折則從他折去，知折去向誰家？　簷牙枝最佳，折時高折些。說與折花人道：須插向鬢邊斜。

其餘，王沂孫、周密、陳允平三家的詞，也沒有特別可稱述的成績。只有張炎，要算是樂府詞壇最後一個有權威的殿軍。

張炎字叔夏，號玉田，又號樂笑翁。原籍西秦，家居臨安。生于宋理宗淳祐八年（一二四八），宋亡時只有二十九歲。他本是貴介子弟，後來資產蕩失，晚年落拓，到處飄流。到了七十多歲才死，在元朝生活四十多年。他做詞是費了苦心的，自稱『生平好爲詞章，用功踰四十年。』他的詞在當代很有名，嘗以春水詞傳誦一時，人稱爲張春水；後又以孤雁詞膾炙人口，又被稱爲張孤雁。今舉其高陽臺（西湖春感）爲例：

接葉巢鶯，平波捲絮，斷橋斜日歸船。能幾番遊，看花又是明年。東風且伴薔薇住，到薔薇春已堪憐！更凄然，萬綠西泠，一抹荒烟。　當年燕子知何處？但苔深韋曲，草暗斜川。見說新愁，如今也到鷗邊。無心再續笙歌夢，掩重門淺醉閑眠。莫開簾！怕見飛花，怕聽啼鵑！

樂府詞到了張炎，已經是告一段落了。他是樂府詞人最後的光輝，但也沒有表現什麼好成績出來。宋詞的生命便從此歿落了。

詞體本來是很狹隘的，經過唐五代詞人的開闢創造，經過北宋詞人的發揚光大，經過南渡詞人的展拓衍變，詞的發展已經登峯造極。後來姜夔、吳文英、張炎輩找不着詞的出路了，便走上調弄音韻，講究文字技巧的路上去了。詞本是從音樂的關係起來的，現在又被一班樂府詞人把牠葬送在音樂的關係裏面。

第十八章　宋代的詩

宋代的文學者都是用大部分的才力去做詩，以餘力作詞。除了少數詞的專家如柳永、辛棄疾、吳文英等以外，大多數的作家，其詩集往往卷帙浩繁，詞則僅有一二卷，或竟不能裝成卷帙，只有數詞流傳。就數量的發展說，宋詩可謂極盛，較之唐詩，實有過之。可是詩的狂飈怒潮時代已經過去了。宋代是太平的時代，這時的太平民衆，只是歡迎柳永周邦彥一派艷冶多情的新式曲子，不再歡迎詩歌了。宋代的詩人也再做不出唐人那種悲壯有氣力的詩，再做不出唐人那種熱烈感慨的詩來了。詩歌發展至宋，已經是一條末路。故宋代雖濟濟多才，專心致力于詩，而詩的成績極少；四百年的詩壇，只產生了幾個較爲名貴的詩人，這不能不說是時代風氣推移的緣故。

吳之振宋詩鈔序說：

宋人之詩，變化於唐，而出其所自得，皮毛盡落，精神獨存。

宋詩的最初期，完全模擬晚唐。分析來說，約有三派：第一，楊億、錢惟演、劉筠等，以晚唐的李商隱爲宗向，號爲『西崑體』；第二，王禹偁、徐鉉等，學白居易，號『白體』；第三，寇準、魏野、林逋、潘閬等學晚唐，號『晚唐體』。在這三派中，尤以西崑體爲最盛，他們的詩濃艷纖靡，風行一時。

直到宋仁宗時，梅堯臣、蘇舜欽等起來，才大倡詩的革命，極力反對西崑體的詩。他們作詩，務爲平淡，以反西崑體的濃艷；文字務求俚俗，以糾正西崑體的語僻難曉。自後歐陽修繼蘇梅而鼓吹光大之，於是便造成以『平淡俚俗』爲特色的所謂『宋詩』。

歐陽修的小詩很有些雋美的：

豐樂亭遊春

紅樹青山日欲斜，長郊草色綠無涯。游人不管春將老，來往亭前踏落花。

瑯琊山（石屏路）

石屏自倚浮雲外，石路久無人跡行。我來攜酒醉其下，臥看千峯秋月明。

繼歐陽修而起的大詩人有王安石。安石字介甫，號半山，臨川人。（一〇二一——一〇八六）神宗朝，他官至宰相，施行新法，是歷史上一位大政治思想家，事蹟詳見宋史本傳。他在文學史上也是一位怪傑，天才極高，詩文都做得好。宋詩鈔的編者批評他的詩說：『論者謂其有工緻，無悲壯，余以爲不然。安石遺情世外，其悲壯卽寓閑澹之中 。獨是議論過多，亦是一病耳。』安石的長詩造意峻刻，氣力甚足；但我們却最喜歡舉他的小詩爲例：

江上

江水漾西風，江花脫晚紅。離情被橫笛，吹過亂山東。

竹裏

竹裏編茅倚石根，竹莖疎處見前村。閑眠盡日無人到，自有春風爲掃門。

宋詩至蘇軾而一變。蘇軾本是一位才情肆溢，氣魄豪放的文學家。他無論作文，作賦，作詩，作詞，都是不可抑勒束縛的。宋詩鈔小傳，批評他的詩道：『子瞻詩，氣象洪闊，鋪敘宛轉，子美之後，一人而已。然用事太多，不免失之豐縟；雖其學問所溢，要亦洗刷之工未盡也。』其實『洗刷之工未盡』，正是蘇詩的天然本色處。他的歌行波瀾壯闊，變化莫測，很似李白。例如遊金山寺詩：

我家江水初發源，宦遊直送江入海。聞道潮頭一丈高，天寒尙有沙痕在。中泠南畔石盤陀，古來出沒隨濤波。試登絕頂望鄉國，江南江北靑山多。羈愁畏晚尋歸楫，山僧苦留看落日。微風萬頃靴紋細，斷霞半空魚尾赤。是時江月初生魄，二更月落天深黑。江心似有炬火明，飛焰照山棲鳥驚。悵然歸臥心莫識，非鬼非人竟何物？
江山如此不歸山，江神見怪驚我頑。我謝江神豈得已，有田不歸如江水。

他的小詩也另具清新的風味，如：

六月二十七日望湖樓醉書

黑雲翻墨未遮山，白雨跳珠亂入船。捲地風來忽吹散，望湖樓下水如天。

書李世南所畫秋景

野水參差落漲痕，疎林欹倒出霜根。浩歌一棹歸何處？家在江南黃葉村。

蘇門文人，能詩者極多，然缺乏第一流的作者。秦觀的詩最婉麗清華，而傷之纖弱；張耒的詩平澹古逸，終嫌才短；晁補之的詩失之峻刻；陳師道的詩過於艱苦；其能與蘇軾對抗於詩壇的，只有一個黃庭堅。庭堅作詩雖隻字半句不輕出，會萃衆長，自創一格，為江西派的祖師。其詩如題蓮華寺：

狂卒猝起金坑西，脅從數百馬百蹄。所過州縣不敢誰，肩輿虜載三十妻。伍生有膽無智略，謂河可憑虎可搏。身膏白刃浮屠前，此鄉父老至今憐。

王若虛評黃庭堅的詩，謂為『有奇而無妙』，其言甚確。庭堅一派的詩過于喜歡用古典，流於拗拙；後人學之，至於生硬晦澀，了無意味。故後來有才氣的詩人，皆自創新的風格，極力反對江西派的詩。

南渡詩人如葉夢得、陳與義等，還沒有完全擺脫江西派的藩籬。至陸游、范成大、楊萬里諸大詩人相繼起來，才造成南宋新詩壇的光輝。

楊萬里跋徐公仲省斡近詩云：

傳派傳宗我替羞，作家各自一風流。黃（庭堅）陳（師道）籬下休安脚，陶（潛）謝（靈運）行前更出頭。

我以爲這幾句話不但是反對江西派的獨立宣言，還可以表示他們作詩的創造精神，表示他們不依傍古人門戶而能自創風格的精神。這種精神實是南宋初期詩壇的特色。

陸游是南宋詩人中之最傑出者，是一位最富於感情的文學家。我們看他的表面頹放不拘禮法，却不知他的心情極熱烈，他的愛國觀念極强，雖至衰老將死，猶不忘情於恢復中原故國，而發爲悲壯感慨的浩歌：

十一月四日風雨大作

僵臥孤村不自哀，尙思爲國戍輪臺。夜闌臥聽風吹雨，鐵馬冰河入夢來。

示兒

死去元知萬事空，但悲不見九州同。王師北定中原日，家祭無忘告乃翁。

我們的詩人，一方面想念着破碎的山河而悽愴；一方面又眷懷着殉情而死的愛妻，爲之終身痛悼，哀吟：

沈園

夢斷香消四十年，沈園柳老不飛綿。此身行作稽山土，猶弔遺踪一悵然！

其二

城上斜陽畫角哀，沈園無復舊池臺。傷心橋下春波綠，曾是驚鴻照影來。

陸游的詩，有悲壯激昂的境界，也有閑適飄逸的境界。他的一生，本是詩人的生活，愛閑散，愛淸遊；他的作品也長於描寫自然山水。我最愛他的一首劍南道中遇微雨：

衣上征塵雜酒痕，遠遊無處不銷魂。此身合是詩人未，細雨騎驢入劍門。

「細雨騎驢入劍門」七個字，眞是何等美妙的詩境！

范成大是南宋最負盛名的田園詩人。字致能，號石湖居士，吳縣人。累官參知政事，資政殿大學士。（一一二六——一一九一）他的詩長於寫實，作風清新婉峭，閑適澹雅，直追陶潛。例如：

夏日田園雜興

晝出耘田夜績麻，村莊兒女各當家。兒童未解供耕織，也傍桑陰學種瓜。

秋日田園雜興

靜看簷蛛結網低，無端妨礙小蟲飛。蜻蜓倒掛蜂兒窘，催喚山童爲解圍。

橫塘

南浦春來綠一川，石橋朱塔兩依然。年年送客橫塘路，細雨垂楊繫畫船。

楊萬里也是一位自然派的詩人。字廷秀，號誠齋，吉州吉水人。歷祕書監，以寶謨閣學士致仕。（一一二四——一二〇六）他的詩狀物寫情，無不入妙。最愛用俚言俗語，故白話詩最多。例如：

閑居初夏午睡起

梅子留酸軟齒牙，芭蕉分綠與窗紗。日長睡起無情思，閑看兒童捉柳花。

蝶

籬落疎疎一徑深，樹頭先綠未成陰。兒童急走追黃蝶，飛入菜花無處尋。

萬里的詩自由放肆，獨闢蹊徑，時人目之爲『誠齋體』。

自這些大詩人相繼死去，南宋的詩壇便愈趨愈下了。江西派的流風雖不能束縛偉大的詩人，却很能牢籠一般小作家。其末流至詩皆拗拙不可讀。雖後來有號稱『永嘉四靈』的徐照、徐璣、翁卷、趙師秀諸人起來糾正江西派之弊，改宗晚唐，可是他們的詩也並沒有表現什麼好的成績。往後又有號稱『江湖派』的詩人起來，也大都是些低能的作者。只有劉克莊、戴復古、朱淑貞等偶有好詩寫出來。至於宋末，詩壇益不振。當時著名的詩人如謝翱、文天祥、林景熙、謝枋得、汪元量諸人的詩，皆具有氣魄，富有感慨，而缺乏才氣，佳作極少。於是所謂『宋詩』，便隨着南宋之亡而衰落了。

第十九章　宋代的小說

宋人繼續着唐人努力於傳奇的創作，而成績則遠不逮。宋之作者如徐鉉、樂史等，皆缺乏之才氣，只是模擬唐人，故造詣不高。略爲可觀的作品，只有楊太眞外傳、趙飛燕別傳、譚意歌傳、王幼玉傳、王榭傳、梅妃傳、李師師外傳，數篇而已。

可是，宋人雖不長於做傳奇體的文言小說，而當時民間有一種新興的白話小說，却足爲宋代小說界的光輝。

白話小說本始於唐，今所傳者尙有唐太宗入冥記、孝子董永傳、秋胡小說、維摩詰所說經俗文、釋迦八相成道記及目蓮入地獄故事等書（燉煌千佛洞所發現），皆爲唐人的作品。至宋而白話小說益盛。宋代的白話小說，叫做『諢詞小說』，又叫做『平話』。據灌園耐得翁都城紀勝的記載，分宋小說爲三類：

（一）銀字兒——烟粉靈怪傳奇；

（二）說公案——摶拳提刀趕棒及發跡變態之事；

（三）說鐵騎兒——士馬金鼓之事；

小說爲宋人說話之一科，——說話者與今之說書相似——即講半眞半假的故事也。講故事本不是一件難事，但若求講得有聲有色，博得羣衆的歡迎，自非隨口可道，必須有完善的底本爲憑。此種底本，是爲『話本』。宋人『話本』小說之流傳者，今有新編五代史平話及京本通俗小說二種。

新編五代史平話爲中國長篇演義小說最初的一部，作者不詳，大約是經幾度修改寫定的『話本』。內容係講梁唐晉漢周五代的軍事，每代二卷，首尾皆附以詩。今本梁史、漢史皆缺下卷。（按此書本係講史，與小說異科，惟以後來演義發達，講史遂亦併稱爲小說一類。）

京本通俗小說亦係殘本，今存第十卷至十六卷及第二十一卷，每卷小說一篇，共計八篇，其目錄如下：

碾玉觀音

菩薩蠻

西山一窟鬼

志誠張主管
拗相公
錯斬崔甯
馮玉梅團圓
金虜海陵王荒淫

這都是用白話寫的短篇小說，大概都是南宋人的作品。每篇開頭都有詩或詞，幷講些與本篇相類似的故事爲引子，然後叙入正文。碾玉觀音係叙紹興時某郡王府有碾玉觀音的待詔崔甯與府中養娘秀秀相愛而偕逃，組織小家庭於潭州。不料爲郡王府郭排軍所見，遭其陷害，秀秀被郡王活埋於王府之後花園。但她的靈魂仍隨着崔甯作鬼夫妻，終於報郭排軍之仇而逝，崔甯亦偕歿。菩薩蠻是講紹興時有少年陳守常，多才薄命，剃髮入靈隱寺爲僧。以能詩詞極得某郡王之寵愛。後因被誣與王府侍女新荷通，橫遭杖楚。及案情辯白，守常已圓寂矣。西山一窟鬼係講紹興間秀才吳洪，赴臨安應試落第，教書度日。由王婆作媒，娶李樂娘爲妻，姿色絕佳。有從嫁錦兒亦美。皆鬼也。吳洪發覺後，懼甚。幸得癩道人爲之作法除妖，後吳亦仙去。志誠張主管是講開封府員外張士廉，家財百萬，年老無子，續娶王招宣府遺出之小夫人爲妻。小夫人怨員外衰老，施愛於員外家之主管張勝。張不爲所動。後員外因受小夫人曾竊出王府珍貴珠寶之累，家產全被抄封。小夫人亦自縊死。她死後猶化爲少女追隨張勝。但張終以女主人敬事之焉。拗相公是講王安石施行新法之害，中敍其罷相後由京師至江甯時，途中所見老百姓對彼的痛恨情形，體例不似一篇小說。錯斬崔甯是講高宗時有劉貴爲盜所殺，其妾陳氏及少年崔甯因嫌疑被指爲通姦同謀殺夫，皆處死刑。不久劉妻王氏亦爲靜山大王所刦爲壓寨夫人。王氏初不知靜山大王即殺夫之盜也，頗相愛好。後王氏得盜於懺悔時講露出此案眞相，乃逕赴衙門訴盜。終殺盜以雪寃云。馮玉梅團圓也是講高宗時的故事。敍少女馮玉梅在亂難中與家人失散，爲賊所擄，而與賊黨中一忠良少年范希周結婚。賊黨失敗後，夫婦又失散無踪。其後，經過許多波折，馮玉梅終於與父母丈夫相會而團圓。金虜海陵王荒淫是講金主亮的荒淫故事。此篇之題材內容本無何等價值，但其描寫之佳，在宋人『話本』小說中實首屈一指。

宋人的白話小說，除以上所講者外，尚有大唐三藏取經詩話及大宋宣和遺事二種，皆爲模擬『話本』的作品。大唐三藏取經詩話共分三卷，十七章。因每章均有詩有話，故名爲詩話。中記唐三藏往西方取經，途中疊遇妖魔的神怪故事。爲後來西遊記之所本。大宋宣和遺事分前後二集。中合十節故事：第一節，敘歷代帝王荒淫之失；第二節，講王安石變法之禍；第三節，講王安石引蔡京入朝，至童貫蔡攸巡邊；第四節，講梁山濼宋江等英雄聚義的本末；第五節，講徽宗幸李師師家的艷聞；第六節，講道士林靈素的進用事；第七節，講京師臘月預賞元宵及元宵看燈的繁華盛景；第八節，講京師的失陷於金；第九節，講徽欽二帝北行的痛苦和屈辱；第十節，講高宗的定都臨安。中除第二、第三、第八、第九及第十諸節爲文言，餘皆白話。最値得我們注意的爲第四節講梁山濼聚義之事，實爲後來水滸傳的底本。

綜括起來評論：宋人的白話小說，其本身的價值，本不値得我們過分去讚美。但在這草創的時期，作者只是用白話以求描寫的逼眞，和盡人的能解，故不免缺乏深長的文學意味。然由此創製了白話小說的規模，爲元以後章回小說發展的先驅，其開闢新路之功自是可珍貴的。

第七編　元代文學

第二十章　元代的戲曲(上)

元代是蒙古新民族佔領全中國的時期，也就是新興文學壓倒中國舊有文學的時期。元代的歷史雖只有八十餘年，而在文學史上放一異彩，自是值得我們珍視的。

元代的舊文學，如詩文詞賦，無一足述者；著名的作家如元好問、金履祥、趙孟頫、虞集、楊載、范椁、揭傒斯、楊維楨輩，皆遠遜於唐宋名家。這顯見唐宋的正統文學至元代而微衰，這時又有異軍突起的新時代文學起來了。元代的新興文學誰都知道是戲曲，而且，誰都認定戲曲是元代文學的奇蹟。

○　○　○　○

戲曲是綜合的藝術，起來較遲，其體製至元代始完全確立。

在元以前，我們也可以尋出一些戲曲的悠遠的淵源：最早的如先秦時楚國的優孟，扮飾孫叔傲的衣冠，已開扮演的初例。兩漢的俳優，則以歌舞及戲謔爲能事。至南北朝，卽已有合歌舞以扮演故事者，如北齊的蘭陵王舞乃模擬蘭陵王長恭以代面對敵的指揮刺擊之狀；又有踏搖娘舞乃以男子扮妝婦人搖頓其身以悲歌；撥頭舞（一作鉢頭）出自西域，乃象徵孝子殺猛獸以報父仇；蘇中郎舞起於隋末，乃扮妝醉漢獨自跳舞。到了唐代，則更有歌舞戲與滑稽戲之別：歌舞戲得玄宗的倡導而發達，當時所扮演者除『代面』、『撥頭』、『踏搖娘』、『蘇中郎』及『參軍戲』諸古劇外，尚有『樊噲排君難』等新劇，然皆以歌舞爲主，扮演的事實過於簡單，還不能稱爲純粹的戲曲。至當時的滑稽戲，則只是用動作言語以諷刺時事，而不能合以歌舞，有戲而無曲，離正式的戲曲尚遠。

戲曲的起來與宋代最有密接的關係。宋代的歌曲與雜劇的發展，實爲元人戲曲的先驅。今略述如下：

宋代歌曲之通行者爲詞，宋人讌集，多歌詞以侑觴。每歌本以一闋爲度，只因詞調多簡短，不適宜於詠事，故有繼續歌詠一曲以叙一故事者。如趙得麟（北宋元祐時人）的元微之崔鶯鶯商調蝶戀花詞，用十首蝶戀花來詠會眞記之事。此種叠詞，宋人往往用之合鼓而歌，謂之『鼓子詞』。鼓子詞盛行於南宋民間，陸游有詩詠云：

斜陽古柳趙家莊，負鼓盲翁正作場。死後是非誰管得，滿村聽說蔡中郎。

鼓子詞之爲用，只以應歌唱而不協以跳舞。其歌舞相兼者，宋人稱爲『傳踏』（亦稱『轉踏』，又稱『纏達』。）演法以歌者組成男女二隊，男隊叫做『小兒隊』，女隊叫做『女弟子隊』。先由參軍登場召集，叫做『勾隊』；演時帶歌帶舞，叫做『隊舞』；舞畢散班，叫做『放隊』。其詞僅用一曲反復歌之（例見曾慥樂府雅詞）。『傳踏』之外，宋人樂曲尚有『曲破』、『大曲』、『鼓吹曲』、『賺詞』等，皆兼歌舞，而用曲較繁於『傳踏』。至『諸宮調』則合數宮調中的各曲以詠一事，用曲尤繁，已漸近元曲矣。

宋人雜劇是隨着音樂歌舞而發展的。北宋雜劇尚只限於滑稽嘲笑，至南宋的雜劇則已爲搬演故事，有唱曲，有說白，劇中所用脚角亦較複雜。據周密武林舊事等書所載，當時劇角已有『戲頭』（一作『末泥』）、『引戲』、『次淨』（一作『副淨』）、『副末』、『裝旦』、『裝孤』、諸目，戲劇的規模已漸次完備。至於劇本，則多撰自敎坊。武林舊事載宋之官本雜劇段數，多至二百八十本。今皆不傳。至於金代則『院本』（院指行院，娼妓所居，院本即妓院演唱之劇本，就是雜劇）與『諸宮調』（諸宮調體乃小說的支流，而被以樂曲者），盛行一時。可惜當時的院本六百九十種，今亦全數亡佚。遂使宋金雜劇，無一存者。今僅傳金人董解元的西廂搊彈詞（一名弦索西廂）一種，爲諸宮調體，有曲有白，是用優人弦索彈唱的。此種搊彈詞雖不能說是劇本，然與元曲的關係已甚接近。（元曲中所用各牌名，很多本於董詞）至元時，劇中加上動作，唱白全用代言，便衍成完全的戲曲。

○　○　○　○

戲曲一名詞餘，可分爲散曲、雜劇與傳奇三種。散曲又分小令與套數。小令只用一曲，與宋詞略同；合一宮調中諸曲以成套數（一稱散套）；套數組合而成雜劇；傳奇則又爲雜劇之繁衍。

元曲以雜劇最盛，其形式與內容，較之宋金的雜劇院本及諸宮調又有不同。王國維在他的宋元戲曲史上說得很清楚：

> 元雜劇之視前代戲曲之進步，約而言之，則有二焉：宋雜劇中用大曲者幾半。大曲之爲物，遍數雖多，然通前後爲一曲，其次序不容顚倒，而字句不容增減，格律至嚴，故其運用亦頗不便。其用諸宮調者，則不拘於一曲，凡在同一宮調中之曲，皆可用之。顧一宮調中，雖或有聯至十餘曲者，無大抵用二三曲而止。移宮換韻，轉換至多，故于雄肆之處，稍有欠焉。元雜劇則不然，每劇皆用四折，每折易一宮調，每調中之曲，必在十曲以上。其視大曲爲自由，而較諸宮調爲雄肆。且於正宮之端正好、貨郎兒、煞尾；仙呂宮之混江龍、後庭花、青哥兒；南呂宮之草池春、

鵪鶉兒、黃鐘尾；中呂宮之道和；雙調之口口口折桂令、梅花酒、尾聲，共十四曲，皆字句不拘，可以增損。此樂曲上之進步也。其二，則由敘事體而變爲代言體也。宋人大曲，就其現存者觀之，皆爲敘事體。金之諸宮調，雖有代言之處，而其大體只可謂之敘事。獨元雜劇於科白中敘事，而曲文全爲代言。雖宋金時或當已有代言體之戲曲，而就現存者言之，則斷自元劇始。不可謂非戲曲上之一大進步也。此二者之進步，一屬形式，一屬材質，二者兼備，而後我中國之眞戲曲出焉。

元曲的結構甚嚴，其組織上的顯明的特徵，有數點是值得特別加以說明的：

(一)每劇四折，四折不足時，加上一楔子。亦有五折或六折者，然爲罕見的例外。

(二)每折由一宮調中的各曲組合而成，其用曲往往每折在十曲以上，用韻則每折一韻到底。

(三)每折一人獨唱，獨唱者限於正末或正旦。其他雜角，只有說白。唱曲者爲主，說白者爲賓。故他們的對話，叫做『賓白』。

(四)每劇由科、白、曲三者組織而成。科是動作，白是對話，曲是唱辭。

(五)元劇用的角色，共有九種，其名稱爲『正末』(即『正生』)、『副末』、『狚』

(卽『正旦』)、『狐』(卽『外』)、『靚』(卽『淨』)、『鴇』(卽『老旦』)、『徠』(卽『貼旦』)『捷譏』(卽『丑』)、『引戲』(卽『雜脚』)。

○　○　○　○

元曲的淵源及其組織，大體已講明如上。至於元曲的藝術上的價值，元曲的作者及其作品，且讓下章來敘述吧。

第二十一章　元代的戲曲(下)

元代科舉廢棄甚久，一般文人詞客，懷才莫遇，多寄情于文學，以呈露其才華。戲曲為新興的通俗文學，且可扮演登場，以娛耳目，為民間之所歡迎，文人自亦樂於撰作，以播文名，兼抒胸臆。因此元曲便勃然而興盛起來。

元曲初不為世所重，一般正統文學家至視曲為文學中的末技，以為卑下不足道；然而，元曲固元代文學的精華也。明人韓文靖卽以關漢卿的雜劇來比司馬遷的史記，清人焦循則把元曲與唐詩宋詞並稱，近人王國維論元劇的文章，尤有適當的讚美語，他說：

> 元曲之佳處何在？一言以蔽之，曰：自然而已矣。古今之大文學無不以自然勝，而莫著於元曲。蓋元劇的作者，其人均非有名位學問也；其作劇也，非有藏之名山傳之其人之意也。彼以意興之所至為之，以自娛娛人，關目之拙劣，所不問也；思想之卑陋，所不諱也；人物之矛盾，所不顧也。彼但摹寫其胸中的感想與時代的情狀，而眞摯之理與秀傑之氣，時流露於其間，故謂元曲為中國最自然之文學，無不

可也。

就元曲的一般而論，元曲實有兩種共同的特點是誰也不能否認的：第一，牠是純粹的戲劇；第二，牠是社會的寫實。因爲元人作劇，只是當作戲劇寫，故能寫得『自然』；因爲他們的劇本是寫眞實的社會，故盡量的使用當代的方言俗語，而成爲社會化的通俗文學。

至於元曲之藝術描寫上的特色，則不可一概而論，我們是要就作者的個別造詣而加以評判的。據明甯獻王的太和正音譜上所評，元代優秀的戲曲作家共有一百八十七人。可惜後來元曲的佚亡甚多，今有作品傳世者，只有四十三家。王國維宋元戲曲史取這些劇作家之有時代可考者，分爲三個時期：

第一期　蒙古時代（一二三四——一二七六）

關漢卿　楊顯之　張國寶（一作國賓）石子章　王實甫　高文秀　鄭廷玉　白樸
馬致遠　李文蔚　李直夫　吳昌齡　武漢臣　王仲文　李壽卿　尙仲賢　石君寶
紀君祥　戴善甫　李好古　孟漢卿　李行道　孫仲章　岳百川　康進之　孔文卿
張壽卿

第二期　一統時代（一二七七——一三四〇）

楊梓　宮天挺　鄭光祖　范康　金仁傑　曾瑞　喬吉

第三期　至正時代（一三四一——一三六七）

秦簡夫　蕭德祥　朱凱　王曄

第一時期是元曲的草創時代，也就是元曲的黃金時代，名手最多，成績最繁。其中尤以關漢卿、王實甫、白樸、馬致遠四家，爲最傑出。

關漢卿號已齋叟，大都人。金末，以解元貢于鄉，後爲太醫院尹。金亡不仕（?）。他是元曲的開山大師，與白樸、馬致遠、鄭光祖齊名，號稱『元曲四大家』。王國維稱他：『一空依傍，自鑄偉詞。其言曲盡人情，字字本色，故當爲元人第一。』所作雜劇至多，共計六十三種。今僅存十三種。以竇娥冤及救風塵二劇最佳。竇娥冤爲有名的悲劇，敘竇娥被殺後，天忽降大雪以鳴冤，爲今京劇六月雪之所本。救風塵則敘妓女趙盼兒從周舍手裏把她的密友宋引章救出來。此劇的結構與描寫均至佳，今舉其第三折至第四折中一段雋妙的說白爲例：

〔正旦（即趙盼兒）云〕周舍，你來了也。

〔周舍云〕我那裏曾見你來：我在客火裏，你彈着一架箏，我不與了你個褐色紬段兒？

〔正旦云〕小的，你可見來？

〔小閑云〕不曾見他有什麽褐色紬段兒。

〔周舍云〕哦，早起杭州散了，趕到陝西，客火裏喫酒，我不與了大姐一分飯來？

〔正旦云〕小的們，你可見來？

〔小閑云〕我不曾見。

〔周舍云〕我想起來了，你敢是趙盼兒麽？

〔正旦云〕然也。

〔周舍云〕你是趙盼兒，好好，當初破親也是你來。小二，關了店門，則打這小閑。

〔小閑云〕你休要打我，俺姐姐將着錦綉衣服一房一臥來嫁你，你倒打我。

〔正旦云〕周舍，你坐下，你聽我說：你在南京時，人說你周舍名字，說的我耳滿鼻滿的，則是不曾見你。後得見你呵，害的我不茶不飯，只是思想着你。聽的你娶了宋引章，教我如何不惱？周舍，我待嫁你，你却着我破親。我好意將着車輛鞍馬奩房來尋你，你剗地將我打駡。小閑，攔回車兒，喒家去來。

〔周舍云〕早知姐姐來嫁我，我怎肯打舅舅？

〔正旦云〕你眞個不知道？你旣不知，你休出店門，只守着我坐下。
〔周舍云〕休說一兩日，就是一兩年，您兒也坐的將去。
（宋引章上，駡了趙盼兒，下）
〔正旦云〕周舍，你好道兒！你這裏坐着，點的你媳婦來駡我這一場。小閑，擱囘車兒，咱囘去來。
〔周舍云〕好奶奶，請坐，我不知道他來。我若知道他來，我就該死！
〔正旦云〕你眞個不曾使他來？這妮子不賢惠，打一棒快毬子。你捨的宋引章，我一發嫁你。………
〔周舍云〕小二，將酒來。
〔正旦云〕休買酒，我車兒上有十瓶酒哩。
〔周舍云〕還要買羊。
〔正旦云〕休買羊，我車兒上有個熟羊哩。
〔周舍云〕好好好，待我買紅去。
〔正旦云〕休買紅，我箱子裏有一對大紅羅。周舍，你爭什麼哪？你的便是我的，我的就是你的。

（周舍回家，休了宋引章。宋擕休書與趙盼兒同逃。爲周舍所覺察了，追至。周舍騙回休書，咬碎。）

〔外旦（卽宋引章）云〕姐姐，周舍咬了我的休書也！

〔旦上救科〕

〔周舍云〕你也是我的老婆。

〔正旦云〕我怎麼是你的老婆？

〔周舍云〕你喫了我的酒來？

〔正旦云〕我車上有十瓶好酒，怎麼是你的？

（周舍云〕你可受我的羊來。

〔正旦云）我自有一隻熟羊，怎麼是你的？

〔周舍云〕你受我的紅定來。

〔正旦云〕我自有大紅羅，怎麼是你的？——引章妹子，你跟將他去。

〔外旦怕科云〕姐姐，跟了他去就是死。

〔周舍云〕休書已毀了，你不跟我去，待怎麼？

〔外旦怕科〕

〔正旦云〕妹妹休慌莫怕，咬碎的是假休書！

關漢卿最長於描寫妓女的心情，有人把他比詞中的柳永，眞是很確切呢。此外他所作雜劇之存者，尚有續西廂、西蜀夢、拜月亭、謝天香、金線池、望江亭、單刀會、玉鏡臺、調風月、蝴蝶夢、魯齋郎諸劇。

王實甫，大都人。其生平不詳，年代與關漢卿略同。寧獻王太和正音譜稱其劇詞：『鋪敍委婉，深得騷人之趣；極有佳句，若玉環之出浴華淸，綠珠之采蓮洛浦。』所作雜劇十四種，今存西廂記與麗春堂二種。西廂記是元曲裏面最偉大的作品，其事實係根據於元稹的會眞記而加以補充，復以董西廂的曲文爲藍本而編撰成的偉著。其詞藻的美艷，罕有倫比。例如：

〔越調〕〔拙魯速〕對着盞碧熒熒短檠燈，倚着扇冷淸淸舊幃屏，燈兒又不明，夢兒又不成，窗兒外淅零零的風兒透疏櫺，忒楞楞的紙條兒鳴，枕頭兒上孤另，被窩兒裏寂靜，你便是鐵石人；鐵石人也動情！（一本三折）

〔雁兒落〕綠依依牆高柳半遮，靜悄悄門掩淸秋夜，疎剌剌林梢落葉風，昏慘慘雲際穿窗月！（四本三折）

要在西廂記裏面找尋盪人心魄的文字，眞是美不勝收。其描寫最哀艷動人的，我以爲要算第四本第三折中敍別情的一幕：

〔正宮〕〔端正好〕碧雲天，黃花地，西風緊，北雁南飛。曉來誰染霜林醉？總是離人淚！

〔滾繡球〕恨相見得遲，怨歸去得疾。柳絲長，玉驄難繫。恨不倩疏林挂住斜暉。馬兒迍迍的行，車兒快快的隨。卻告了相思迴避，破題兒又早別離。聽得一聲去也，鬆了金釧；遙望見十里長亭，減了玉肌。此恨誰知！

〔叨叨令〕見安排着車兒馬兒，不由人熬熬煎煎的氣。有什麼心情，花兒靨兒，打扮的嬌嬌滴滴的媚！准備着被兒枕兒，則索昏昏沈沈的睡。從今後衫兒袖兒，都搵做重重疊疊的淚。兀的不悶殺人也麼哥！兀的不悶殺人也麼哥！久以後書兒信兒，索與我悽悽惶惶的寄。

〔四煞〕這憂愁訴與誰？相思只自知，老天不管人憔悴。淚添九曲黃河溢，恨壓三峯華岳低。晚來悶把西樓倚，見了些夕陽古道，衰柳長堤。……

〔一煞〕青山隔送行，疏林不做美，淡烟暮靄相遮蔽。夕陽古道無人語，禾黍秋風聽馬嘶。我爲什麼懶上車兒內？來時甚急，去後何遲！

〔收尾〕四圍山色中，一鞭殘照裏。遍人間煩惱塡胸臆，量這些大小車兒如何載得起！

王作共計四本，最後敍述至劇中的主角張生與崔鶯鶯訂婚，而以悲慘的離別作結，結構至美。關漢卿作續西廂，殿以才子佳人成婚的大團圓，實爲畫蛇添足；然其麗詞俊語，亦不減王本，例如：

〔沈醉東風〕不見時准備着千言萬語，得相逢都變做短嘆長吁，他急穰穰却纔來，我羞答答怎生覷？將腹中愁恰待申訴，及至相逢，一句也無，剛道個：『先生，萬福！』（第四折）

這段短短的描寫，把兒女的情懷完全吐露出來了。

白樸字太素，一字仁甫，號蘭谷，隩州人，後居眞定。金亡後，不仕，徙家金陵，放情於山水間，以詩酒自娛。著有天籟詞二卷。所作雜劇有十七種，今存梧桐雨與牆頭馬上二種。牆頭馬上係一篇愛情的喜劇，無甚特色；梧桐雨最負盛名，其內容係本於陳鴻的長恨歌傳，敘述唐明皇與楊貴妃的戀愛史事。最好的是第四折，唐明皇於貴妃死後，秋夜獨聽梧桐雨的一段，最為出色動人，例如：

〔笑和尚〕原來是滴溜溜，遶閑堦敗葉飄；疎剌剌，刷落葉被西風掃；忽魯魯，風閃得銀燈爆；廝琅琅，鳴殿鐸；撲簌簌，動朱箔；吉丁當，玉馬兒向簷間鬧。

〔叨叨令〕一會價緊呵，似玉盤中萬顆眞珠落；一會價響呵，似玳筵幾簇笙歌鬧；一會價清呵，似翠岩頭一派寒泉瀑；一會價猛呵，似綉旗下數面征鼙操。兀的不惱殺人也麼哥，兀的不惱殺人也麼哥，則被他諸般兒雨聲相聒噪。

〔三煞〕潤濛濛，楊柳雨，淒淒院宇侵簾幕；細絲絲，梅子雨，粧點江干滿樓閣；杏花雨，紅濕欄干；梨花雨，玉容寂寞；荷花雨，翠蓋翩翩；豆花雨，綠葉蕭條；——都不似你驚魂破夢，助恨添愁，徹夜連宵！莫不是水仙弄嬌，蘸楊柳，洒風飄？

論者稱白樸的曲『高華雄渾』，如『鵬摶九霄』；而其言情處，則備極哀艷婉曲，自是元曲第一流作家。

馬致遠字東籬，大都人。曾任江浙行省務官。他的散曲很有名，所作秋思，論者咸稱爲套數中第一。其小令天淨沙亦爲千古絕唱，詞云：

枯藤老樹昏鴉，小橋流水人家，古道西風瘦馬，夕陽西下，斷腸人在天涯！（按此詞亦無名氏）

馬氏雜劇舊傳十四種，今存六種，即漢宮秋、青衫淚、岳陽樓、陳摶高臥、薦福碑與任風子。最有名的傑作是漢宮秋，敘的是漢元帝時王昭君出塞的故事。特別是第三折中寫元帝別其所愛的昭君後，廻駕宮廷的淒涼情狀，最爲出色，如：

〔梅花酒〕呀，對這廻野淒涼，草色已添黃，兔起早迎霜，犬褪得毛蒼，人搠起纓鎗，馬負著行裝，車運著餱糧，打獵起圍場。她，她，她，傷心辭漢主；我，我，我，攜手上河梁。她部從，入窮荒；我鑾輿，返咸陽。返咸陽，過宮牆；過宮牆，繞廻廊；繞廻廊，近椒房；近椒房，月昏黃；月昏黃，夜生涼；夜生涼，泣寒螿；泣寒螿，綠紗窗；綠紗窗，不思量。

〔收江南〕呀，不思量，便是鐵心腸；鐵心腸，也愁淚滴千行！

馬致遠之曲，典雅清麗，情深文明，寧獻王品曲列爲元人第一。此雖不免推許過甚，然作者實爲元代極可矜貴的劇作者，自是無疑的。

元代第一時期的劇壇，除上述諸名家外，其較次的作者，尚有楊顯之傳臨江驛與酷寒亭二種，張國賓傳汗衫記、薛仁貴與羅李郎三種，石子章傳竹塢聽琴一種，高文秀傳雙獻功、誶范叔及遇上皇三種，鄭廷玉傳楚昭王、後庭花、忍字記、看錢奴及崔府君五種，李文蔚傳燕青博魚一種，李直夫傳虎頭牌一種，吳昌齡傳風花雪月與東坡夢二種，武漢臣傳老生兒、玉壺春及生金閣三種，王仲文傳救孝子一種，李壽卿傳伍員吹簫及月明和尚二種，尚仲賢傳柳毅傳書、三奪槊、氣英布及尉遲恭四種，石君寶傳秋胡戲妻、曲江池及紫雲庭三種，紀君祥傳趙氏孤兒一種，戴善甫傳風光好一種，李好古傳張生煮海一種，孟漢卿傳魔合羅一種，李行道傳灰闌記一種，孫仲章傳勘頭巾一種，岳百川傳鐵拐李一種，康進之傳李逵負荊一種，孔文卿傳東窗事犯一種，張壽卿傳紅梨花一種。

第二時期的元劇作家，能稱爲第一流名手的只有鄭光祖一人，次之則有宮天挺與喬吉。鄭光祖字德輝，平陽襄陵人。以儒補杭州路吏。病卒，火葬於西湖的靈芝寺。他的作風清麗饕逸，爲後世所宗。寧獻王正音譜稱：『其詞出語不凡，若咳唾落乎九天，臨風而生珠玉，誠傑作也。』所作雜劇十九種，今存㑳梅香、倩女離魂、周公攝政及王粲登樓四種。前二種最佳。㑳梅香係敘述一段戀愛故事，情節頗似西廂記。倩女離魂的內容則全本於唐人陳元祐的離魂記，描寫至爲佳美，如第三折中的：

〔迎仙客〕日長也，愁更長；紅稀也，信尤稀；春歸也，奄然人未歸。我則道相別也數十年，我則道相隔着數萬里，爲數歸期，則那竹院裏刻徧琅玕翠。

鄭氏才華，卽此可見一端。此老死後，元之劇作家卽無特等人物矣。

宮天挺字大用，大名開州人。歷學官，除釣台書院山長。卒於常州。他的作品以雄勁著名，王國維宋元戲曲史稱他：『瘦硬通神，獨樹一幟。』所作雜劇六種，今僅存范張雞黍一種。

喬吉(一作吉甫)字夢符，號笙鶴翁，又號惺惺道人，太原人。美容儀。卒於至正五年(一三四五)。他的小令很著名，有惺惺道人樂府一卷。所作雜劇十一種，今存金錢記、揚州夢與玉蕭女三種。

此外，這時期的作家，尙有楊梓傳霍光鬼諫一種，范康傳竹葉舟一種，金仁傑傳蕭何追韓信一種，曾瑞傳留鞋記一種。

至於至正時代，元曲轉入第三時期，已經衰敗不堪了。今所知者，僅秦簡夫傳東堂老與趙禮讓肥二種，蕭德祥傳殺狗勸夫一種，朱凱傳昊天塔一種，王曄傳桃花女一種，皆爲平庸之作。

除上述以外，時代不明者又有四家，即王伯成傳貶夜郎一種，狄君厚傳介之推一種，李致遠傳還牢末一種，楊景賢傳劉行首一種。又有作家姓名不詳者，有七里灘、博望燒屯、替殺妻、小張屠、陳州糶米、鴛鴦被、風魔蒯通、爭報恩、來生債、珠砂擔、合同文字、凍蘇秦、小尉遲、神奴兒、謝金吾、馬陵道、漁樵記、舉案齊眉、梧桐葉、隔江鬥智、盆兒鬼、百花亭、連環計、抱妝匣、貨郎旦、碧桃花、馮玉蘭，共二十七種。

以上總錄曲本一百十六種，元劇之存者大概盡於此矣。

第八編　明代文學

第二十二章　明代的文學運動

中國文學發展至元代，一向脈絡相傳的正統派的古文詩賦，已凋弊不堪，獨新興的戲曲盛極一時。文學的趨勢似已完全走向一條新路。不料到了明代，文學界起了一個很大的反動，文學思潮忽又趨向於復古，明代二百多年的文壇，幾乎全爲復古的潮流所支配着。

明代本是一個復古思潮最盛的時期，當時的文人，一則深受那時代『以八股文取士』的影響，養成只知模擬抄襲的惡習；二則他們都以古代正統文學的繼承者自命，沒有創新的觀念和毅力，故終明代的詩文，陷溺於復古潮中而不能自振。

明代初期，復古的痕跡尚未顯明，其時文章家如宋濂、王禕、方孝孺；詩人如楊基、高啓、張羽、徐賁（此四人號稱『吳中四傑』）、劉基、袁凱等，他們的造詣雖不甚崇高，然所作皆能自備一格，自成一家，不是全然倚傍前人。至李東陽出，始正式倡爲唐宋文。李夢陽何景明繼之而起，則更明以復古相號召，比李東陽更進一步的主張秦漢之文，盛唐之詩，以爲作詩的準則。

李夢陽爲明代復古派最大的健將，他認定作詩文應該尊重模擬，其言曰：『今人摹臨古帖，不嫌大似；詩文何獨不然？』他主張詩文應該絕對復古的論調尤其極端偏激，他把唐宋的文章全部抹煞，而以秦漢爲依歸，他說：『西京以後，作者勿聞矣；』又說：『宋儒興而古之文廢；』又說：『詩至唐古調亡矣，然自有唐調可歌詠，高者猶足被管絃；宋人主理不主調，於是唐調亦亡。』總之，在他的心目中是『漢以後無文，唐以後無詩。』何景明的見解雖與李夢陽小有異同，然其主張『復秦漢之古』則與李氏道合志同。他認定『古文之法亡於韓（愈）』，故大聲疾呼的叫人莫讀唐以後的著作文章。

明代的後起文人，多迷惑於李何復古之說而從之，互相結納，互相標榜。其最著名而首出者爲『前七子』，以李夢陽何景明二氏爲領袖，徐楨卿、邊貢、康海、王九思、王廷相諸人附之；時代稍後者有『後七子』，以李攀龍王世貞二氏爲領袖，謝榛、宗臣、梁有譽、徐中行、吳國倫諸人附之。後七子中的李、宗、梁、徐、吳五人，亦稱『前五子』，因此又有謂『後五子』，爲余曰德、魏裳、汪道昆、張佳允、張九一諸人；又有所謂『廣五子』，爲俞允文、盧柟、李先芳、吳維嶽、歐大任諸人；又有『續五子』，爲王道行、石星、黎民表、朱多煃、趙用賢諸人；又有『末五子』，爲李維楨、屠隆、魏允中、胡應麟、趙用賢諸人。這許多吶喊復古的作者，都是掛着『文主秦漢，詩規盛唐』的招牌。

當着李、何、李、王一派復古文學風靡天下的時候，也有一部分的文人起而與之抗。文名最著者如唐順之王愼中，他們的文章皆近宗唐宋；歸有光則更明白地指斥王世貞爲庸妄；茅坤則取唐順之所選的唐宋八大家文，加批評刊之，以示文章的宗法；詩家則有楊愼薛蕙等；又有號稱『公安體』的袁中郎兄弟及號稱『竟陵體』的鍾惺譚元春等；他們處處皆與前後七子一派站在敵視的地位。可是，他們在當代文壇的號召力及影響，却遠不及前後七子派的偉大。至於明末，二派的鬥爭益烈，宗李、何、李、王者，有張溥主持的復社及陳子龍主持的幾社；宗歸、唐者，有艾南英所主持的豫章社。皆互相攻擊排斥，不遺餘力，以終明世。

上面把明代復古文學的大勢已講明了。這是很明顯了的，在這樣一個復古逆潮之下，要望文學的進展自是難乎其難。明代詩文之所以毫無成績可言，應該說完全是復古潮爲之阻礙。我們在上面曾經說過，唐宋的文人也曾以復古相號召，不過他們只是利用復古的名義，以號召人心，其目的是藉以打倒駢文，提倡合時用的新式散文，故我們認定唐宋文是進化的，不是復古的。只有愚不可及的明代文人，才認定復古爲眞理。特別是李、何、李、王一派，他們竟那樣悲妄，想着恢復在唐宋已不合時用的秦漢之文於一千多年後的明代，這豈不荒謬絕倫？故結果不但是徒勞無功，只見把許多文人的才力犧牲於復古的牢籠裏面，毫無成績；明代詩文發展的命運也就斷送在這班復古派的手裏。至於歸唐等之主唐宋，雖較彼主秦漢者較爲時代接近，文章比較合時；然亦嫌他們把才力用於模擬，不從事于創造，成績亦僅略有可觀而已。至後來兩派傾軋益甚，黨同則相標榜，黨異則相攻擊，舉世文人皆抱着入主出奴的心理，文壇等于政黨．明代詩文的生機便因此斲伐殆盡了。

第二十三章　明代的戲曲

向來講文學史的人都認定明代是中國文學衰微的時期，如果就明代的傳統文學——詩文詞賦等講，這個話是不錯的。不過我們研究明代文學，應該認識明代實是一個新文學的時期，是新興文學壓倒舊的傳統文學的時期。明代眞正有價值的文學不是詩文詞賦，乃是傳奇與小說。我們眼看着許多明代文人用盡才力，拚命的去求詩文的復古，結果落得個『畫虎不成反類狗』，全無成績。然而當時却另有一部分的文人，並不向着復古的路走去，却去創作新興的傳奇和小說，其成績的偉大，可與唐詩宋詞元曲並稱，爲明代文學增無限的光輝。所以要講明代文學，應該認定新興的傳奇與小說爲明文學的主幹，便覺得明文學有許多特色，在文學史上自有牠的進步。

請先講傳奇。

傳奇體的戲曲之產生乃由于元曲之繁衍。王世貞藝苑巵言上有話：『詞不快北耳而後有北曲，北曲不諧南耳而後有南曲。』元曲一名北曲，蓋以作者多北方之大都與平陽等處人，作曲多採用胡人的樂調及音韵。後來北曲發展至南方，南人嫌其樂調相異，音韵不諧，而適應南方樂調音韵的南曲乃應運而生。南曲發達以後，北曲遂衰。雖然在明代還是有許多模擬元人的雜劇，然其所用聲調與體製，已與元劇不同。至于由元劇演化而成的傳奇，則純然爲明代新興的南曲矣。

傳奇的結構與元之雜劇大不相同，其重要的差別，約有四點可言：

(一)元劇大都限于四折，傳奇則不限制齣數，可以多至數十齣（一齣卽一折）；

(二)元劇每折一調一韻到底，傳奇則一齣不限一調，且可換韻；

(三)元劇全曲由一人獨唱，傳奇則凡登場的劇中人皆可唱曲；

(四)元劇多用楔子，傳奇則無楔子，但把第一齣叫做『開場』或『家門』，以說明一篇的大意；

以上數點的改進，可見明之傳奇比較元之雜劇，由束縛而進于自由，由簡單而進于複雜，實爲戲曲的一大進步。

明代傳奇之存于今者尚不下二三百種，其著名之佳作亦有四五十種。在明代的初期，則以琵琶記傳奇爲最負盛譽。

琵琶記爲南曲之祖，傳奇的第一部，元末明初人高明撰。高明字則誠，永嘉人（一作瑞安人）。元至正五年（一三四五）進士，授處州錄事，後辟行省掾。因避亂居明州櫟社，以詞曲自娛。明太祖聞他的文名，辭以心疾不就。尋卒。後有人把他的琵琶記獻于太祖，太祖稱讚說：『五經四書如五穀，家家不可缺；須明琵琶記如珍饈百味，富貴豈可缺耶？』琵琶記共四十二齣，敘唐時蔡邕與趙五娘結婚才五月，父命赴京應舉，中狀元，牛太師妻以女。時蔡邕家中貧困不堪，賴趙五娘勤苦爲活，至于吃糠。後五娘之翁姑皆死，她乃彈着琵琶到京尋夫，終于在牛府與蔡邕會見，夫婦團圓。這是事實的梗概。至於文字，則以清雅勝，論者譬之爲一幅水墨梅花圖。王世貞說：『南曲以琵琶爲冠，是一道陳情表，讀之使人欷歔欲涕。』此語信然。全曲以吃糠一齣最爲動人，今選錄其數節爲例：

〔商調過曲〕〔山坡羊〕亂荒荒不豐稔的年歲，遠迢迢不回來的夫壻，急煎煎不耐煩的二親，軟怯怯不濟事的孤身。己衣盡典，寸絲不掛體。幾番拚死了奴身己。爭奈沒主，公婆誰看取？思之，虛飄飄，命怎期？難捱，實丕丕，災共危！

〔前腔〕酸溜溜難窮盡的珠淚，亂紛紛難寬解的愁結，骨崖崖難扶持的病身，戰兢兢難捱過的時和歲。這糠，我待不喫他呵，教奴怎忍飢？待喫他呵，教奴怎生喫！思想起來，不若奴先死，圖得不知他親死時。思之：虛飄飄，命怎期？難捱，實丕丕，災共危！

〔雙調過曲〕〔孝順兒〕嘔得我肝腸痛，珠淚垂，喉嚨尙兀自牢嗄住。糠呵！你遭礱被舂杵，篩你，簸揚你，喫盡控持，好似奴家身狠狽，千辛萬苦皆經歷。苦人喫着苦味，兩苦相逢，可知道欲吞不去！

〔前腔〕糠和米，本是相依倚，被簸颺作兩處飛。一賤與一貴，好似奴家與夫壻，終無相見期。丈夫你便是米呵，米在他方沒處尋；奴家恰便似糠呵，怎的把糠來救得人饑餒？好似兒夫出去，怎的敎奴供膳得公婆甘旨？

與琵琶記同在明初負盛名的作品，有『荆、劉、拜、殺』四大傳奇。

荆釵記爲寧獻王朱權所撰。權爲明太祖的第七子，號丹邱，又號涵虛子。他對於戲曲很有研究，著太和正音譜。荆釵記共計四十八齣，係叙宋王十朋與錢玉蓮訂婚，以荆釵爲聘禮。後王十朋赴京應試，中狀元，修書回家。適彼之同學孫汝權落第回鄉，欲奪玉蓮爲妻，乃私改王信，謂王已娶丞相之女，特修書與玉蓮離婚。玉蓮的繼母乃逼她改嫁孫汝權，玉蓮不從，被迫而投江，爲錢安撫所救。後來經過許多波折，王十朋終與錢玉蓮結婚。劉知遠一名白兔記，無名氏所作。係叙劉知遠微賤時與富家女李三娘結婚。後知遠爲妻兄所逐，李三娘亦爲兄嫂所虐待。三娘尋生一子，自己將臍帶咬斷，命之爲咬臍郞。因兄嫂欲害此子，她只得託老僕將子送至劉知遠處撫養。時知遠已另婚於岳氏；以討賊有功，陞爲九州安撫使矣。咬臍郞長成後，通武藝，某日因追逐一白兔，遇三娘，終得夫妻母子團圓。拜月亭一名幽閨記，明初人作。（相傳爲元人施惠作，不甚可靠。）此劇共四十齣，係叙金時有大臣之子興福因避朝廷之捕躍入蔣氏園中，與書生蔣世隆結爲兄弟。興福尋落草爲盜匪的領袖。不久蒙古軍南下，世隆與妹瑞蓮避難出走，同行者有宦家女瑞蘭及其母親。後來瑞蓮和瑞蘭的母親都在人羣中散失了，只剩着世隆與瑞蘭同行，因而結了婚。不料在旅次遇着瑞蘭的父親，對於他倆的婚姻堅持反對，强領瑞蘭回家。蒙古軍退，興福遇赦赴京應試，道遇世隆偕行，分中文武狀元。後興福與瑞蓮結爲夫婦，世隆與瑞蘭亦破鏡重圓。殺狗記，徐畛作。畛字仲由，淳安人。此劇的內容係襲取元蕭德祥的殺狗勸夫。叙一富翁孫華沉緬於酒色，虐待其弟孫榮，而與一般勢利小人爲伍。其妻楊氏賢良，欲諫阻其夫的非行，乃設計以殺狗爲殺人，夫醉歸而告之，使求朋友幫助於夜中拋棄門前的死屍，朋友不應。後得其弟榮之助，始運屍城外掩埋之。華頓悟前非，兄弟和好如初。朋友二人則以孫華不與招待以殺人罪控之於官。

但楊氏直白法庭以殺狗勸夫之計，赴城外驗之，果然是狗。於是兩個壞朋友被罰，而孫氏一門得蒙朝廷褒封的恩榮。

『荊、劉、拜、殺』四劇的文字皆以樸質俚俗勝，貶之者則往往斥爲惡劣不雅。其結構至佳，李漁說：『頭緒繁多，傳奇之大病也。荊、劉、拜、殺之得傳於後，止爲一線到底。』這個批評是很確切的。拜月亭尤爲四劇中的白眉，論者多以琵琶拜月並稱爲南曲之二大傑作。

戲曲在元代與明初，作者多不聞名之人，作品亦多以通俗見長。至明之中葉，則文人的撰作漸多，最著的如邱濬、楊愼、王世貞、鄭若庸、沈璟、湯顯祖、屠隆、祝允明、唐寅等，都是當代很有名的詩文家，他們多愛用典雅工麗之詞作曲，於是傳奇之文章愈工，而戲曲之本色愈失。至湯顯祖出而放言『余意所至，不妨拗折天下人嗓子』，已不注重於傳奇的歌唱的作用，而偏向文學方面的發展了。

湯顯祖是明代文人中一個最偉大的傳奇家，字義仍，號若士，江西臨川人。萬曆進士，授南京太常博士，遷禮部主事。後因事謫廣州徐聞典史，遷遂昌知縣。罷官後，鄉居玉茗堂，以詞曲自娛，垂二十年。他的詩文在當代不能算是傑出，而所作傳奇則價值獨高。今所傳他的傳奇，以『臨川四夢』最有名，卽牡丹亭、南柯記、邯鄲記與紫釵記四種。牡丹亭一名還魂記，爲顯祖最得意的一部傑作。凡五十五齣。敍少女杜麗娘因讀詩經關關雎鳩篇而懷春，心情悒鬱，遊花園歸而倦臥，夢遇少年柳夢梅，互相愛戀，遂成婚好。不料好夢易失，醒來一切皆幻。自此麗娘罹相思病，自畫春容，以寄所懷。不久病亡，葬於後花園之梅花觀。柳夢梅者本實有其人，因遇風雪投宿於梅花觀。偶於遊園時拾得麗娘畫像，異常驚喜，日夜敬禮不絕。恰逢麗娘之魂來遊，遂得重續舊好。其後麗娘得慶再生，夢梅亦中狀元，並於亂平後遇着麗娘的父母，一家團圓，而此劇以終。全劇的文字香艷濃郁，眞令人齒頰生香。今舉第十齣驚夢爲例：

〔遶地遊〕夢回鶯囀，亂煞年光遍。人立小亭深院，炷盡沈烟，拋殘繡線，恁今春關情似去年。

〔醉扶歸〕你道翠生生出落的裙衫兒茜，艷晶晶花簪八寶塡，可知我常一生兒愛好是天然，恰三春好處無人見。不隄防沈魚落雁鳥驚諠，則怕的羞花閉月花愁顫。

〔皂羅袍〕原來姹紫嫣紅開徧，似這般都付與斷井頹垣。良辰美景奈何天，賞心樂事誰家院？朝飛暮捲，雲霞翠軒，雨絲風片，烟波畫船，錦屏人忒看得這韶光賤！

〔好姐姐〕遍青山啼紅了杜鵑，荼蘼外烟絲醉軟。牡丹雖好，他春歸怎占的先？閑凝盼，生生燕語明如剪，嚦嚦鶯歌溜的圓。

〔隔尾〕觀之不足由他繾，便賞遍了十二亭臺是枉然，到不如興盡回家閒過遣！

牡丹亭是宣洩女性戀愛熱情的一部奇書，特別是青年男女們所愛讀的。相傳當時有婁江女子俞二娘爲酷愛牡丹亭的詞句，至斷腸而死。由此便可見此書感動人的能力了。

此外，湯顯祖的作品：南柯記係本於唐公佐的南柯太守傳、邯鄲記本於唐沈既濟的枕中記，紫釵記（乃紫簫記的改定稿）本於唐蔣防的霍小玉傳，皆係根據原作的情節而加以補充，以成爲長篇的傳奇。此三劇皆詞藻精美，紫釵記尤以艷麗稱，然都不及牡丹亭之負盛譽。

至於明末，文人作曲，益尚文詞，競誇新艷，於是大多數的傳奇作品皆離開大衆的立場，只成爲少數人所能欣賞的讀物。此時只見古典劇流行一時，俚俗樸實的傳奇已經罕覯了。

阮大鋮是明代傳奇作家的後勁，字集之，號圓海，又號百子山樵，懷寧人。官至兵部尙書。因依附魏忠賢，爲士林所痛絕。然其作品之雋美，則雖反對彼者亦交口稱譽。所著有燕子箋、春燈謎、雙金榜、牟尼合及忠孝環五劇，以燕子箋爲最佳。此劇凡四十二齣。叙唐時少年霍都梁與妓女華行雲相戀。因畫二人合像至裱裝店去裱。不料此畫像因裱裝店的錯送，爲一酷肖行雲的宦家女郎酈飛雲所得。飛雲見畫像中一美少年倚於酷肖自己者之傍，愛慕非常，因題詞以寄意。詞箋爲燕子啣去，恰落於都梁處。其後飛雲因避亂與家人散失，爲父執賈南仲所收容而認爲義女，適都梁亦在南仲的幕中，旋得南仲的主持，二人乃結爲婚姻。行雲亦於亂離中與飛雲母相遇，被認爲義女，後亦歸都梁。這是內容的梗概。此劇在當時頗負盛譽，扮演登場，歲無虛日，爲明末傳奇中的白眉。今舉其第十一齣寫箋中數節爲例：

〔步步嬌〕甚風兒吹得花零亂？你看雙蝶兒依稀見。撲面掠雲鬟，紅紫梢頭，恁般留戀。欲去又飛還，將粉鬚兒釘住裙汊線。

〔風馬兒〕瑣窗午夢線慵拈，心頭事，忒廉纖。晴簷鐵馬無風轉，被啄花小鳥弄得影珊珊。

〔鶯啼序〕似鶯啼恰恰到耳邊。那粉蝶酣香雙翅軟。入花叢若個兒郎，一般樣粉蝶兒衣香人面。若不是燕燕于歸，怎便沒分毫靦腆？難道是橫塘野合雙鴛？

〔貓兒墜〕飛飛燕子，雙尾貼妝鈿，啣去多情一片箋。香泥零落向誰邊？——天天莫不是玄鳥高媒，輻湊姻緣？

此外大鋮的春燈謎，亦係敘才子佳人的艷情故事，與燕子箋同爲享有令名的傑作。

○　○　○　○

明代傳奇的名著，已略如上述。現在我們要附帶在這裏講的，是傳奇所依據的南曲的變遷。雨村曲話中說：

明時雖有南曲，祇用絃索官腔。至嘉隆間，崐山有魏良輔者，乃漸改舊習，始備衆樂器，而劇場大成。至今遵之。所謂南曲，卽崐曲也。

崐曲自經過魏良輔等的倡導，流行於明之中葉以後，尤以明末清初，最爲盛行。其樂調低而緩，特別的顯示着溫雅高尚的趣味。然此種趣味只爲少數懂得樂律的智識階級所能欣賞，非大衆所能了解，故至清高宗乾隆以後，卽爲新興的較爲通俗化的二黃西皮戲所壓倒而衰落了。

第二十四章　明代的小說

傳奇與小說同爲明代的代表文學，小說尤爲一代文學的精華，這是我們研究明代文學不可不加以特別注意的。

在前面曾經說過，中國小說濫觴於兩晉南北朝，至唐代已有很精美的短篇小說，至兩宋則漸次產生較長篇的白話小說，這是明以前小說的大概。經過元代至明，則長篇鉅製的章回小說已誕生出來了。

小說本是以講故事爲主，初期的小說，却只能敍簡短的故事。逐漸進化，小說的技術漸漸高明了，漸漸能寫較複雜的故事了。到了明代，小說的發展已有一千多年的進化史，自然要臻於成熟的時期了，具有大才氣的小說家已經能夠融合許多故事，串爲一大組織，創作有系統有結構的大部頭小說了。今所傳明代的小說雖然種數不多，而多是名貴的大傑作，如號稱小說界四大奇書的水滸傳、三國志演義、西遊記與金瓶梅，實可列於世界名著之林而無愧色。

明代的長篇章回小說，依其描寫的性質，可以爲下列四類加以敘述：

(一)英雄小說　明代的英雄小說有粉粧樓、英烈傳、眞英烈傳、精忠全傳諸書，然皆平庸無奇，只有忠義水滸傳一書最爲傑出。

水滸傳是中國長篇章回小說最初的一部鉅製，所描寫的是宋元數百年中民間關於梁山泊英雄故事傳說的結晶。這部小說的原稿，相傳爲施耐菴或羅貫中作。施氏爲元末明初時的錢塘人，其生平不詳。相傳羅貫中爲其弟子。此書或係施耐菴的初稿而經過羅貫中的改定者。但羅稿亦頗簡略，僅敘宋江等梁山泊聚義故事及被招安後討方臘爲止。至明中葉嘉靖間，武定侯郭勳家中傳出一百回的繁本水滸傳，內容乃較爲豐富，幷於敘宋江等招安之後，征方臘之前，加入征遼一段。這個本子的作者署名爲天都外臣，疑卽作序的汪太函（太函名道昆，字伯玉，徽州人。）後來又有一百二十回本『新鐫李氏藏本忠義水滸全書』產生，於征遼之後，更增入征田虎王慶一段。此本實爲最完備的水滸傳，疑卽在卷首作小引的楚人楊定見所改作。至於今所流傳的沒有招安以後事的七十一回本水滸傳，乃淸人金人瑞刪節百二十回本以成者，這全是爲七十回以後的文筆，遠不如前半部，乃於梁山泊英雄大聚義之後，以一縹渺的惡夢結束之。金人瑞曾說：

天下之文章無出水滸右者！

前七十回的水滸眞是值得如此贊美的。特別是四十回以前，描寫那些在流離漂泊中的英雄，一個個都如生龍活虎，有聲有色。如魯智深大鬧五臺山，林敎頭風雪山神廟，汴梁城楊志賣刀，景陽岡武松打虎，都是些絕妙的文章。此外如中間插入的宋江與閻婆惜，西門慶與潘金蓮，裴如海與潘巧雲等的色情故事，文字也是很穠艷生動的。在中國文學史上，這實在是第一部壯美的英雄小說。

描寫的事實與水滸傳相連續的，有征四寇（亦稱後水滸）、水滸後傳（陳忱作）及蕩寇志（俞萬春作）等書，後二種爲淸人的作品，也有很好的描寫，但却遠不如七十一回本水滸傳的偉大了。

（二）歷史小說　明代的歷史小說以羅貫中作的三國志演義爲最大的傑作。貫中名本，字貫中（一說名貫，字本中），杭州人（又有說是東原、廬陵、武林諸地人者，未知孰是）。生於元末淸初。所著小說甚富，相傳他有十七史演義的巨著。今所傳他的作品尙有隋唐演義，北宋三遂平妖傳及粉粧樓諸種，而以三國志演義爲最負盛譽。其內容係根據於陳壽的三國志而雜以宋元時代所流傳的三國故事，以成此一部大規模的軍事政治小說。今所傳的一百二十回本，已非羅氏原稿，乃經過清人毛宗崗（字序始，茂苑人）所改定者。最近二百年來在一般社會流行的小說，當以此書的影響爲最巨。雖婦人孩子都能知道許多三國時的故事，皆此書爲之宣傳。其在通俗教育上的致力，實在是異常偉大的。可是，若單就文藝的立場來評判，則這部小說的文筆實沒有臻於完美的境界。因爲作者過於拘守歷史的事實，致結構不完善，想像創造的成分極稀少，只能算是一部通俗演義史。這部演義史多的是事實的趣味，缺乏的是藝術的價值。至於書中個性的描寫亦不高明，如寫賢德的劉備竟如一個僞君子；寫忠貞的諸葛亮則似一個策士星相家；寫神武的關羽成爲一個驕慢憨魯的武夫；寫奸滑的曹操倒像一個天眞抗爽的英雄。這都不能不說是這部大著作中的缺點。其中描寫最好的，當以劉備三顧茅廬，曹操與孫劉赤壁之戰，關羽敗走麥城等幾大段爲最傑出的文字。

此外的歷史小說，尚有開闢演義、西周演義、東周列國志、西周志四友傳、隋唐演義、殘唐五代演義、北宋志傳、南宋志傳等書，皆是模擬三國志演義的作品，然其文筆則又在三國志演義之下了。

（三）神魔小說　神魔鬼怪的故事，自南北朝以來，民間已有很多的傳說，宋元間已有好些寫神鬼怪異的短篇小說和雜劇，至明代遂有偉大結構的神魔小說出現。最初有羅貫中的平妖傳，其次又有吳元泰的上洞八仙傳，余象斗的五顯靈光大帝華光天王傳及北方眞武玄天上帝出身志傳，楊志和的西遊記傳（以上四書亦合稱四遊記），至明之中葉（嘉靖萬曆間），神魔小說的偉著西遊記乃應運而產生。

西遊記共一百回，吳承恩作（舊誤傳爲邱處機作）。承恩字汝忠，號射陽山人。嘉靖甲辰歲貢生，曾官長興縣丞，能詩工書。因家貧無子，死後遺稿多散失，僅有射陽存稿與西遊記傳於世。西遊記是一部保存着中國許多神話的奇書，其內容雖是根據於唐三藏取經詩話、唐三藏西天取經（元吳昌齡雜劇）及西遊記傳等舊有的材料，但是作者憑着他天縱之才，把許多材料很適合地組織起來，又加上許多新的想像創造成分，用一枝生花妙筆，把那許多唐三藏孫行者等西行取經，歷過八十一難的神怪故事，竟寫成一部極有藝術意味的大著作。於此，我們眞不能不欽崇這位偉大的神話小說家。這部小說的內容雖專講神魔佛法，却也沒有什麼精微的深意，不是宣傳什麼宗教的道理，作者只以奇思幻想來做詼諧有趣的小說，故能成爲一部三百年來極受一般社會歡迎的大傑作。

封神演義亦神魔小說中的著名者，相傳爲一名宿所作，惜不知其姓名。凡一百回。內容係叙周武王伐紂事，而雜以許多奇幻的仙佛鬥法，各顯神通。結果紂王失敗自焚，武王做了皇帝，姜尚受命封諸戰死者爲神以結局。此書的結構與文筆，均不如西遊記之佳，只以事實的奇幻出色。

此外明代的神魔小說，尚有三寶太監西洋記通俗演義及西遊補等書。西遊補乃烏程董說(字若雨，法名南潛)所撰，篇幅雖只十六回，然構思甚奇，文字亦美，實爲明代小說中的雋品。

(四)艷情小說　完全不講神魔鬼怪，專寫人事的艷情小說，亦至明代而發達。最著者當推金瓶梅。

金瓶梅的作者，相傳爲當代的文豪王世貞或其門人，作以駡嚴世蕃者。這雖未可深信，但作者却實是一位具有文藝天才的文人。他立意做這部小說以諷刺當世士紳階級的腐穢，故將姓名隱去。全書凡一百回。內容係取水滸傳中西門慶與潘金蓮的艷史爲線索，以繁衍成書。所叙皆淫夫蕩婦之所爲，因此世人亦有目爲『天下第一淫書』者。然其文筆暢達，描寫尖刻，曲盡人情的纖微機巧，實爲一部最能寫實的社會小說，故亦得列於說部名著之林。

此外續金瓶梅者，尚有玉嬌李(此書今佚)，續金瓶梅及隔簾花影等書。皆好言淫褻鄙陋之事，而附以因果報應之說，文藝的趣味甚少。以其誨淫(?)故，至今皆列爲『禁書』。

明代的艶情小說，亦有不涉淫穢，而專叙情場的悲歡離合者，如好逑傳（一名俠義風月傳）、玉嬌梨（一名雙美奇緣）及平山冷燕等書，所講的都是些才子佳人的艶情故事，結局總是一幕大團圓的喜劇，千篇一律，讀之生厭。明代的小說，要以這一類的言情創作爲下品。

○　○　○　○

以上所講的完全是長篇小說，至於短篇小說，在明代也是很有成績可觀的。當代著名的短篇小說彙集，有馮夢龍（字猶龍，號墨憨齋，吳縣人）輯的喻世明言、警世通言及醒世恆言；又有即空觀主人輯的拍案驚奇及二刻拍案驚奇。這五部小說彙集，保存着宋元以來的故事傳說不少。今所流行抱甕道人選輯的今古奇觀，卽是從這些彙集上精選出來的。共選小說四十種，彙爲四十卷。裏面有很多是精美的短篇小說，如杜十娘怒沈百寶箱、賣油郎獨占花魁、蔣興哥重會珍珠衫、喬太守亂點鴛鴦譜等篇，都是極膾炙人口的作品。此外又有今古奇聞及續今古奇聞等集，則是淸人的續選，所輯作品的價値也要較今古奇觀次一等了。

第九編　清代文學

第二十五章　清代的正統文學

清代是文化學術極盛的時代，文學的成績也斐然可觀。這是因爲在清代三百年中，有很長期的太平治安時期，出了好幾個愛好文學的帝王，如康熙、乾隆等，皆極力提倡文學；加以教育因科舉的發達而日益普及；出版印刷事業日益精進；又有許多特設的文化機關從事大規模的編輯工作，印行了許多有名的類書及古籍；這些都是扶助文學發展的大原因。單就文學發展的數量一方面說，清代的文學者之衆，作品之繁，實爲以前任何朝代所遠不及。如果我們說明代是文學比較衰落的時期，則清代可以說是文學復興的時期。

清代的文學可以分爲兩大方面：第一方面是駢散文詩詞等貴族化的正統文學；第二方面是戲曲小說彈詞等通俗化的社會文學。這兩方面的文學是趨向各異，而作分道揚鑣的發展的。

○　○　○　○

清代駢散文詩詞等正統派的文學，在數量上是佔着清代文學的重要部分。這一派的文學思潮，始終傾向於復古 。我們現在可從駢文與散文兩方面來說明這時代文學復古思潮的概況。

請先從駢文說起：

自從魏晉南北朝，辭賦一類的美文特別發達，作文講究平仄韻律，於是駢偶的文章也跟着流行起來。但號稱『四六文』的駢體，則直至唐末李商隱溫庭筠等始正式確立。宋明是古文的世界，駢文異常衰落。至清代始造成駢文的中興時期。

清初的駢文作者，著名的有陳其年、吳綺及章藻功諸人 。但當時並沒有造成濃厚的駢氣。後此不久，駢文之所以異軍突起，猖獗一時，實由於一般漢學家極力倡導所致。因爲清代的漢學家在研究學術的主張上最反對宋明學者 ，故對於宋明學者所倡導的古文也極力反對。他們所提倡的是盛唐(唐玄宗時代)以前的駢偶文學。他們對於盛唐以後的文章，簡直看不起。自汪琬稱美陳其年之文曰：『唐以前所不敢知，自開寶以來，七百年無此等作矣。』即此可見清代的文家之如何珍視唐以前的文章，而輕視唐以後的文章了。因此駢文便盛與起來，風氣所及，不僅漢學家自以作駢文爲矜貴 ，即其他的文人也大做起駢文來了。乾嘉之際，首出的駢文家有胡天游。繼之者有邵齊燾、袁枚、吳錫麒、洪亮吉、孫星衍、孔廣森、劉星煒、曾燠等，號稱八大家。洪亮吉爲諸家中的最著者，他是一位極端的駢文家，論經學的文章也用駢文。不過他們的駢文已不單只注意詞藻格律，而重視文章內容的思想與情感了。如孔廣森之論駢文作法說：『文以達意明事爲主，當開闔縱橫，一與散文同。』又如曾燠之言曰：『古文喪眞，反遜駢體；駢體脫俗，卽是古文。』這簡直是要拿內容豐富的駢文來奪取散文的地盤了。到了汪中，則逕把駢文移植於散文裏面，使散文亦駢文化了。到後來阮元阮福父子起來，則更力主南北朝『文』與『筆』分立之說，認定『沈思翰藻』（文選序語）的駢文，始足稱文學。至屬於『筆』一類的散文，他們不承認其爲文學。這完全是唯美主義的文學論了。

以上是說明清代駢文的思潮及其主張，至言其作品，則浙人譚獻嘗列舉駢文的代表作如下：『紀昀四庫全書進呈表、胡天游一統志表、禹陵銘、胡浚論桑植土官書、陸繁弨吳山伍員廟碑文、吳兆騫孫赤崖詩序、袁枚與蔣苕生書、汪中自敘、琴臺之銘、孔廣森戴氏遺書序、阮元葉氏廬墓詩文序、張惠言黃山賦、七十家賦鈔序、孫星衍防護昭陵之碑文、樂鈞廣儉不至說，此十五篇者，皆不媿八代高文，唐以後所不能爲也。』當然，清代駢文之可觀者尙不止此。但最傑出者則爲汪中。汪氏天才卓越，所爲文多情感肆溢，文思清麗，實爲清代駢文中的冠冕。王念孫述學序稱贊他說：『至其爲文，則合漢、魏、晉、宋作者，而鑄成一家之言，淵雅醇茂，無意摹放而神與之合，蓋宋以後無此作手矣。』汪中以後，繼起的著名作者有劉開、梅曾亮、董基誠、董祐誠、方履籛、傅桐、周壽昌、趙銘、王闓運、李慈銘等十大家。他們的作風皆不外以兩漢、魏、晉、南北朝及初唐爲宗。但多嫌才力薄弱，又限於格律，視汪氏則遠不逮了。

清代的散文是完全與駢文站在對抗的地位，而作另一方向的復古運動。其復古的目標是以唐宋的古文爲旨歸。本來，在清初的文章家，如侯方域、魏禧、汪琬、姜宸英輩，卽皆以能古文負盛名。但不久因駢文盛行，把古文運動壓倒了。至桐城方苞氏起，乃大倡古文義法，以鼓勵當代文壇。他解釋『義法』之言曰：『義卽易之所謂言有物也，法卽易之所謂言有序也。義以爲經，而法緯之，然後爲成體之文。』（書史記貨殖傳後）同時，他又製定幾條限制作古文的條例如下：

一、不可入語錄中語；

二、不可入魏晉六朝人藻麗俳語；

三、不可入漢賦中板重字法；

四、不可入詩歌中雋語；

五、不可入南北史佻巧語。

方氏古文的旗幟既大張，一唱百和，風靡一時。其同鄉劉大魁、姚鼐繼起而闡其說，古文之道乃大昌。姚鼐自序其所編古文辭類纂說：『凡文之體類十三，而所以為文者八：曰神、理、氣、味、格、律、聲、色。神理氣味者，文之精也；格律聲色者，文之粗也。然苟舍其粗，則精者亦胡以寓焉？學者之於古人，必始而寓其粗；中而寓其精；終而御其精者，而遺其粗者。文士之效法古人，莫善於退之，盡變古人形貌，雖有摹擬，不可得而尋其跡也。』姚氏為文，蓋近法歸有光方苞，而追擬韓愈為不祧之宗。歷城周永年為之語曰：『天下之文章，其在桐城乎！』由是學者多歸嚮桐城，而『桐城派』的文號乃起。姚鼐晚年主鍾山書院講席，為一代之文宗。其著名弟子有管同、梅曾亮、方東樹、姚瑩等，各以所學於姚氏者傳授徒友，而桐城派之文徒遂日繁。繼其後者又有大文章家曾國藩及其名弟子張裕釗、吳汝綸、黎庶昌、薛福成等為之發揚，於是桐城派的古文乃延至清末而不衰。不僅當時惲敬張惠言等所倡的『陽湖派』古文，不足與桐城派抗衡；即在乾嘉之際猖獗一時的駢文，也竟為桐城派古文所壓倒了，曾國藩在其復陳右銘書有一段話論到桐城派文章的戒律，說得很好：

大抵剽竊前言，句摹字擬，是爲戒律之首。稱人之善，依於庸德，不宜褒揚溢量，動稱奇行異徵，鄰於小說誕妄者之所爲。貶人之惡，又加慎焉。一篇之內，端緒不宜繁多。譬如萬山旁薄，必有主峯；龍袞九章，但挈一領。否則首尾橫決，陳義蕪雜，滋多戒也。識度曾不異人，或乃競爲僻字澀句，以駭庸俗，斲自然之元氣，斯又才士之所同蔽，戒律之所必嚴。明茲數者，持守勿失，然後下筆造次，皆有法度，乃可專精以理吾之氣。

由此可知所謂桐城文者，實是一種具有條理，規律森嚴的散文，其好處是簡樸清淡，平易通順，便於閱讀。其缺點則在格律義法的限制太嚴，最束縛作者才思的發展。故一般號稱桐城派的小黨徒，抱着一塊『桐城義法』的空招牌，只知玩弄一點古文的波瀾意度，只能做內容空疏與形式拘束的文章，其末流之弊乃至不堪設想。故十年前的文學界發出激烈的打倒『桐城謬種』的口號。

平心而論，清代的駢散文雖一方面都在復古，但一方面也未嘗沒有創新。有人說清代的駢散文復古運動，都是復古的革新運動。這個話是不錯的。試問：我們能夠指出清代的那一位作家，那一篇作品，完全是古代古人的作風？我們只不過是嫌清代文章創新的氣分太少了，進化的速度太慢了。並且因爲文章復古空氣的迷漫，影響到當代的詩詞，也深受着復古思潮的激盪而大開倒車，不能走向一條新的解放的路，實在是清代文學很大的不幸。

○　○　○　○

現在，我們可以講到清代的詩和詞。

清代的詩壇，我們似不能指出牠有何種一致的風氣，並不如文壇一樣可以分爲明顯的幾派。我們只看見許多各自爲政的詩人在努力作詩，各不相師，各人走向各人的路，完全不染明代什麼公安派、竟陵派的惡劣風氣。這一點是很可以珍貴的。不過，清代的詩實有一個共同的大毛病，就是喜歡雕琢刻畫。每一個詩人都喜歡在詩的形式格律上賣弄他們的才華，這可以說是一種時代的流行病。

清初的詩人，最著者有錢謙益和吳偉業。錢謙益字受之，號牧齋，常熟人。他以明臣降清，頗爲士林所輕視。然其文章著作在當時實站着第一流的地位。其詩以沈鬱藻麗勝，論者有謂爲清初第一人。吳偉業字駿公，號梅村，太倉人。他少年時的作品，異常華艷風流，迨遭遇喪亂，閱歷興亡，作風一變爲激越蒼勁。其所作長歌行，宗法白居易，極負當代盛譽。圓圓一曲尤稱一時絕唱。稍後於錢吳之詩家有『南施北宋』。南施是施閏章，所作有南國溫柔之風；北宋　宋琬，所作具北地剛健之氣。施宋以後，則號稱一代詩宗的王士禎乃出而領袖詩壇。

王士禎字貽上，號阮亭，自稱漁洋山人。山東新城人。仕至刑部尚書。（一六三四——一七一一）他鑑於當代的詩人多模仿着宋詩的質直無文，乃力主詩的『神韻』說，倡爲『不着一字，盡得風流』之言。此蓋推尊興會神到之作，而以意在言表爲工也。他這種新穎的詩論，曾傾動一時。其詩長於近體，論者稱其旖旎風華，含情綿渺。但過於修辭，喜用僻事奇字，亦是大病。如其轟動一時的秋柳詩，即盡是堆砌典故，毫無足觀。七絕爲其特所擅長，頗多佳作：

送胡耑孩赴長江

青草湖邊秋水長，黃陵廟口暮煙蒼。布帆安穩西風裏，一路看山到岳陽。

寄陳伯璣金陵

東風作意吹楊柳，綠到垂楊第幾橋？欲折一枝寄相憶，隔江殘笛雨蕭蕭！

眞州絕句

曉上高樓最上層，去帆婀娜意難勝！白沙亭下潮千尺，直送離心到秣陵。

夜雨題寒山寺寄西樵禮吉

日暮東塘正落潮，孤篷泊處雨蕭蕭。疎鐘夜火寒山寺，記過吳楓第幾橋？

與王士禎的『神韻』詩風站在對抗地位的詩家，有趙執信、沈德潛及袁枚諸人。趙執信主『聲調』說，專門從事于古詩聲調的發揮與模擬。沈德潛主『格調』說，其言云：『詩貴性情，亦須論法。亂雜而無法，非詩也。』又說：『詩以聲爲用者也，其微妙在抑揚抗墜之間。』袁枚則力反沈說，其作詩一以『性靈』爲主。他有幾段論詩的話說得極好：『詩者各人之性情耳，與唐宋無與也。若拘拘焉持唐宋以相敵，是已之胸中有已亡之國號，而無自得之性情，于詩之本旨已失矣。』又說：『今之詩流有三病焉。其一，塡書塞典，滿紙死氣，自矜淹博；其一，全無蘊藉，矢口而道，自夸眞率。近又有講聲調，而圈平點仄以爲譜者。……必欲繁其例，狹其徑，苛其條規，桎梏其性靈，使無生人之樂，不已傎乎？』這簡直把『神韻』、『聲調』及『格調』諸說，完全抹煞了。

當時的詩壇有所謂『江左三大家』者，卽袁枚，蔣士銓及趙翼。他們都是乾隆時代負盛名的詩人。袁枚字子才，號簡齋，錢塘人。世稱爲隨園先生。（一七一六——一七九七）爲人佚蕩不拘，風流自賞。他的詩淸靈雋妙，傾動當時。但其弊不免流於輕淺浮滑。隴上作爲其代表作：

憶昔童孫小，曾蒙大母憐。勝衣先取抱，弱冠尚同眠。髻影紅燈下，書聲白髮前。倚嬌頻索果，逃學免施鞭。敬奉先生饌，親裝稚子棉。掌珠眞護惜，軒鶴望騰騫。行樂常扶背，看花屢撫肩。親鄰驚寵極，姊妹妬恩偏。玉陛臚傳夕，秋風榜發天。望兒終有日，道我見無年。渺渺言猶在，悠悠歲幾遷。果然宮錦服，來拜墓門烟。反哺心雖急，含飴夢已捐。恩難酬白骨，淚可到黃泉。宿草翻殘照，秋山泣杜鵑。今宵華表月，莫向隴頭圓。

蔣士銓字心餘，一字苕生，號清容，鉛山人。（一七二五——一七八一）他是清代一個有名的戲曲家（詳下章）。他的詩以七古爲最勝。論者稱其作風『蒼蒼莽莽，不主故常』，『信足配山谷而追杜陵。』實則這位詩人的造詣並不如是之崇高，雖說在清代壇詩中自有矜貴的地位。這裏且舉他一首低徊傷感的落葉詩爲例：

古道無人拾墮樵，啼烏來往獨魂銷。一林冷月露山寺，十里清霜生板橋。舊事幾添搖落感，離情不記短長條。高樓試奏哀蟬曲，滿耳秋風咽玉簫！

趙翼字雲松，號甌北，陽湖人。（一七二六——一八一三）他作詩自由放肆，富於思理，其論詩數首最有文學見地。我們雖也有點嫌他的詩太多議論，但他總是以詼諧風趣的態度出之，却也不討厭。茲舉他幾首得意的絕句為例：

野步

峭寒催換木棉裘，倚杖郊原作近遊。最是秋風管閑事，紅他楓葉白人頭。

曉起

茅店荒雞叫可憎，起來半醒半懵騰。分明一段勞人畫，馬嚙殘芻鼠瞰燈。

漫興

絕頂樓臺人倦後，滿堂袍笏戲闌時。與君醉眼從旁看，漏盡鐘鳴最可思。

乾嘉之際，詩壇最盛。有所謂『吳中七子』者為王鳴盛、王昶、錢大昕、曹仁虎、黃文運、趙文哲、吳泰來諸人；又有所謂『嶺南四家』者為黎簡、張錦芳、黃丹書，呂堅諸人；又有所謂『三君』者為舒位，王曇，孫源湘諸人。此外尚有不列派系的詩人極繁。但其詩多不足稱者。只有一位黃景仁可以說是這時期詩壇裏面的健將。

黃景仁字仲則，一字漢鏞，武進人。以諸生議叙縣丞，未及選而卒。年僅三十五。（一七四九——一七八三）其生平遭遇多不幸，蓋一窮愁詩人也。他的詩與洪亮吉齊名，但洪亮吉詩的造詣實遠不及他。他的一部兩當軒詩集實可領袖清代詩壇。所作多雄肆悲壯，追擬李白；而淒涼哀怨，較李詩尤爲感人。例如：

短歌別華峯

前年送我吳陵道，三山潮落吳楓老。今年送我黃山遊，春江花月征人愁。啼鵑聲聲喚春去，離心催掛天邊樹。垂楊密密拂行裝，芳草萋萋礙行路。嗟予作客無已時，波聲拍枕長相思。雞聲喔喔風雨晦，此恨別久君自知。

途中遘病頗劇愴然作詩

搖曳身隨百丈牽，短檠孤照病無眠。去家已過三千里，墮地今將二十年。事有難言天似海，魂應盡化月如烟。調糜量水人誰在？况值傾囊無一錢。

清詞麗句，讀之令人無限悽愴。洪亮吉謂其詩爲『秋蟲咽露，病鶴舞風』，信寫眞之言也。

清代中葉以後，一般漢學家駢文家及古文家，多不以詩著名；而那些專力於詩者，其詩又多不足觀。雖然在此時發生像唐代天寶之亂的太平天國之亂，也絲毫不能搖動當時毫無生氣的落寞詩壇。較爲可觀的詩人只有鄭珍、金和，黃遵憲等寥寥的幾個。鄭珍字子尹，貴州遵義人。（一八一八——一八八五）著秋蟪吟館詩鈔。黃遵憲字公度，嘉應州人。（一八四八——一九〇五）著人境廬詩草。這幾部詩集要算是點綴着清詩最後的光榮。至於王闓運、陳衍、陳山立、鄭孝胥等一般詩人，則只知以模擬古人爲貴，對於詩無甚珍貴的貢獻了。

（一八〇六——一八六四）著巢經巢詩鈔。金和字亞匏，上元人。

〇　〇　〇　〇

說到詞：清詞在詞史上實被稱爲詞的復興時期。就詞的發達一點說，兩宋尙無此盛。不過詞的時代早已過去了，清詞的發展只是量的擴張了。

最初的清詞還是繼續明代的詞風，尊奉花間草堂爲作詞的聖經。至朱彝尊改宗南宋，作風始變，後來便造成所謂『浙派』的詞。說起來，浙派詞的首倡還要算曹溶。他看着清初人詞，多以明人爲法，痛心詞學失傳，乃搜集遺集，崇爾雅，斥淫哇。至朱彝尊力倡其說，便形成後來『浙西塡詞者，家白石而戶玉田』的風氣。

朱彝尊字錫鬯，號竹垞，秀水人。（一六二九——一七〇九）康熙十八年以布衣召試鴻博，除翰林苑檢討。晚年鄉居，自號小長蘆釣師。著作甚富。詞有江湖載酒集三卷、靜志居琴趣一卷、茶烟閣體物集二卷、蕃錦集一卷。中以靜志居琴趣詞，能自出機杼，描寫艷情，價值最大。不過，他的詞可有一個大毛病，就是專門模擬張炎。看他的題詞：

十年磨劍，五陵結客，把平生涕淚都飄盡。老去塡詞，一半是空中傳恨。幾曾圍燕釵蟬鬢！　不師秦七，不師黃九，倚新聲玉田差近。落拓江湖，且分付歌筵紅粉。料封侯，白頭無分。（解珮令，自題詞集）

朱彝尊本是天才最高的才人，但爲姜張一派所陷，不能自拔，實在可惜。同時屬於浙派的詞人，有李良年、沈皥日、李符、沈岸登、龔翔麟諸家，其後又有厲鶚、郭麐、王策、項鴻祚等。浙派詞至厲鶚而最盛。鶚字太鴻，錢塘人。乾隆元年薦舉鴻博。有樊榭山房詞二卷、續集二卷。他的詞要算浙派中的白眉，最爲世所稱道。項鴻祚字蓮生，錢塘人。有憶雲詞甲乙丙丁稿。亦爲浙派中之健將。都可惜陷溺於南宋姜張一派太深，雖有富麗的才華，不能作充分的開展，故造詣不甚崇高。此外，浙派更無值得稱道的詞人了。

我們上面說了許多關於浙派的話，而忽略了其他方面的詞。其實，自清初至乾嘉時期，最值得讚許的並不是浙派詞，而是浙派以外，自具風格的詞人。清初如吳偉業與王士禎，都是以詩人兼詞人。吳有梅村詞，王有衍波詞，皆以清新雋美的小詞名於世。隨後則產生幾個偉大的詞的專家，如納蘭德性、陳維崧及女詞人吳藻。

納蘭性德是清代第一大詞人。原名成德，字容若。其祖先原居葉赫地。他十七歲補諸生貢入大學，授三等侍衛，旋進一等侍衛。年少才華，頗得清帝之隆遇。可惜天不予年，死只三十一歲。（一六五五——一六八五）所作有飲水詞與側帽詞。其風格平易清新，描寫能深入淺出，遠非浙派諸古典詞人可比。

憶江南

昏鴉盡，小立恨因誰？急雪乍翻香閣絮，輕風吹到膽瓶梅。心字已成灰！

采桑子

而今才道當時錯，心緒淒迷，紅淚偷垂，滿眼春風百事非。　情知別後來無計強說歡期。一別如斯，落盡梨花月又西。

納蘭性德眞是一位天生的殉情的才人，其詞最多傷感之作。陳維崧稱其詞：『哀感頑艷，深得南唐二主之遺。』這是說得不錯的，納蘭性德的個性與作品都和李後主相伯仲。他的小詞在清代是無足與抗衡的。

陳維崧字其年，宜興人。康熙十八年舉鴻博，授檢討。（一六二五——一六八二）著迦陵詞三十卷之多。他的詞與朱彝尊齊名而風格不同。其特色是波瀾壯闊，氣象萬千，具有蘇辛的豪壯精神。但其缺點則不免於粗率。

吳藻字蘋香，仁和人。嫁與同邑黃某爲室。晚年寡居，生涯淒苦。著有花簾詞與香南雪北詞。其小詞最多雋美清麗之作，例如如夢令：

燕子未隨春去，飛到繡簾深處。軟語話多時，莫是要和儂住？延佇，延佇，含笑回他不許！

她是道光年間的作家，當時詞譽遍大江南北，爲清代女詞家中第一人。

此外如曹貞吉有珂雪詞、吳綺有藝香詞、顧貞觀有彈指詞、彭孫遹有延露詞，皆不囿於一派，而稱大家。

乾嘉道光時代，詞人濟濟。然考其作品，都屬平庸。浙派則陷溺愈深，其弊益甚。武進張惠言張琦兄弟起而力矯其風，宗尙北宋，一時從之，於是又造成所謂『常州派』的詞。張惠言字皋文。(一七六一——一八〇二)著有茗柯詞及詞選。其詞以深美閎約爲旨。尊周邦彥而薄姜夔張炎。嘉慶以後詞人，皆從此風。至周濟力主張惠言之說表而出之，常州派詞乃益盛，支配了嘉慶道光以後整個的詞壇。周濟字保緒，一字介存，號止庵，荊溪人。有止庵詞、詞辨及論詞雜著。大抵張惠言周濟一般人，對於詞的研究是很深的，詞的見地也往往很高。但創作的才氣不大，所作詞大都失之凡庸，故譚廷獻稱之爲『學人之詞』。

當常州派詞盛行的時候，比較値得我們注意的詞人有蔣春霖。字鹿潭，江陰人。這是一位富有才氣，常州派所不能牢籠的作者。所著水雲樓詞，能自立境界，頗多清新之作。論者稱之爲『詞史』。

此外的詞人，如周之琦有金梁夢月詞，莊棫有蒿庵詞，戈載則著翠薇花館詞至三十九卷之多，但均無足取。

到了清末，詞益疲敝。如譚廷獻、王鵬運、況周頤、鄭文焯、朱祖謀等人的詞，除了模擬以外，別無成績可言。可以說都是些古董貨。大概清代人的詞不是古董的很少。他們都不厭煩地去講究『詞法』和『詞律』，各立『詞派』，以競模古人爲能事。除了兩三個天才作家外，大多數的作者都拚命去做模擬的詞匠。清詞便因此歿落了。

其實、不僅清詞如此，清代的駢散文詩歌等正統派的文學之所以沒有特殊的成績可言，又何嘗不是因爲陷溺在模擬的圈套裏面呢。

第二十六章　清代的戲曲

清代戲曲的發展，仍然是沿襲着明代的風氣，偏在傳奇一方面。特別是康熙至乾隆一百多年之間，是傳奇的全盛時期。作者與作品的繁衍，幾乎可壓倒明代。蓋在當時，傳奇所依據的南曲，卽崑曲，猶甚爲流行；加以傳奇是戲曲裏面範圍最廣大的一種體製，可以容納複雜的劇情，最適宜於劇場的扮演。故在清代的前半期，傳奇藉着樂曲與扮演上的需要，能備極一時之盛。若雜劇和散套則衰落下去了。

清代的傳奇作家，有作品傳世者甚多，其最負盛名者則當推李漁、孔尙任、洪昇及蔣士銓四大家。

李漁字笠翁，蘭溪人。康熙時流寓金陵。爲人善滑稽，喜作狹邪遊。時稱李十郎。他能作唐人式的小說，長於作文學批評，然這些都是他的末技，他的拿手戲是在傳奇的寫作。所作除萬年歡、偷甲記、四元記、雙錘記、魚籃記、萬全記等六種不甚流傳外，最著名的有憐香伴、風箏誤、意中緣、蜃中樓、凰求鳳、奈何天、比目魚、愼鸞交、巧團圓、玉搔頭，號稱十種曲。一般文人對於李漁的曲文的批評，往往譏嘲其太俗。實則只有李漁的曲本始是最適宜於扮演的，最適合於觀衆的心理要求的。他的文字並不是不能高雅，如風箏誤第二十六齣中的搗練子詞：『長夏靜，小庭空，扇小羅輕却受風。一枕早涼初睡起，簟痕猶印海棠紅。』這樣的句子也是很美的。不過他的作品最不喜歡抄襲古人的文章，他在比目魚十九齣的餘文說得好：『文章變，耳目新，要竊附雅人高韻，怕的是抄襲從來舊套文。』因此他作傳奇，致其全力於創造的方面。所作各曲的情節多新奇不合常態者。如憐香伴的寫女子同性愛，意中緣的講到男子同性愛，凰求鳳的寫女子追求男子，比目魚的戲中做戲，都是超乎俗意凡想的。他的文字通俗易解，詼諧尖新，能暢所欲言。這實是別的戲曲家所不能企及的。至於其曲本結構的緊湊，排場的熱鬧，處處均能顧及排演上的適宜，尤其是李漁所作傳奇的獨具的特色。

北水仙子（比目魚第三十二齣）

怪無端，履禍危；怪無端，履禍危，這的是福並神仙來瞰鬼。去去去，避淸風，躲明月，辭樂事，懺悔前非；減減減，減淡飯，撤粗衣；破破破，破箬笠，僅俺頭皮；釣釣釣，釣魚竿，少向路邊垂；怕怕怕，怕閑人尾入桃源地；另另另，另選個僻靜漁磯。

孔尙任字季重，號東塘，又號雲亭山人，曲阜人。康熙間官至戶部員外郎。博學有文名，著作甚富，有岸塘文集、湖海詩集、會心錄、闕里新志等，但均不足以名孔尙任。他最得意而負盛名的傑作，只是一部桃花扇傳奇。全劇共四十二齣，以南京爲背景，以名士侯方域與名妓李香君的故事做全劇的線索，而注重在抒寫明末亡國的慘痛。此蓋根據侯方域的李姬傳、癸未去金陵日與阮光祿書、答田中丞書、與寧南侯書等文而作之寫實的曲本也。中敘姦邪誤國，忠臣殉難，極爲動人。尤以最末一齣餘韻把幾個遺老扮作漁翁樵夫，哀歌故都的蕭條頹敗，以作這篇悲劇的收場，描寫至爲哀艷動情。茲節錄最後一段爲例：

〔淨〕不瞞二位說：我三年沒到南京，忽然高興進城賣柴，路過孝陵，見那寶城高殿，成了芻牧之場。

〔丑〕呵呀呀！那皇城如何？

〔淨〕那皇城牆倒宮塌，滿地蒿萊了。

〔副末掩泣介〕不料光景至此！

〔淨〕俺又一直走到秦淮，立了半晌，竟沒個人影兒。

〔丑〕那長橋舊院是俺們熟遊之地，你也該去瞧瞧

〔淨〕怎沒瞧！長橋已無一片，舊院剩了一堆瓦礫。

〔丑搥胸介〕咳！拋死俺也。

〔淨〕那時疾忙回首，一路傷心，編成一套北曲，名爲哀江南，待我唱來。〔敲板唱弋陽腔介〕俺樵夫呵！

哀江南

〔北新水令〕山松野草帶花挑，猛抬頭秣陵重到。殘軍留廢壘，瘦馬臥空壕。村郭蕭條，城對着夕陽道。

〔駐馬聽〕野火頻燒，護墓長楸多半焦。田羊羣跑，守陵阿監幾時逃？鴿翎蝠糞滿堂拋，枯枝敗葉當街罩，誰祭掃？牧兒打碎龍碑帽。

〔沉醉東風〕橫白玉八根柱倒，墮紅泥半堵牆高。碎玻璃瓦片多，爛翡翠軒窗欞少。舞丹墀燕雀常朝，直入宮門一路蒿。住幾個乞兒餓莩。

〔折桂令〕問秦淮舊日窗寮，破紙迎風，壞檻當潮。目斷魂消。當年粉黛，何處笙簫？罷燈船，端陽不鬧；收酒旗，重九無聊。白鳥飄飄，綠水滔滔。嫩黃花有些蝶

飛，新紅葉無個人瞧。

[沽美酒]你記得跨青谿半里橋？舊紅板沒一條。秋水長天人過少。冷清清的落照，剩一樹柳彎腰。

[太平令]行到那舊院門，何用輕敲？也不怕小犬哰哰。無非是枯井頹巢，不過些磚苔砌草。手種的花條柳梢，盡意兒採樵。這黑灰是誰家廚竈？

[離亭宴最歇犯煞]俺曾見金陵玉殿鶯啼曉，秦淮水榭花開早，誰知容易冰消？眼看他起朱樓，眼看他讌賓客，眼看他樓塌了！這青苔碧瓦堆，俺曾睡風流覺。將五十年興亡看飽。那烏衣巷不姓王，莫愁湖鬼夜哭，鳳凰臺棲梟鳥。殘山夢最眞，舊境丟難掉。不信這輿圖換稿。謅一套哀江南，放悲聲唱到老。

桃花扇本是寫亡國哀感的一部歷史劇，這事件已經夠動人了；加上作者那枝生花的妙筆，寫得超凡的悽愴頑艷；最後又加上這一大段觸目愴傷，帶血連淚傾吐出來的感慨，眞是悲歌當哭，哀感無窮。便把這部傳奇做成了文學史上不朽的悲劇名著。在清代的戲曲裏面，這不用懷疑的是第一部傑作。

洪昇字昉思，號稗畦，錢塘人。康熙時爲上舍生。一生坎坷不得意，後墮水死。他善爲樂府，名滿京師。所著長生殿與孔尚任的桃花扇是號稱清代戲曲中的雙璧的。相傳他在國忌日導演此劇，被革斥。然長生殿却因此益負盛名。全劇共五十齣，係根據唐白居易的長恨歌及陳鴻的長恨歌傳，寫唐玄宗與楊貴妃的故事。其文字之明艷，亦堪與桃花扇相伯仲。特別是後半部寫楊貴妃的死後，用極其神韻飄渺的筆，表出極眞摯悱惻的戀情。其藝術上的造詣實遠在白樸的梧桐雨之上。例如第三十七齣的尸解：

〔梁州令〕風前蕩漾影難留　，歎前路誰投？死生離別兩悠悠。人不見，情未了，恨無休！

〔二犯漁家傲〕躊躕，往日風流。記盒釵初賜，種下這恩深厚，癡情共守。又誰知慘禍分離驟。——並沒有人登畫樓，並沒有花開並頭，並沒有奏新謳；端的有荒涼，滿目生愁。悽然，不由人淚流！……

〔二犯傾盃序〕凝眸，一片清秋。望不見寒雲遠樹峨眉秀。苦憶蒙塵，影孤體倦，病馬嚴霜，萬里橋頭。知他健否？縱然無恙，料也爲咱消瘦。……

〔錦纏道犯〕謾回首。夢中緣，花飛水流。只一點故情留，似春蠶到死，尚把絲抽。劍門關，離宮自愁；馬嵬坡，夜臺空守。想一樣恨悠悠。幾時得金釵鈿盒完前好，七夕盟香續斷頭？

長生殿裏面最有氣力有刺激性的描寫，我以爲要算第三十八齣彈詞。那中間唱的許多段都很好，尤爲精采的是寫馬嵬坡兵變的那一段：

〔六轉〕恰正好嘔嘔啞啞霓裳歌舞，不提防撲撲突突漁陽戰鼓；劃地裏出出律律紛紛攘攘奏邊書，急得箇上上下下都無措。早則是喧喧嗾嗾驚驚遽遽倉倉卒卒挨挨拶拶出延秋西路，鑾輿後攜着個嬌嬌滴滴貴妃同去。又只見密密匝匝的兵，惡惡狠狠的語，鬧鬧炒炒轟轟剨剨四下喳呼，生逼散恩恩愛愛疼疼熱熱帝王夫婦。霎時間畫就了這一幅慘慘悽悽絕代佳人絕命圖！

像這樣『大珠小珠落玉盤』的有刺激性的絕妙文章，在清代的詩詞裏面是絕對找不出來的。在戲曲裏面也是稀罕的創作。洪昇就是惟以長生殿成就他的文名的。他其餘的作品倘有迴文錦、迴龍院、錦繡圖、鬧高唐、節孝坊、舞霓裳、沈香亭諸曲本，但都不是珍貴的著作。

蔣士銓是清代一個很有名氣的詩人，已在前面講過。實則與其說他是詩人，倒不如說他是個戲曲家，因爲他在戲曲方面的成就比他所做詩的成績要崇高得多。所作曲本共十五種，其最有名的則爲一片石、空谷香、桂林霜、四絃秋、香祖樓、臨川夢、第二碑、雪中人、冬青樹九種，號稱藏園九種曲。空谷香是叙顧瓚園與其妾姚夢蘭由離而合的故事，香祖樓是叙仲約禮與其妾李若蘭由合而離的故事，四絃秋是演白居易的琵琶行，臨川夢是演湯顯祖的臨川四夢，冬青樹是寫宋末亡國的史事。這五種曲本是蔣氏最傑出的代表作。今舉四絃秋中的秋夢爲例：

〔霜天曉角〕空船自守，別恨年年有。最苦寒江似酒，將人醉過深秋。

〔小桃紅〕曾記得一江春水向東流，忽忽的傷春後也。我去來江邊，怎比他閨中少婦不知愁。纔眼底，又在心頭；捱不過夜潮生，暮帆收。雁聲來趁着蟲聲逗也；靠牙牆數遍更籌。難道我敎他，敎他去封侯。

〔黑麻令〕拋撇下青樓翠樓，便飄零江州外州，訴不盡新愁舊愁。做了個半老佳人，斷守定蘆洲荻洲，渾不是花柔柳柔。結果在漁舟釣舟，剩當時一面琵琶，斷送了紅粧白頭。

〔江神子〕我道是低迷燕子樓，却依然身落扁舟。爲此枕邊現出根由，聽孤城晝角咽江流。問誰向夢兒中最久？

〔尾聲〕少年情事堪尋究，「淚珠兒把闌干紅透。咳！不知他那幾擔的新茶可曾賣去否？

清代的戲曲作家之以傳奇著名者，除上述四大名角外，值得介紹的還有不少。李玉字玄玉，吳縣人。作曲三十二種。其所號稱『一、人、永、占』的一捧雪、人獸關、永團圓及占花魁四劇，論者謂可追步湯顯祖的『四夢』。楊潮觀字宏度，號笠湖，無錫人。著吟風閣短劇三十種。中以黃石婆授計逃關、快活山樵歌九轉、偷桃捉住東方朔、邯鄲郡錯嫁才人、汲長孺矯詔發倉五種描寫最佳。論者竟有謂楊氏的劇曲還在蔣士銓之上，其價值之高即此可想見一斑。萬樹字花農，號紅友，宜興人。他的傳奇有風流棒、空青石、念八翻、錦塵帆、十串珠、萬金甕、金神鳳及資齊鑑八種。黃憲清字韻珊，海鹽人。著倚晴樓七種曲，中以帝女花及桃谿雪二種為其代表作。此外如袁于令的西樓記、吳炳的情郵記、吳偉業的秣陵春、尤侗的鈞天樂、董榕的芝龕記，皆為當代著名的作品。其餘，還有許多劇作家及其作物的名目，因為太繁，則恕不一一為之敘列了。

○　○　○　○

傳奇的發展至乾隆時期為止，自此以後便很快的衰落了下去。其原因是由於傳奇所依據的崑曲，被新興的二黃西皮所壓倒了。傳奇本是一種歌劇，是藉着歌唱扮演而盛極一時的。今旣有新興的樂曲來演唱，流行起來了，舊的崑曲已被棄置了，則依據崑曲而製作的傳奇也自然因不適合於演唱的要求，而絕跡於劇壇。從此有才氣的文人都不熱心去做不景氣的傳奇了。所以在淸代的後半期，竟沒有產生一部有價値的傳奇正品。

二黃在最初只是一種牧歌式的歌唱，逐漸進化，乃變成一種時新的曲調。初盛行於湖北黃陂，漸而傳到湖南廣東廣西安徽等處，遂被稱爲湖廣調。後來湖廣調受了安徽調的影響，乃變成現在的二黃。由安徽流傳到北京，便變成了京二黃。這便是京戲所依據的樂曲。在最初湖廣調產生的時候，本無二黃與西皮之別。後因一部分的湖廣調受了徽調的影響，徽調中的『高撥子』腔只有二黃絃，便變成二黃；又一部分的湖廣調受了秦腔（又名梆子腔）的影響，秦腔只有西皮絃，便變成西皮。京戲的樂曲即以皮黃爲主腦。皮黃曲中所應用的腔調不止一種，牠能夠容納各種的腔調，兼容並包。此所以把不合時宜的崑曲打倒了。

淸代的後半期，傳奇雖然衰落下去，但依據皮黃曲調而製作的新興戲曲却勃然而興了。這些新興戲曲的作者大都不是文人，他們所用的文詞比傳奇要俚俗得多。雖不爲文人士大夫所激賞，却極爲一般民衆所歡迎。如果我們用藝術的眼光來審查這些新興的皮黃戲曲，其中文字結構惡劣的固然不少，但具有藝術價值的實有很多。如打魚殺家、珠砂痣、捉放曹、秦瓊賣馬、馬前潑水、擊鼓罵曹、武家坡、玉堂春、花田錯、竇蟾送酒一類的戲本都是極完善雋妙的作品。只可惜皮黃戲到現在又受了新輸進來的西洋藝術的排擠，又漸漸衰落下去了，現在又有新的歌舞劇和話劇起來與皮黃戲爭奪劇場的地盤了。純粹舊式的皮黃戲在不久的將來是一定要殁落的。

第二七章　清代的小說

長篇小說經過明代的發展，到了清代更是突飛猛進的發揚光大，乃造成長篇小說的黃金時代。這時，顯然的，小說的產額已愈見其多，比水滸傳和三國志演義的篇幅更浩繁的長篇大著作也繼續地生產。宋明的著名文人向來是不理會小說的，到了清代的開明的文人（如袁枚、紀昀等），也知道欣賞小說，並進而創作小說了。小說批評的專家（如金人瑞）也誕生了，竟有人敢說『天下之文章無出水滸右者』的駭人聽聞的話出來了。由此可知：小說的勢力已從民衆社會伸張到文人貴族社會裏來；通俗的白話文學不僅爲廣大的民衆所歡迎，亦漸次爲文人所認識其價值，而慢慢地來篡食正統派的古典貴族文學的地位了。

往下，我們分爲四類來講清代的長篇小說：

（一）言情小說　專講才子佳人的悲歡離合的言情小說，在清代頗爲流行。但最負盛名的傑作，則莫如一部紅樓夢。

紅樓夢一名石頭記，曹霑作。霑字雪芹，一字芹圃，鑲藍旗漢軍。生長南京。（一七一九——一七六四）祖與父均曾任江甯織造，豪於貲財。他的幼年就是嬌養在這樣的一個富貴豪華的家庭中。後不幸家道中落。至他中年的時候，竟至貧居北京西郊，啜饘粥。他的偉著紅樓夢就是在他這種貧困的生活中寫成的。關於紅樓夢的背境，論者紛紜，有謂係記納蘭性德家事者，有謂係敘清世祖與董鄂妃的故事者，有謂係影射康熙朝政治狀態者，皆捕風捉影之談。實則此書乃作者自敘傳也。在紅樓夢的第一回裏有一段說得最明顯的話：『作者自云：因曾經歷過一番夢幻之後，故將眞事隱去，而借「通靈」之說，撰此石頭記一書也。』又云：『今風塵碌碌，一事無成，忽念及當日所有之女子，一一細考較去，覺其行止見識，皆出於我之上。何我堂堂鬚眉，誠不若彼裙釵女子？實愧則有餘，悔又無益，是大無可如何之日也。當此，則自欲將已往所賴天恩祖德，錦衣紈袴之時，飫甘饜肥之日，背父兄教育之恩，負師友規訓之德，以致今日一技無成，半生潦倒之罪，編述一集，以告天下人。』由此可見曹霑的創作動機是在于懺悔，是在潦倒的窮途追念過去的繁華。他的紅樓夢正因爲是抒寫自己經歷過的實生活，是表現自己奔迸着的生命，所以才寫得那麼活躍深刻。假若一定要說紅樓夢不是表現作者的自身，則這部偉大的藝術，將無法解釋其誕生的理由了。

紅樓夢全部共一百二十回，曹霑所著僅八十回，未完稿，其後四十回相傳爲高鶚所續。

內容係講一個三角戀愛的悲劇。主角爲賈寶玉、林黛玉、薛寶釵三人。賈寶玉與林黛玉有深摯的愛情而不能結合。後賈寶玉被騙與薛寶釵結婚，林黛玉則病死於賈薛結婚之日。最後賈寶玉亦遁跡空門以終。全劇的陪襯人物和事件極繁，結構似稍嫌散漫，然其藝術描寫之工，實超乎任何說部之上。我們看着牠處處是寫些瑣碎不經意的事情，然而每一件瑣碎的事情都被寫得極精緻，有意思，有風趣，文筆處處引人入勝，使我們很明快的讀下去，只覺其工細入微，而不覺其繁瑣。至於描寫人物，尤其是曹霑的大本領。他能把許多相類似人物的細微的不同處分別刻畫出來。如賈府的子弟同是墮落，然而各人的僻性和弱點全然不同。又如大觀園裏的姊妹們，同是聰明才華，然而各人的風格和才具又各不相同。在紅樓夢裏面竟能把每個人所特具的細微的個性都表現得恰如其分。甚至於每個劇中人的作品也都寫得各如其人；甚至於一座大觀園也建築得恰如各姊妹們的性格及身分。這都可看出曹霑實在是一位多才多藝的大文學家，才寫出這部言情的聖品。

續百二十回紅樓夢者很多，如後紅樓夢、紅樓後夢、續紅樓夢、紅樓復夢、紅樓夢補、紅樓補夢、紅樓重夢、紅樓再夢、紅樓幻夢、紅樓圓夢、增補紅樓、鬼紅樓、紅樓夢影等，皆係承高鶚續書而補其缺陷，結以團圓。描寫多拙劣異常，遠不能和紅樓夢比擬了。

自紅樓夢流行後，言情小說乃大昌。如魏子安的花月痕、陳球的燕山外史，皆是寫些才子佳人的悲歡離合。至後來乃流於專講狹邪猥褻之事。如陳森書的品花寶鑑是寫北京的妓女化的男伶，俞達的青樓夢與韓子雲的海上花列傳都是寫的妓女。最值得我們注意的是海上花列傳，完全是用蘇州方言寫的，描寫極為逼眞而自然，實清末小說中之傑構。仿此書而作者有九尾龜，描繪亦佳。此外尙有青樓寶鑑、海上繁華夢、繪芳園等書，皆以寫妓女生活為主，但已無特點可言了。

(二)俠義小說　民間傳說，最重英雄故事，故水滸傳在一般社會中最為流行。至清代則小說中所敍英雄類多以任俠義勇見長者，這亦可見當代民衆的社會心理。如兒女英雄傳、三俠五義、小五義、七劍十三俠、施公案等，皆為清代俠義小說之著名者，但比之水滸傳則遠為遜色了。

兒女英雄傳評話原本有五十三回，今殘存四十回。道光時人文康作。康為費莫氏，字鐵仙，滿洲鑲紅旗人。他本是世家子，曾做過郡守、觀察，又被任為駐藏大臣，但以疾未往就職。後因諸子不肖，家道中落。相傳他晚年困居一室，僅存筆墨。乃作此書以自遣。全書內容係敍一俠女何玉鳳為父報仇的俠義行為，後嫁安驥為妻，夫婦備極榮貴。是蓋作者幻為理想的境界，以劇中主角安驥自居，而慰其殘年也。此書的最大特色在純粹用北京話寫成，流暢可誦。此外亦無其他可觀之處。後有作續書者，成三十二回，文意既拙，復未完稿，不足述也。

三俠五義原名忠烈俠義傳，後又被稱爲大五義。作者爲石玉崑，其生平不詳。此書內容係從宋眞宗朝『狸猫換太子』的故事講起，次則叙到包拯的降生及其斷案事蹟，復次則叙述三俠（南俠展昭、北俠歐陽春、雙俠丁兆蘭丁兆蕙）及五鼠（鑽天鼠盧方、徹地鼠韓彰、穿山鼠徐慶、翻江鼠蔣平、錦毛鼠白玉堂）的武俠行動，最後衆俠士皆歸順朝廷，全劇以終。這部書是俠義小說中的一大創作。當時的文人俞樾稱其『事蹟新奇，筆意酣恣，描寫細入毫芒。』俞氏並以己意，爲之删改，另名七俠五義以行世。後此不久，乃有小五義及續小五義出現，皆一百二十四回，序中亦稱爲石玉崑原稿。中自白玉堂盜盟單喪身講起，至襄陽王謀叛被擒止。至中間活躍的俠士則爲五鼠之子及其他的小英雄了。及於清末，俠義小說竟如風起雲湧的起來，如英雄大八義、英雄小八義、七劍十三俠、七劍十八義等，名目尚繁。至七俠五義則續書至二十四集之多。其中多不足觀者，惟七劍十三俠較佳。

自明人作包公案，清代仿之作者遂繁。如施公案（一名百斷奇觀）、彭公案、永慶昇平、乾隆巡幸江南記、劉公案、李公案等，皆係叙賢明之君臣微行查案，有俠士義賊為之幫助破案的故事。後施公案竟續至十集，彭公案更續至三十集。作品既濫，便毫不足觀了。

（三）社會小說　　此類小說多注重於抒寫社會的暗面，而出之以諷刺的態度；或寫社會問題，而藉以闡發自己的理想。如儒林外史、鏡花緣、官場現形記、二十年目覩之怪現狀、老殘遊記等，皆是含有暗示或諷刺的社會問題小說。

儒林外史為清代說部名著之一，吳敬梓作。敬梓字敏軒，安徽全椒人。幼穎異，詩賦援筆立就。雍正時，曾被舉應博學鴻詞科，不赴。移家金陵，為文壇盟主。他性豪邁，不善治生，產業揮霍俱盡。晚年自號文木老人，客揚州，尤落拓縱酒。（一七〇一——一七五四）所著文木山房集五卷、詩說七卷、詩七卷，皆不甚傳。惟儒林外史著稱於世。全書共五十五回，是許多短篇故事集合而成的長篇。作者在這部小說裏面最注重的是描寫當時一般假名士、偽君子及那些制藝家的醜惡。憑他那枝詼諧風趣的筆，寫得異常尖刻生動，罵盡儒林敗類。中國小說之善於諷刺者當以此書為第一部。

鏡花緣是李汝珍所作。汝珍字松石，直隸大興人。少而穎異，不樂為時文，精於音韻，旁及雜藝。不得志於時，以諸生終老海州。年六十餘。（約一七六三——一八三〇）他的鏡花緣卽作於晚年窮愁的時候，歷十餘載始成。全書凡一百回，是一部討論婦女問題的小說。大略敍唐武后時，有秀才唐敖因政治失意，附其婦弟林之洋商船至海外遨遊，遍歷奇觀，並遊君子邦、女人國等處，頗多笑噱。後唐敖竟入山不返。其女唐閨臣又附船尋父，亦歷諸異境，終不遇。僅得父書約其『中過才女』後相見。閨臣乃歸國。恰遇武后開科試才女，取百人，閨臣中第十一。此百人者蓋皆天上花神之謫於人間也。此時她們會聚於京師，大事遊宴吟詠。後她們助唐室，討平武氏，中宗復位。末了有續開女試，命前科才女重赴『紅文宴』之言，然全書已完。作者自云尚有續書，亦竟未作。這部小說的描寫是很能引人入勝的，亦往往有很深刻的諷刺。但其最大的特色，則是在於作者所幻想創造出來許多新奇而滑稽的事蹟。

官場現形記是李寶嘉所作。寶嘉字伯元，號南亭亭長，江蘇武進人。少時擅制藝及詩賦，以第一名入學。累舉不第，乃赴上海，前後辦指南報、遊戲報、海上繁華報。所著有庚子國變彈詞、海天鴻雪記、李蓮英、繁華夢、活地獄、文明小史等書。他死時年四十。（一八六七——一九〇六）官場現形記爲其最後一部未完的作品。已成六十回。皆自成起訖的許多短篇湊合而成。把當時官場的腐敗狀態，說得痛快淋漓。書出，風行一時，作者之名因以大著。

二十年目覩之怪現狀是吳沃堯所作。沃堯字繭人，改字趼人，廣東南海人。居佛山鎭，故自號我佛山人。年二十餘至上海，賣文爲生。後客山東，游日本，皆不得意。終復居上海。文字之暇，則盡力於敎育事業。年四十四。（一八六七——一九一〇）所著文稿甚富，出版者不下十餘種，惟二十年目覩之怪現狀最負盛名。共一百八回。全書以自號九死一生者爲線索，歷記二十年中所遇，所見，所聞天地間驚奇之事，綴爲一書。描寫極爲酣暢。惜過於誇飾，亦是一病。

老殘遊記是劉鶚所作。鶚字鐵雲，筆名爲百鍊生，江蘇丹徒人。少時頗放蕩不檢。後行醫，復改業商，盡喪其貲。因治河有功，漸至以知府用。曾上書請敷鐵道，又主張開山西鑛，既成，世俗指爲『漢奸』。庚子之亂後數年，政府以私售倉粟之罪誣之，流新疆死。（約一八五〇——一九一〇）老殘遊記爲其唯一的傑作。共二十章。係用遊記的體裁，敘一號老殘者遊行各地時的所見所聞及其言論。中多攻擊官吏之處。其最精采者實爲明湖居聽書、黃河上打冰及桃花山諸章的描寫，蓋已極藝術的能事了。

孽海花亦爲寫淸末政治社會的小說，曾樸所作。樸字孟璞、常熟人。此書僅成二十回。

論著稱其『結構工巧，文釆斐然』。作者今尚存，但其作風則已很有變遷了。

此外尚有一部小說巨製不可不敘及者，即野叟曝言。爲康熙時人夏敬渠作。敬渠字懋修，號二銘，江陰人。學問淹博，交遊甚廣，足跡幾徧海內。所著野叟曝言多至一百五十四回，以『奮武揆文，天下無雙正士；鎔經鑄史，人間第一奇書』二十字編卷。其內容則如凡例所言，凡『敘事、說理、談經、論史、敎孝、勸忠、運籌、決策、藝之兵詩醫算、情之喜怒哀懼、講道學、闢邪說，………』無所不包，蓋作者以此表現其學問才華也。若從中去探討其藝術上的價值，則全然是令人失望的。

(四)彈詞　以上所講的都是散文的小說，現在要來講一種韻文的小說。彈詞在形體上是詩歌，然其內容則是道地的通俗小說。其起源甚早。如唐代佛曲中的各種『俗文』和『變文』，宋代的各種『寶卷』和『鼓子詞』，金人董解元的西廂搊彈詞，皆爲後來彈詞的先驅。彈詞的體製大概可以分爲兩種：一爲有唱無白者，一爲有唱有白者。最初流行於明清之際。明人的作品，有號稱楊愼著的廿一史彈詞。至清代則作品日繁。最著者如玉釧緣、玉蜻蜓、珍珠塔、再生緣、再造天、天雨花、鳳凰山、安邦志、定國志、珍珠鳳、果報錄、鳳雙飛、三笑姻緣、筆生花等，皆在民間風行。作者多爲無名氏。亦有出於婦女手筆者，頗爲婦女界所喜歡讀。但大部分是千篇一律之作，文意並拙，很少有藝術價值的。

○　○　○　○

清代的短篇小說，雖未能與長篇小說對抗發展，然亦有足述者。蒲松齡作聊齋志異，袁枚作新齊諧，紀昀作閱微草堂筆記，皆著稱於世。以蒲松齡所作爲最佳。松齡字留仙，山東淄川人。幼有軼才，老而不達。年八十六。(一六三〇——一七一五)其聊齋志異共十六卷，四百三十一篇。所敍皆仙狐鬼怪之事。文詞華麗，描寫委曲，清人的短篇小說當推此爲第一部。紀昀字曉嵐，直隸獻縣人。官至太子少保，管國子監事。(一七二四——一八〇五)他是四庫全書的總纂，文望甚高。其閱微草堂筆記分灤陽消夏錄、如是我聞、槐西雜誌、姑妄聽之、灤陽續錄五種，皆屬志怪，但體例已不似小說。後來作品日繁。仿聊齋志異者有王韜的遯窟讕言、淞隱漫錄、淞濱瑣話，及宣鼎的夜雨秋燈錄；仿閱微草堂筆記者有許元仲的三異筆談等書。此外如俞鴻漸的印雪軒隨筆，俞樾的右台仙館筆記，亦盡是記述異聞。又有專講善惡報應之說者，如金捧閶的客窗偶筆，梁恭辰的池上草堂筆記，許奉恩的里乘等，則已是『勸善書』一流，不能算是小說了。

第十編 當代文學

第二十八章　最近十年的中國文學

最近十年來中國新文學進展的歷史，雖爲時甚暫，但在文學史上實是一個很重大的轉變。由這個轉變，簡直把舊的文學史截至清末民國初年爲止，宣告了牠的死刑；從最近十年起，文學界的一切都呈變異之色，又是一部新時代文學史的開場了。

現在讓我們來談談這部新文學史的引子吧。

一、舊的時代是死了

駢散文詩詞等正統派的文學，至清代而極盛，亦至清代而極弊。到了民國初年，雖然還有王闓運、吳汝綸、章炳麟等以古文著稱於時，雖然還有陳衍、陳三立、鄭孝胥、樊增祥、易順鼎等以詩歌著稱於時，雖然還有王鵬運、況周頤、朱祖謀等以詞著稱於時，無論他們的作品如何精工，無論他們的苦心模擬如何得古人的神髓，然而這種機械似的產品，我們已經讀爛了，讀厭了，腐朽的屍骸已經看得再不要看了。趙翼的論詩說得好：

滿眼生機轉化鈞，
天工人巧日爭新。
預支五百年新意，
到了千年又覺陳。

× × ×

李杜詩篇萬口傳，
至今已覺不新鮮。
江山代有人才出，
各領風騷數百年。

正是因爲這些復古家的作品太不新鮮了，沒有絲毫的刺激性，讀者自然要厭棄牠了。這時卽使李杜復生，如果他們還是照舊做那樣的詩，也決不能挽囘舊文學的頹運於萬一；何況這般假古董的作者，又何能爲力呢？我們只要看淸末至民國初年一般號稱名家所苦心孤詣做出來的詩文詞章，竟敵不過幾個無名小卒隨意寫的官場現形記、二十年目覩之怪現狀、老殘遊記、孽海花、廣陵潮等的流行；梁啓超所作平易暢達自由放肆的散文，竟把百年來文學界的正宗的桐城文壓倒了。由此可知古文詩詞等的命運，早已危殆了，已經不堪一擊了。在民國初年，雖也曾有一個短期流行一些民權素、玉梨魂、雪鴻淚史等駢儷小說，然此種無病呻吟的作品，一瞥即逝，並無籍據文壇的能力。林紓的翻譯小說也曾轟動一時，但也是藉着原作品內容的精華以吸引讀者，並非由於他所用古奧的文字之力。那時文壇凋弊已極，舊的文學已經跟着舊的時代漸次殁落下去。大家都在渴望着新趨向的到來。

二、文學革命運動

文學革命運動的第一聲，是在民國六年胡適在新青年雜誌上發表一篇文學改良芻議，提出改良舊文學缺點的『八不主義』：

一曰須言之有物，

二曰不摹仿古人，

三曰須講求文法，

四曰不作無病之呻吟，

五曰務去爛調套語，

六曰不用典，

七曰不講對仗。

八曰不避俗字俗語。

這還是消極的和平的改良論。陳獨秀接着文學改良芻議之後，發表一篇激烈的文學革命論，正式提出文學革命的三大主義：

曰推倒雕琢的，阿諛的貴族文學；建設平易的、抒情的國民文學。

曰推倒陳腐的，鋪張的古典文學；建設新鮮的，立誠的寫實文學。

曰推倒迂晦的，艱澀的山林文學；建設明瞭的，通俗的社會文學。

不久，胡適又發表一篇建設的文學革命論，很簡要地說明建設新文學的宗旨是：

國語的文學，文學的國語。

此時北京大學幾個開明的教授，如錢玄同、劉復、周作人、沈尹默等，皆起而助胡陳倡導國語的文學。至民國八年，這種新文學運動乃跟着北京學生的『五四運動』而擴大，而風靡一時，很迅速地便把根深蒂固的陳腐的古文學的勢力壓倒了。最值得注意的，就是兩個學術界的大權威者，蔡元培與梁啓超，都無條件的傾向新文學的主張，增加力量不小。替古文保鏢者，雖前後有林琴南、嚴復、梅光迪、吳宓、胡先驌、章士釗等，極力攻擊白話文學，也沒有發生何等効力。今日中國之文壇，已完全是白話文學的世界了。

我們分析這次文學運動之所以如此迅速的成功，固然是由於胡適陳獨秀諸人的極力倡導，但其最大的原因，則在於(1)中國近數十年來產業發達，人口集中，國民教育漸漸普遍，已經是需要白話文的時候；(2)感受西洋語體文學的影響，舊文學的缺點乃大露，再也站不住脚；(3)一千多年的白話文學的演進，已經成熟。所以一經胡陳的倡導，便不期然的舉國景從了。

三、十年間的作品

這十年間的創作在數量上的發展，是很可驚異的。至低限度估計，作品的總數當在一千種以上，這還是只就出版的專書而言。在這時期中文學的最大的特色，就是注重創造，注重創作的自由精神。文學團體的組織雖有許多，如創造社、文學研究會、語絲社、南國社等，却都是私人感情上的結合，並不是文學上的派別，各個的作風仍舊各不相同。有的提倡自然主義，也有的傾向浪漫主義；有的高唱人道主義，也有的歌頌唯美主義；有的遵奉新浪漫主者，也有的鼓吹新寫實主義；還有其他的主義信徒，還有無主義的主義者。總之，都是各人去追求各人的新路，不願作跟隨的奴才。故並沒有一個可以支配文壇的中心權威。最近幾年雖有『普羅文學派』和『民族主義文學派』在努力地驅使文學青年走向一條狹隘的路道，但歸附他們的作者並不多。不過，近兩三年來的文學却也有一個比較共同的趨勢，就是：頹廢浪漫的作品已逐漸減少，許多作者已走出了唯美的象牙之塔，拋棄個人主義的立場，而求表現廣大群衆的生活意識。這，顯然是受了當代的政治及經濟環境的深重壓迫而起的反應。

往下，讓我們來談談作家與作品吧。

一詩歌　新詩的作者，第一個是胡適。他首唱打破五七言的整齊格式，不拘平仄，廢除押韻之論。他的嘗試集就是本此主張做的。所作雖未臻於成熟，但他那種打破一切束縛的自由嘗試精神實不可及。繼之作者有周作人、沈尹默、劉復、傅斯年、康白情、俞平伯諸人。沈尹默有秋明集，周作人有過去的生命，劉復有揚鞭集與瓦釜集，康白情有草兒，俞平伯有冬夜、西還及憶。他們的作品都是感染舊詩詞的影響很深，而不受其格律的束縛。故所作往往音節響亮，意味深長。這是初期詩壇的特色。迨郭沫若起來，以肆放自由的筆調，寫出女神與星空，氣象豪邁高曠，實為異軍特起。但至其作瓶時，則一變而為纏綿華艷的作風了。同時的詩人，有最年青的汪靜之，曾寫下許多天眞爛漫的情詩在他的蕙的風及寂寞的國裏面；又有女詩人謝冰心，作小詩春水及繁星，筆調清瑩，有如珠玉。一時仿之作者甚衆，如宗白華的流雲，梁宗岱的晚禱皆是。劉大白也喜歡做富有情韻的小詩，他的作集有舊夢及郵吻等。至徐志摩，他運用西洋詩的格式與韻律來作詩，詩的風氣乃又趨向於整齊而重藻飾。作者才華綺艷，藝術純熟，所著志摩的詩及翡冷翠之一夜都寫得很美。聞一多初有紅燭行世，繼作死水則規律極嚴。却確有許多藝術成熟的作品。同時尚有梁實秋、饒孟侃、朱湘、劉夢葦、于賡虞等，亦皆以善作歐化的詩著名。朱湘有草莽集；于賡虞有晨曦之前及魘鬼的舞蹈等，皆可觀。此外以作品繁富著稱者，王獨淸有聖母像前、死前、威尼市、獨清詩選等集，李金髮有微雨、食客與凶年、爲幸福而歌等集。前者似嫌淺薄，後者則流於怪僻，都不能令我們滿意。如果要在上述諸家外，還舉幾個詩人作例，則我以爲沒有詩集流行的劉延陵，作踪跡的朱自淸，他倆的詩倒有一讀的價值。

(二)戲劇　自新文學運動初期，易卜生的戲劇被介紹到中國後，一時社會問題劇乃大爲流行。如胡適的終身大事，陳大悲的英雄與美人、幽蘭女士、張四太太、亡國恨、社會鐘，蒲伯英的闊人的孝道、道義之交、歐陽予倩的潑婦、汪仲賢的好兒子、洪深的貧民慘劇、趙閻王、侯曜的復活的玫瑰、山河淚、棄婦、熊佛西的青春的悲哀等，這些劇本在過去的劇場扮演都是很有名的。不幸這些作品都嫌教訓的氣味太濃，藝術的成分太少，無論在扮演或閱讀方面，都不能博得智識階級觀衆的歡迎。因此，經過一度風行之後，便爲智識階級所厭棄而衰歇了。其末流乃變爲文明戲，專門扮演給無智識的羣衆去看，完全與藝術離婚了。於是，最近幾年來乃有建設在藝術基礎上的話劇運動。如戲劇協社、南國社、狂飆社、辛酉劇社等，都是很努力的戲劇團體。現在我們且放下其扮演方面的成績不談，只從文藝方面來欣賞他們的劇本。田漢的劇本最初有咖啡店之一夜，是一部獨幕劇集。他後來續作湖上的悲劇、蘇州夜話、古潭的聲音、名優之死、顫慄、第五號病室、南歸等篇，都是詩的意味很濃。至最近他傾向於普羅文學，則已將此種作風改變了。洪深的創作劇很少，其代表作爲趙閻王。他所改譯的少奶奶的扇子及第二夢都是很好的劇本。同時，顧德隆有改譯的相鼠有皮、余上沅亦有改譯的長生訣，都很好。至於以一種新的思想注射到古代的人物身上而作爲歷史劇的，始于郭沫若的三個叛逆的女性。繼之作者有王獨清的楊貴妃之死及歐陽予倩的潘金蓮等。這些史劇的特色都是以事實的翻案及文字見長。此外還有一位獨樹一幟的劇作家是我們不應忘記的，那就是作一隻馬蜂的丁西林。他的文字異常流利而有風趣，劇本的結構也很緊湊。所作雖然不多，却都是成熟的作物。

（三）小說　最近十年間的文學，以小說的成績爲最美滿，亦以小說的作品爲最繁。我們在這裏不能夠盡量加以介紹，眞是很可惜的。玆舉一部分較爲知名的作家來談談。請先從女作家說起：冰心（謝婉瑩）以純粹的詩人赤子之心，提一枝珊瑚似的筆，來寫母親與孩子的愛，來寫海的生活，她的小說幾乎就是詩。其超人，往事，都是表現着最優美溫馨的女性風調。讀了她的作品，幾疑此身不在人間。黃廬隱的小說則與冰心很不相同，她很喜歡寫戀愛，所作有海濱故人與曼麗。沅君（馮淑蘭）的卷葹則以寫火熱的戀情爲其特色，其春痕亦是幾十封情書的結晶。丁玲是女作家中的新起之秀，她的作品能夠超越乎女性文學的溫柔，而用很工細深入的筆，大胆地抒寫兩性間的心理。所著有在黑暗中及韋護等。此外陳衡哲作小雨點，凌淑華作花之寺及女人，皆爲不可多得的女性文學。

在近代中國小說界中，最偉大的莫如魯迅（周樹人）。他的觀察能鑽入世態人心的深處，而洞燭隱微；其筆又尖刻，又辛辣，能曲達入微，描寫最爲深刻。他的小說簡直就是一面人生的照妖鏡。所著吶喊及徬徨實可列於世界文學名著之林而無愧色。最受青年歡迎的作家莫如郁達夫。所著有寒灰集、鷄肋集、過去集、迷羊等。其描寫永遠是一個傷感而煩惱的病態青年的叫喊，最能激動青年的同情。在這位作家的筆下，是無事不可以公諸大衆的，總是寫得痛快淋漓。他的文字又極其清明流暢，若行雲流水之自如，能吸引讀者的觀念。其作品自然要風靡一時了。葉紹鈞是一位誠篤樸實而努力不懈的作者。所著有隔膜、火災、線下、城中、未厭集、倪煥之等。作品多而絲毫不草率，處處細細琢磨，描寫細膩暢達，沒有一篇不是精心之作。茅盾（沈雁冰）的文筆似不如葉紹鈞的細密，然就其整個的作風說，則比葉氏更為活潑而美麗，選用的題材也較為有趣，故亦很能獲得讀者的歡迎。所著有野薔薇、幻滅、動搖、追求、虹等，都是寫作者理想的典型人物，所表現的時代性極濃。專作長篇小說的則有老舍（舒慶春），其作品最有風趣。所作趙子曰、老張的哲學、二馬等，皆極詼諧俏皮之能事。專作戀愛小說的則有張資平。他的作品最多，然總不外寫多角戀愛。其初期所著雪的除夕、不平衡的偶力、飛絮、苔莉等，尚不失為佳構，後來專門粗製濫造，如最後的幸福、青春、素描種種、愛的渦流一類的作品，則完全沒有藝術的價值了。作品的數量可與張資平抗衡的有沈從文。他的筆簡鍊清新，自創一格。所作如鴨子，雨後、蜜柑，入伍後、從文甲集、從文子集等，都是水平線上的作集。此外值得介紹的作家尚有王統照，羅黑芷、高長虹、許傑、馮文炳、許欽文等，他們的作品都以注重藝術的工細見稱，頗傾向於魯迅或葉紹鈞的作風。又有一部分的作家如滕固、章克標、金滿成、章衣萍、葉鼎洛、葉靈鳳、黎錦明、王以仁、倪貽德等，他們的作品都特別以材料的刺激與趣味見長，頗傾向於郁達夫或張資平的作風。又如蔣光慈、錢杏邨、龔冰廬、洪靈菲、楊邨人諸家，則爲新興的普羅文學派。此外還有自立一種風格者，如落華生(許地山)、郭沫若、楊振聲、陳銓、曾樸、徐蔚南、王魯彥、施蟄存、杜衡、徐霞村、胡也頻、周全平、汪靜之、彭家煌、孫席珍、李健吾、蹇先艾、趙景深，劉大杰、胡雲翼等，均有作集流行於時。中如落華生的綴網勞蛛、郭沫若的橄欖，陳銓的天問，曾樸的魯男子第一部戀，都是很負盛名的作品。其餘，知名的作家尙多，則恕不一一加以敍列了。

(四)小品散文　十年來的小品散文也有很好的成績。我們首先要介紹的是小品文的泰斗周作人。他的小品文往往是寫人所不經意的題材，如蒼蠅，烏篷船、喫茶一類無甚意味的題目，一到他的筆下，便成絕妙的小品。他的作品風清冲淡遠，韻味悠然，頗似陶淵明的詩。所著有雨天的書、談龍集、談虎集、澤瀉集、永日集等，皆屬妙品。兪平伯、朱自清、葉紹鈞等，似乎都是受了周氏的影響而努力於小品散文的一羣。他們的作品總是含着深厚的詩意。我們的六月和我們的七月是他們幾個人的合集，雜拌儿是兪平伯做的，踪跡與背影是朱自清做的，都不壞。魯迅的小品文的風味，則與上述諸人完全不同。其爲文長於駡人的藝術，尖酸毒辣，俏皮有餘。所著熱風、華蓋集、墳、而已集，均有名。他的野草則是含有哲理的詩的散文。徐志摩的散文又是獨創的一格。讀了他的落葉、巴黎的鱗爪和自剖，便自然感覺到作者的文筆眞是流利，輕快，曼艷，處處都表現着作者的聰明靈巧。只可惜有點兒濃得化不開。冰心的小品則似乎比她的詩與小說更勝一籌，特以文字晶瑩和風度溫柔見長，彷彿其文中有詩有畫。她的寄小讀者便是以這種特色爲讀者所歡迎的。同時女作家中還有作倦旅、烟霞伴侶、寸草心等的陳學昭，作綠天和棘心的綠漪（蘇雪林），她倆的小品文散文也很美。綠漪尤爲後起之秀。此外如落華生的空山靈雨、川島的月夜、鄭振鐸的山中雜記，徐蔚南王世穎合作的龍山夢痕、孫福熙的山野掇拾、歸航、北京乎等作也很可觀。

此外，關於近代學者的文學論文，因不是純文學的範圍；翻譯又不能算我人的創作，則恕不在這裏加以講述了。

以上是中國新文學開始發展十年間的鳥瞰。這雖然並不是我們理想的成績，然而就這短促的十年說，已經相當的令我們滿意樂觀了。我們須知，當代的許多大家多數是青年，他們的生活經驗和藝術技巧還正在盡量的進步。黑暗已經過去，偉大的光明的未來已在前面開展着，大家努力吧。

附錄　中國文學書目舉要

首先應當申明：這個書目並不是開給專門研究家的讀物，只是供給一般初學中國文學及對於中國文學略有門徑的同志的通用書。也可以說這是一個最低限度的中國文學書目。

（一）、工具之部

關於工具方面的書籍，除開辭源與康熙字典爲通常讀書人所必備外，下列十部實爲研究中國文學所必須購置案頭的參考書：

中國人名大辭典　（商務印書館）

歷代名人年譜　（吳榮光）北京晉華書局本。

歷代地理韻編　（李兆洛）廣州局本，李氏五種本。

清代輿地韻編　（李兆洛）廣州局本，李氏五種本。

歷代紀元編　（李兆洛）廣州局本，李氏五種本。

世界大事年表　（傅運森）商務印書館本。

四庫全書總目提要　（紀昀等）廣州局本，點石齋本。

佩文韻府　（康熙敕撰）原刻本。

詞律　（萬樹）通行本。

集成曲譜　（王季烈劉鳳叔）商務印書館本。

此外，廿四史也最好購置一部，此書雖不必全部閱讀，但裏面有許多文學家的列傳、文苑傳、藝文志等，都是隨時要檢閱的。

（二）總集之部

先舉幾部重要的文集：

全上古秦漢六朝文　（嚴可均）廣雅書局本。

漢魏六朝百三家集　（張溥）坊間有通行本。

文選　（蕭統）坊間有通行李善注本。

唐文粹　（姚鉉）江蘇書局本。

唐文粹補遺（郭麐）江蘇書局本。

宋文鑑（呂祖謙）江蘇書局本。

南宋文範（莊仲方）江蘇書局本。

南宋文錄（董兆熊）江蘇書局本。

金文最（張金吾）江蘇書局本。

元文類（蘇天爵）江蘇書局本。

明文在（薛熙）江蘇書局本。

湖海文傳（王昶）原刻本。

古文辭類纂（姚鼐）通行本。

續古文辭類纂（王先謙）商務印書館本。

這些文集的內容，是很亂雜的，各種文章都有，不能說是純文學的作品。但裏面也確有許多很美的散文。我們爲了解中國文章的特色和變遷，不能不多讀些文集；同時，爲求充分了解各個文學家的個性思想及其作風，也不能不多讀些文集，因爲古代的詩人詞人多是注重在做文章。

往下，介紹詩詞小說及戲曲的總集：

詩經集傳（朱熹）通行本。

詩經原始（方玉潤）泰東書局有石印本。

詩毛氏傳疏（陳奐）皇清經解續編本。

楚辭補註（洪興祖）通行本。

楚辭集註（朱熹）通行本。

古詩紀（馮惟訥）原刻本。

玉台新詠（徐陵）通行本。

全漢三國晉六朝詩（丁福保）

樂府詩集（郭茂倩）湖北官書局本，商務印書館本。

全唐詩（康熙敕編）揚州局本，廣州刻本，石印本。

宋詩鈔（呂留良吳之振等）商務印書館本。

宋詩鈔補（管庭芬等）商務印書館本。

明詩綜（朱彝尊）原刻本。

湖海詩傳（王昶）原刻本。
漢魏叢書（程榮何允中王謨等）通行本。
唐代叢書 通行本。
太平廣記（李昉）掃葉山房有石印本。
京本通俗小說 有正書局本。
宣和遺事 士禮居叢書本，商務印書館本。
說郛（陶宗儀）商務印書館本。
今古奇觀 通行本。
花間集（趙崇祚）杭州官書局本，通行本。
宋六十家詞（毛晉）汲古閣本，廣州本，博古齋本。
四印齋王氏所刻宋元人詞（王鵬運）原刻本。
彊村叢書（朱祖謀）原刻本（商務印書館寄售）
詞綜（朱彝尊）原刻本，坊間有石印本。
太平樂府（楊朝英）商務印書館四部叢刊本。

陽春白雪　（楊朝英）南陵徐氏隨庵叢書本

元曲選　（臧晉叔）商務印書館本。

六十種曲　（毛晉）汲古閣本。

盛明雜劇　（沈泰）董康刻本。

暖紅室彙刻傳奇　（劉世珩）原刻本。

綴白裘　通行本。

以上所錄總集，都是可以代表各個時代文學的特色。中如詩經、楚辭與花間集等，是應該讀熟的。樂府詩集、全唐詩及詞綜諸書，雖因篇幅較多不能全部讀熟，亦宜選讀其大部分。其餘則是供給我們作廣泛的涉覽的。

（三）專集之部

因為大部頭的總集不能夠全部細讀，也不必全部細讀，故有許多重要作家的專集是必要向讀者介紹去選讀和研究的。如曹植的曹子建集、陶潛的陶淵明集、謝靈運的謝康樂集、鮑照的鮑明遠集、謝朓的謝宣城集、庾信的庾子山集、李白的李太白集、杜甫的杜工部集、王維的王右丞集、高適的高常侍集、孟浩然的孟襄陽集、岑參的岑嘉州集、韓愈的韓昌黎集、柳宗元的柳河東集、劉禹錫的劉賓客集、李賀的李長吉集、白居易的白氏長慶集、元稹的元氏長慶集、李商隱的李義山集、杜牧的杜樊川集、韋莊的浣花集、李璟李煜的南唐二主詞、歐陽修的歐陽文忠集、王安石的王臨川集、蘇軾的蘇東坡集、黃庭堅的黃山谷集、柳永的屯田集、秦觀的淮海集、晏幾道的小山詞、周邦彥的淸眞詞、李淸照的漱玉詞、朱敦儒的樵歌、辛棄疾的稼軒詞、范成大的范石湖集、陸游的陸放翁集、楊萬里的誠齋集、姜夔的姜白石集、元好問的元遺山集、歸有光的歸震川集、侯方域的壯悔堂集、吳偉業的吳梅村集、王士禎的帶經堂集、朱彝尊的曝書亭集、納蘭性德的飲水詞、趙翼的甌北詩集、黃景仁的兩當軒詩集、龔自珍的定盦集、姚鼐的惜抱軒集、羅貫中的水滸傳及三國志演義、吳承恩的西遊記、吳敬梓的儒林外史、曹雪芹的紅樓夢、石玉崑的三俠五義、劉鶚的老殘遊記、王實甫的西廂記、高明的琵琶記、湯顯祖的牡丹亭、阮大鋮的燕子箋、李漁的笠翁十種曲、洪昇的長生殿、孔尚任的桃花扇、蔣士銓的藏園九種曲等。以上所舉專集，大部分是彙刻在前面所舉的總集中。單行的集子有原刻本，有商務印書館的四部叢刊本，有中華書局的四部備要本，坊間的通行石印本亦多可用者。

(四)研究之部

研究中國文學的專著極多，茲舉一部分較重要的書以供參考：

文心雕龍 （劉勰）通行本。

中國文學史 （曾毅）泰東書局本。

中國文學史 （胡小石）人文社本。

白話文學史 （胡適）新月書局本。

中古文學史 （劉師培）北京大學出版部本。

中國文學概論講話 （鹽谷溫）開明書店本。

中國文學研究 （鄭振鐸）商務印書館本。

中國文學批評史 （陳鐘凡）中華書局本。

中國韻文通論 （陳鐘凡）中華書局本。

中國詩史 （陸侃如）大江書舖本。

讀風偶識 （崔述）崔東壁遺書本。

詩經研究（謝无量）商務印書館本。

屈原（陸侃如）亞東書局本。

樂府古辭考（陸侃如）商務印書館本。

陶淵明（梁啓超）商務印書館本。

歷代詩話（何文煥）醫學書局本。

續歷代詩話　醫學書局本。

清詩話　醫學書局本。

詞史（劉毓盤）羣衆圖書公司本。

宋詞研究（胡雲翼）中華書局本。

詞苑叢談（徐釚）有正書局本。

人間詞話（王國維）樸社本。

錄鬼簿（鍾嗣成）暖紅室本。

劇說（焦循）上海古書流通處曲苑本。

宋元戲曲史（王國維）商務印書館本。

曲錄（王國維）晨風閣叢書本。

中國小說史略（魯迅）北新書局本。

紅樓夢辨（俞平伯）亞東書局本。